何人も書物の類を所有してはならない。もしもそれらを隠し持っていることが判明すれば，隠し場所もろともすべてが灰にされる。僕は書物がどんな形をしているのかさえ，よく知らない——。旅を続ける英国人少年のクリスは，小さな町で奇怪な事件に遭遇する。町じゅうの家に十字架のような印が残され，首なし屍体の目撃情報がもたらされるなか，クリスはミステリを検閲するために育てられた少年エノに出会うが……。書物が駆逐されてゆく世界の中で繰り広げられる，少年たちの探偵物語。メフィスト賞作家の野心作，《少年検閲官》連作第一の事件。

少年検閲官

北山猛邦

創元推理文庫

THE BOY CENSOR

by

Kitayama Takekuni

2007

目次

少年検閲官

序奏　箱庭幻想

彼女は窓の方を向いていた。窓にはしっかりとカーテンがかけられており、外の様子を窺うことはできない。けれど彼女は確かに、音もなく静かに降る雨を、窓越しに感じているようだった。完全に閉ざされた部屋で、雨降りを感じさせるのは、灰色に沈む薄暗さと、独特の湿った空気の他には、何もない。けれども、あらゆるものが暗色に変貌していてもなお、彼女の目を覆う包帯は、白く鮮やかだった。

彼女は目が見えない。

彼女が視力を取り戻す可能性は、もうない。彼女の二つの眼球は、鋭利な刃物によって真横に切り裂かれ、重大な損傷を受けていた。左目は硝子体の奥深くまで傷が達していた。彼女は両目を傷つけられた状態で、森の傍《そば》で倒れているところを町の人間に発見された。腕や足にはひどい擦過傷《さつかしよう》が多く見られたが、目に負った傷に比べればそれらは些細なものだった。

病院では最低限の治療しか受けられなかった。彼女の視力は絶望視されたが、命に別状はなく、すぐに病院を追い出された。その後の療養は自宅ですることになった。

クシエダは彼女を看病するために、毎日彼女の部屋へ通った。彼女とクシエダは、特別親交が深かったわけではないが、幼い頃からの知り合いだった。身寄りのない彼女にとっては、クシエダが唯一の頼りである。クシエダの他に、彼女の怪我を気にかける者は誰もいなかった。

彼女の傍に座ると、薬の匂いがした。クシエダは彼女のために、包帯を適切な長さに切ってやり、ガーゼと化膿止めの薬を必要な分だけ、サイドテーブルに置いた。それだけの用意をしておけば、彼女はもう自分で包帯を巻くことができるようになっていた。

彼女がクシエダの方を向いた。前髪が乱れた様子で目の包帯にかかっていた。クシエダは彼女の髪を軽く払ってやり、膝元に丸まっていた布団を腰の辺りまで引いてやった。

掠《かす》れた声で、ありがとう、と云う。

彼女の身に何が起こったのか？

他人に対して興味のない町の人たちも、さすがに彼女の身に起こった事件については、噂話を絶やさなかった。彼らの声に耳を傾けると、すべてはたった一つの悪因へ帰結する。それはつまり——

森へ近づくと不幸な目に遭う。

それは、町の人間なら誰でも心得ていることだった。

町は森に取り囲まれている。もともとこの町は、洪水や津波によって浸蝕してくる海岸線から逃れるように山へと登ってきた人々が、徐々に切り開いていった小さな町である。そんな閉鎖的な土地柄に起因してか、町の人々はひどく閉塞した生活を送ってきた。他の町との交流もほとんどなく、彼らは深い森の中に孤立した町を築いている。

森にまつわる禁忌は多い。なにしろ、森は広く、巨大だ。森に迷い込んだ人間は帰って来られない。だから、森へ入った彼女が両目を失ったとしても、それは町の人間からみれば当然の報いだった。帰って来られただけましというものだろう。しかし具体的に、彼女が何に襲われたのか、誰も深くは考えなかった。病院や自警隊の見解では、鋭い木の枝で傷ついたのだろうということになっていた。それは充分にあり得る話だったし、クシエダも最初はそう思っていた——彼女本人の話を聞くまでは。

「私は森の奥で、この世でもっとも恐ろしいものに出遭ったの」

彼女は心細そうに、頬にかかった髪に触れた。

クシエダは腕組みして、この世でもっとも恐ろしいものを想像する。子供の頃遭遇した津波は怖かった。だから、水は怖い。窓硝子を伝う雨水。遠い海岸線に打ち寄せているであろう海。何処《どこ》か知らない場所から管を通って蛇口から溢れ出す水。大量の水に呑み込まれるところを想像するとただならない恐怖を覚える。けれどそれは個人的な恐怖でしかなく、彼女の云う種類の恐怖とは違う気がする。

「僕にはわからないよ」

「そうね」そう云って彼女は悪魔めいた笑みを零《こぼ》した。「あなたに想像できるようなものではないわ」

彼女の身体の傷は徐々に癒《い》えてきてはいたが、心に負った傷は、依然として彼女の精神に相当な影響を及ぼしているようだった。しかし、荒《すさ》んだのではない。磨かれた刃の表面のように、彼女の心はより冷たく澄んだのだ。

彼女は小さい頃から、何処か神秘的な雰囲気をたたえており、大人びた振る舞いと、好奇心旺盛な性格と、奇抜な悪戯《いたずら》っぽさで、周囲の子供たちからは奇異の目で見られていた。子供たちが成長し、世の中の仕組みがわかってくると、彼女のことをますます異端視するようになった。なぜなら彼女は、畏《おそ》れるべき森を畏れなかったからだ。当時クシエダは、彼女が異端であろうとなかろうとどうでもいいという立場をとっていたが、一度だけ、彼女に何故《なぜ》森を畏れないのか訊いたことがある。答えは単純だった。森が美しいから。しかし、その意味をクシエダは理解できなかった。美しい。そういった情動は、いつの頃からか失われていた。

彼女に関して理解できない部分は多かった。彼女の性格、感性、言動、あるいは他の誰も持っていない雰囲気。そして、それらはこれからも理解できないだろう、とクシエダは思った。怪我の彼女は両目を失ってからというもの、完全に自分たちとは違う人間になってしまった。ショックも大きかったに違いないが、むしろ彼女は視力を失うことで一歩完璧に近づいた様子であった。彼女は近くにいながら、遠い存在になってしまった。今、こうして静けさに満ちた世界から雨音だけを聞き取ろうとして耳を傾けている彼女が、まるで空気か光に見える。触れようとしても触れられない薄ぼんやりとした何か。

彼女は森で何と出遭ったのか。

それは彼女の口から語られた。


「月が綺麗な夜、私は森に入ったの」

「何故、森に？」

「いつものことよ」

彼女には夜中に町を徘徊《はいかい》する趣味がある。彼女はそうすることで、この世界の秘密を知ることができるのではないかと、考えているようだった。この時はまだ、彼女の目は健在であった。

「気づくと、森のかなり奥まで来ていた。森の奥は、入り口近くに比べて、周囲の緑がとても濃くなるからわかるの。木漏れ灯《こもび》は月の光だった。私はそこで、人影を追っていたの。最初から彼を追っていたのか、それとも途中から彼を見つけて追いかけることにしたのか、それはもう覚えていない。とにかく、私は彼に森の奥まで誘い込まれたと云っていいわ」

「彼？」

「知っているでしょう？　禁忌の森に住む存在を」

「『探偵』か」

森には番人が住むと云われている。それこそ、町に住む人々を暗黙のうちに支配している存在、『探偵』である。

『探偵』がいかなる人物なのか知る者はいない。その存在理由も、素性も、本当の姿も、誰も知らない。ただそれが森の奥深くに住んでいるということだけは、大抵の人間が知っている。森に足を踏み入れてはならないというのは、そこが『探偵』の領分であるからだとも云われる。

ある意味では、『探偵』は恐怖の対象だった。『探偵』は常に町を監視している。そして『探偵』は町の人間を裁く。裁く理由は、『探偵』だけが知っている。町の人間が知っていることはただ一つ。その裁きに科される罰は、必ず死であるということ。だから誰も森には近づかない。

「僕には理解できないな。『探偵』がいる森へわざわざ入るなんて」クシエダは静かに云った。

「しかし、君が追っていたのは、本当に『探偵』なのか?」

「私より森を自由に歩ける人間は、『探偵』の他にいないと思う」

「どうして彼だってわかる? 女かもしれない」

「直感よ。それ以上の理由はないわ」

「まあいい。『探偵』が怪物の類《たぐい》ではないとわかっただけでもね」

そう云いながらも、クシエダはまだ懐疑的だった。

本当に『探偵』なのか?

そもそも『探偵』とは何だ?

クシエダはぼんやりと、真っ黒な人の形をした影のイメージで『探偵』を頭に思い描いていた。

彼女は話を続けた。

「彼の方は、私には気づいていないようだった。だから私はこっそり彼についていったの。『探偵』といえども、私の存在に気づかなかったのよ。結局、『探偵』なんてその程度よ」

平気で『探偵』を冒瀆《ぼうとく》できるのはまだ何も知らない子供たちと彼女くらいである。しかしクシエダは彼女のことを諫《いさ》める気分にもならなかった。いつものことだからだ。

「いつしか私は彼からはぐれていたわ。私の足では到底追いつけなかったの。私は仕方なく一人で森を歩いた。何処へ向かっているのかわからなかった。コンパスなんて気の利いたものは持っていなかったし、持っていたとしてもどちらが正しい方角なのかなんてわかりもしなかった。私はとにかく歩いたのよ」

「迷ったのか？」

「迷ってはいない。すぐに、私は小屋を見つけたの。本当に小さな建物で、それは森の中に、ぽつんと建っていたの」

彼女は軽く顔の包帯に触れる。クシエダは、それをいじらせないように、彼女の手を取って、そっと膝の上に戻させた。彼女は少し嫌な顔をしたが、何も云わなかった。

「本当に小さな小屋で、窓は一つもなかった。屋根の高さもせいぜい、あなたの身長より少し高いくらい。私の記憶にある、あなたの身長が正確であればの話だけれど」彼女はクシエダの方を向くが、今の彼女の目には何も映っていない。「その小屋こそ、『探偵』が住んでいる家だと思った。私はしばらく、木陰に隠れて、小屋の様子を窺った。夜の森の中で、何分そうしていたかわからないけれど、私はうずくまったまま、何かが起こるのを待ったの。それでも何も起こらなかった。だから私は、小屋の扉を開けたの」

「開けたのか」

信じられない、といった調子でクシエダが口を挟む。しかしそれには取り合わず彼女は話を続けた。

「何もない部屋だった。家具とか食器とか、生活に関するものは何もなかった。灯りもなくて、真っ暗で、扉を開けたままにして月明かりを入れなければ、ほとんど何も見えなかった。その小屋には、秘密めいたものなんて、何もなかった。ただ、一つだけ、床に転がっていたものがあった」

「それは？」

「頭のない屍体」

——なんだって？

クシエダは声にならない声を、胸の中で上げていた。彼女の言葉が聞こえなかったわけではない。彼女の言葉の意味を理解できなかったのだ。

屍体？

つまり、人間の死んだ肉体が、森の中の小さな家に横たわっていたということか。

その屍体には、頭がなかったということか。

なるほど、単語としては難しくはない。

しかしそれは一体どういうことだ？

クシエダは今までに二度だけ、屍体を目の当たりにしたことがある。一度目は祖父の屍体で、死因は肺の病気だった。安らかとは云い難い死ではあったが、屍体そのものの見た目は、損傷もなく、綺麗なものだった。二度目に見た屍体は、津波に巻き込まれた名前も知らない誰かの屍体だった。泥まみれになり、顔の判別もできず、四肢《しし》は奇妙な方向に折れ曲がっていた。無惨な屍体だった。そういった屍体は、生き残った人々に絶望を喚起させるため、忌《い》むべきものとして、速やかに埋葬処分されることになっている。クシエダが見たのは、たまたま発見されずにその場に残された屍体だった。

死は絶対的な恐怖だ。だからこそ、屍体は目のつかないところへ追いやられる。死そのものさえ、この町では、希薄な灰色をしている。

だからこそ、クシエダは、彼女が目にした出来事を信じることができなかった。

「屍体は、男の人みたいだった。私は小屋の中に入って、屍体に触れてみた。全身が硬くなっていた。死後硬直というのよ。知っていた?」

「聞いたことはある」

「本当に硬くなるのよ」彼女は無邪気そうに微笑《ほほえ》む。「屍体は本当に、すっかり硬くなっていたわ。でも、それ以上は確かめなかったから、一体誰の屍体かわからなかった。私は他に何かないか、小屋の中を調べた。屍体の他には何もなかった。もちろん、胴体から切り離された頭もね」

躊躇なく云ってのける。クシエダはこの時初めて、彼女が両目を失うまでに見た光景の恐ろしさに気づいた。彼女が見た、もっとも恐ろしいもの――それが頭部のない屍体だというのだろうか。クシエダは彼女の口元をじっと見つめる。微笑んでいる。そうだ。恐怖だ。これこそ恐怖だ。久しく忘れていた感情だ。恐ろしい話を物語る彼女の口元が、クシエダは怖かった。それまで聞こえなかったはずの雨音が、急に身近に感じられるようになった。

屍体には頭部がなかった。首を切断されただけではなく、頭部が失われていた。クシエダには、そんな状況がまったく想像できなかった。

「血は……たくさん出ていたのか？」

「いいえ。全然」

「何故だ？　首を切られたら血が出るだろう？」

「きっと別の場所で殺されたのね」彼女はクシエダの疑問にあっさりと解答してみせる。「それから私は小屋を出た。もう一度木陰に隠れて、様子を窺うことにしたの。今度はさっきよりも少し遠くから見張ろうと思った」

「見張るって、何を」

「『探偵』よ。もしかしたら、『探偵』が現れるかもしれないと思ったから。ううん、私は確信していた。きっと『探偵』が現れるはずだと」

「どうして君はそこまで『探偵』に固執する？　町で大人しくしてれば、『探偵』は何もしない。むしろ関わるだけ、悪印象を与えてしまうだろう？」

「あなたもくだらないことを尋ねる大人になってしまったのね」彼女は心底残念だという口調

で云った。「私は『探偵』の正体を知りたかっただけ」

好奇心は猫をも殺す。そう忠告してやりたかったが、もう何もかも遅すぎる。クシエダは静かに首を振って、肩を竦《すく》めた。どうせその動作さえ、彼女には見えていまい。

「まあいい。それで、『探偵』は現れたのか？」

「現れたけど――その前に不思議なことが起こった」

「不思議なこと？」

「小屋を出て、扉を閉めて、私は小屋を離れたの。振り返らずにね。一歩、二歩、三歩……そうして小屋から離れている最中に、背後で物音がしたの。がさがさがさと、地面を荒らすような音だった。そして木々が揺れる音。私ははっとして振り返ったの。振り返ると、私がついさっき入ったばかりの小屋が、すっかりなくなっていた。小屋が一瞬で消えてしまったのよ」

「小屋が消えた？」

「ええ。すっかり跡形もなく。私が小屋を離れてから、ほんの数分といったところね。それほど歩いたわけではないから、迷って小屋を見失ったわけではない。振り返ればそこにあるはずの、小屋が消えてなくなっていたのよ」

「木の陰に隠れて見えなかったんじゃないのか？　それとも、暗くて見失ったとか」

「違うわ」彼女ははっきりと否定する。「とても見失うような距離じゃないの。逆に云えば、そんなすぐ傍に私がいたにもかかわらず、小屋は消えたのよ」

「まさか……」

「消えたの。でも、頭のない屍体だけはその場に残されていた」

「屍体が！」

「小屋の中で見た時と同じ状態で、土の上に横たわっていたわ。つまり、消えたのは小屋だけなの」

すぐ背後での小屋消失。そして、小屋の中にあった屍体が地面に残された。クシエダは眩暈《めまい》を覚える。彼女の話は本当なのか？　彼女の失った両目は、本当にそんな奇怪で不可解な現象を目の当たりにしたのか？　もしかしたら、その時すでに彼女の目は失われていて、彼女はありもしないものを幻視したのではないのか？　頭部のない屍体。そして消える小屋。平穏無事な日々を送っていたクシエダにとって、それらはもはや、夢や幻の類にしか思えなかった。

その奇現象こそが、彼女が出遭ったという、もっとも恐ろしいものなのだろうか。

しかし彼女の話はまだ終わりではなかった。

「そして、屍体の傍の闇から、姿を現したのが、『探偵』だった」

「現れたのか」

「ええ。彼は全身が闇に包まれていた。闇色のマントで身体を覆っていて、顔には闇色の仮面をつけていたの」

それが『探偵』──

「化物……ではないんだな」

意外だった。『探偵』はもっと、化物の恰好をして現れても不思議ではないように思える。

それが本当の姿なのかどうかもわからない。化物のような人間か――それとも人間のような化物か。その闇色の存在は本当に『探偵』だったのだろうか？　彼女がそう云っているだけで、本当に『探偵』であるという確証は何処にもない。しかし町の人々が時折目撃するという『探偵』の姿は、彼女の証言と少なからず一致する。

「『探偵』は私の方へ駆け寄ってきた。私は動けなかった。いいえ、動けなかったというよりは、私の方が、『探偵』の接近を待ち構えたのよ。彼が一体どういう存在なのか、知るチャンスだった。彼を近くで見たかった。でもそれは叶わなかった。何かが月光を浴びて輝いた。次の瞬間には、私の顔が火傷《やけど》したように熱くなっていた。それは、私の両目を真横に走った切り傷から、溢れ出した血の熱さだった。もう、何も見えなかった。見たかったものが、見えずに終わった。私は走り出した。どちらへ走ったかは覚えていないわ。でも、走り出す瞬間に、『探偵』を突き飛ばした感覚だけはあった。それで、私はすぐには彼に捕まらずに、森の中を逃げることができたの」

彼女の両目は『探偵』に奪われた。

謎の小屋に、頭部の失われた屍体。そして忽然《こつぜん》と消えた小屋と、『探偵』の出現。失明。この世にありえないほどの彼女の不幸を思うと、クシエダは胸が痛くなった――胸が痛い、そんな感覚も、久々だった。あまりにも異様な出来事が、眠っていた感情を揺り起こすのかもしれない。

「『探偵』から逃げられたとはいえ、もうその時すでに君の目は……」

「ええ、見えなかった。だから、何度も木にぶつかったり、転んだりしながら、必死に逃げたわ。でも、本当に恐ろしいものには、この後出遭ったのよ。それに比べれば今まで見たものも、『探偵』も、まるで意味のないことよ」

まだこれ以上恐ろしいものがあるというのか！

クシエダには到底想像できなかった。

「君は一体何と遭遇したんだ」

「森の終わりよ」

「森を出たのか？」

「そうじゃないの。私が出遭ったのは、行き止まり。小さな世界の果て。これ以上先はないという、仕切り。森の中の壁――」

「何を云っているんだ」

「視力を失った私は、逃げて逃げて逃げた先で、突然壁に触れたの。指先が、森の中にあるはずもない壁に触れたのよ。普通の壁とは違って、少し柔らかいような、とても不思議な感触がした。私は私の居場所がわからなくなった。森の中にいるはずなのに、まるで何処か狭い部屋の中にいるみたいだった。私はとても混乱した」

「廃墟の外壁にぶつかっただけじゃないのか。それとも、君の目の前で消えた小屋に、再び戻ってきただけかもしれない」

「ううん。違う。今でもはっきりと覚えているわ」彼女はそうして、自分の右手の指先を、もう一方の手で包み込む。「私が触れた壁は、紛れもなく、室内の壁だったの。目が見えないから触覚でしかわからなかったけれど、それははっきりと、室内にあるはずの壁だとわかった」

「確かに内壁と外壁じゃ手触りが違うのかもしれないが……でも、どうして森の中に、室内の壁があるんだ」

「だから私は悟ったのよ」彼女は急に声をひそめて云った。「『探偵』の森を含めて、この町は一つの巨大な室内に存在するのよ。私が触れた森の壁の向こうに、本当の『外』が存在するのよ。『探偵』はこの小さな箱庭世界の、管理人なの」

彼女は世界の真相に気づいたといわんばかりの、美しい微笑みを浮かべながら云った。

「箱庭世界？」

「しっ、気づかれるわ。盗聴されている可能性だってあるんだから」

無邪気そうに人差し指を口元に当てる彼女を見て、クシエダは、ついに彼女が狂ってしまったのだと思った。目を失ったことが、彼女の精神を崩壊させてしまったのだ。だから彼女はおかしな妄想を繰り広げるようになったのだ。

「あなたは、この世界の嘘っぽさが気になったことはない？　ラジオから延々と流されるニュースにどれだけの真実があると思う？　自分の目で見ることも、手で触れることもできない場所の話を、どうやって信じる？　そもそもラジオの電波は何処からやってくるの？　誰が放送しているの？　あなたはそれを知っている？」

「ラジオ放送は政府が管理している」クシエダはラジオ教育で習ったことをそのまま暗唱する。

「有害なソースを削除した安全な情報を公平に配信し……」

「もういいわ」彼女は嘆息《たんそく》するように云った。「あなたがこの世界に何も疑念を抱いていないことは、よくわかった」

疑念という言葉がクシエダの胸の奥に引っかかった。確かに、小さな頃は、自分を取り巻く環境にたくさんの疑問を感じていた。相次ぐ津波や洪水に追われる日々、感情を失ったかのような大人たち、誰も出入りしない町、安全な情報だけを流すラジオ。でも、歳を重ねるにつれ、そういうことはどうでもよくなっていった。すべては取るに足らないことだと、ラジオが教えてくれた。

戦後の混乱期を経て、基本的な教育はラジオによってなされることになった。充分な検閲のなされたラジオ放送は、国民にとって頼りになる情報源である。彼らにとってラジオは生活必需品の一つだった。この町の人間はほとんどが小型ラジオを持ち歩いている。それは自分たちの小さな社会が、外と繋がっていることを教えてくれる唯一のよりどころでもあった。

子供の頃は、クシエダも一方的な情報の配信に疑問を感じないではなかった。検閲についても、理不尽さを感じることもあった。しかし、結局のところは、慣れである。耳にラジオのイヤホンをはめ、二十四時間、三百六十五日過ごせば、それが普通になる。

それらの情報にもしも嘘があったら?

そう考えるのは、ひどく疲れる。疑っていたらきりがないからだ。もし検閲する側が自分たちに都合のいい情報ばかりを流していたら? 削除された情報こそ真実であったら? 何が真実だ？　何が嘘だ？　考えれば考えるほど現実と非現実がごちゃごちゃになる。そもそもこの世の歴史は、壮大な削除によって成り立っているのではないか？　考えてはいけない。統制された情報を受け入れ続ければいいだけだ。そうして神経を鈍化《どんか》させていくと、心が何も感じなくなっていく。

しかし、彼女の話は確かに恐ろしかった。頭部の失われた屍体について、ラジオは何も教えてはくれなかった。消える小屋についても、『探偵』についても。これが現実の恐怖だ。現実のはずなのに、ありえないことばかりだ。

ありえないことの最たるものが、彼女が森の奥で遭遇したという壁である。

この町は本当に、小さな箱庭世界なのか？　では空は何処に続いている。月は何処から昇る。ラジオはそれらについて教えてくれただろうか。確か、教えてくれた。小学生の理科で、誰でも習う。けれど、もしもラジオの方が嘘だったら？　重要な情報が削除されていたら？

真実は何処にある？

町が壁に囲まれているという話について、クシエダは信じるわけにはいかなかった。何故なら、クシエダはもともと海岸沿いの町で生まれ、そこを追われるようにして今の町にやってきたからである。幼い彼女と出会うよりもっと前のことだ。クシエダは外からやってきた移住者の一人だった。生まれた町は、今では海の底に沈んでいる。浸蝕してくる海岸線に追われるようにして、山間の町へ逃げる人々は、今の時代には少なくない。

だから、クシエダは、この町が壁で囲われていないことを知っている。箱庭のような、壁の中の世界ではないことを知っている。

では、彼女が森の果てで遭遇した壁とは何だったのだろうか。『探偵』から逃げるうちに、彼女がいつの間にか廃墟に入り込んでいて、室内の壁に触れただけというのが、もっとも簡単な解釈だろう。あるいは、内壁だけが森の中に取り残された廃墟という可能性もある。

どうせすべて妄想だ。

あまりにも狂気じみている。

けれど、何処から何処までが非現実だ？

「間違ってる。僕たちは閉じ込められてなんかいない」

クシエダは力なく呟《つぶや》く。

「間違ってるのはあなたたちの方よ」彼女は急に声をひそめて云った。「まだわからないのね。私の出遭った本当の恐怖が何であるのか。いいわ。この世界の秘密を教えてあげる」

雨音がやんだ。

もう雨が降っていないのかもしれない。それとも、最初から雨なんて降っていなかったのかもしれない。正しいのは、どちらだろう？

「私は森の果てで、壁に触れた時に、すべてわかったの。その壁の向こうにあるもののこと――それは虚無よ」

「虚無？　壁の向こうには、何もないということか？」

そんなはずはない。クシエダは必死に否定する。自分は外から来た人間だ。外が存在しない？　世界は箱庭の内側だけで完結している？

「私たちは未来も過去も失った。でもまだ希望は残されているわ。何しろ、私は壁に触れることができたのだもの」

彼女は微笑む。

その微笑は、ほんのわずかに、彼女の最期を予感させた。


彼女が行方不明になったのは、それからすぐのことだった。

その日、クシエダはいつものように、仕事の合間に彼女のところへ向かった。クシエダと彼女は、かつて同じ工場に勤めていた。その工場では、大きな機械を動かすための、小さな部品を作っている。息を吹きかければ飛んでいきそうな、丸くて小さな機械部品で、それが一体何に用いられるものなのかクシエダは詳しく知らない。別に知る必要もないと思っている。

クシエダはいつも、休憩時間に彼女のところを訪ねることにしていた。その日は、昨夜からの雨が続く嫌な日だった。彼女の部屋を訪れると、扉の鍵が開いたままになっていた。

扉を開けて、中に声をかける。返事はない。彼女の部屋独特の、包帯の匂いがする。クシエダは断りを述べてから中に上がった。

質素というよりは、空っぽと呼ぶにふさわしいその部屋の主人は、何処にもいないようだった。ベッドには、最前まで誰かが横になっていた気配が感じられたが、温もりまでは残されていなかった。クシエダは工場に電話をかけ、彼女が来ていないか確かめてみた。彼女は来ていないようだった。クシエダはカーテンを開け、雨に濡れる外の景色を覗いた。彼女が残した痕跡らしいものは何処にもなかった。

　クシエダは彼女の部屋で、彼女を待った。夜になり、雨はひどくなった。クシエダは、彼女がもう二度とここには戻らないことを悟った。この殺風景な部屋において、唯一人間的な痕跡が残されていたベッドに腰かけ、静けさの他に何もない空間を眺めた。部屋の空気は澄んでいるような気がした。それを吸い込むと、死の味がした。

　失ってみて、初めて彼女のことが痛切に愛しく感じられた。久しく忘れていた感情だった。どうしてこんな大事なことを忘れていたのだろう。思い返してみると、子供の頃には確かにあったはずのいろんな感情が、今は失われているような気がした。クシエダは自然と、手元のシーツを強く摑んでいた。手に触れるものすべてをバラバラにしてしまいたい気分だった。けれど、そうしなかったのは、もはや感情に任せるだけの子供の時代は過ぎ去ってしまっていたことと、何よりこの部屋に、壊してしまえるようなものが何もなかったからだ。彼女の去り方はあまりにも整然としていて、美しすぎる。それが、哀しかった。

　クシエダはベッドに頰を寄せるように、そのまま身体を横たえた。彼女のことを思い出す。彼女の温もりや匂いを探したが、見つからなかった。そもそも、彼女の温もりや匂いを、クシエダは覚えてはいなかった。覚えているのは、包帯の独特な匂いと、薬の匂いだけだった。

　彼女は、子供の頃からはみだし者だった。彼女の言動は、町の子供たちから見れば奇異に見えるものが多かった。しかし、移住者の子であるクシエダを受け入れてくれたのは、彼女だけだった。もっとも、彼女はクシエダをよそ者と認識すらしていなかったようだが。二人は、自然と行動を共にすることが多くなっていった。

ずっと一緒だったのに。彼女は何処へ行ってしまったのだろう。

何となく想像はついていた。森だ。彼女はおそらく、森の奥にあるという、この世界の行き止まりを、もう一度確かめに行ったのだろう。クシエダは、彼女の云っていた壁について想像する。たとえば、中世までは天動説が信じられており、盤上の大地の周囲を星が回っていると考えられていたという。その盤上の大地には、断崖絶壁の奈落のような果てがあり、海の水はそこからとめどなく零れ落ちていくことになる。彼女の云っていた果てとは、それに似ているのかもしれない。つまり断崖絶壁の代わりに、壁が屹立《きつりつ》しているようなものなのだろう。彼女は森の奥でそれを見たというのだ。

『探偵』は箱庭世界の管理者だという。時折森を出て、町の人間を裁くのは、間引きであると彼女は自論を説明していた。箱庭世界には人間の数に限界値が設定されており、その数をオーバーしそうになると、中から数名を間引くのだ。

彼女の話によれば、情報メディアが徹底的に管理されているのも、箱庭に住む人間たちにそれを意識させないための作為であるという。存在しない外の世界を、さも存在するかのように刷り込むための、テレビ、ラジオ放送。町の住人たちはもっぱらラジオに依存している。テレビは映像がある分、ラジオよりも真実味があるのだが、あらゆるニュース映像には作り物めいた印象を抱かざるをえない。単に検閲が入るからだとクシエダは思っていたが、彼女に云わせれば、すべてが作り物なのだという。

　本質はどこにある？

　目に見えるものが、いまや不確かな幻になりつつある。自分の知っているもの、見えているもの、触れているもの、そして言葉の意味さえ――

　考えてはいけない。

　クシエダは彼女のベッドに仰向けになり、彼女がいつも見ていたであろう天井を見上げた。彼女はそこに、どんな妄想を巡らせていたのだろう。箱庭世界の話は、にわかには信じ難い。それこそ根拠のない妄想だと、笑って無視することもできる。

　第一、クシエダはよそ者である。町の外からやってきた人間であり、町の外のことを知っている。世界がこの小さな町だけで終わっていないことを知っている。しかしそれも、彼女に云わせれば刷り込みに過ぎないというのだ。

　箱庭世界の話はすべて彼女の妄想に決まっている――

　妄想だとしても、その想像力には圧倒される。想像とも創造とも無縁な日々において、やはり彼女は異質である。『探偵』の存在や、この閉鎖された町について、疑問を口にする人間はいないでもないが、何らかの推察を披露してみせたのは、彼女一人である。

　クシエダは彼女のことを思い出していた。彼女を目の前にしていた時は何も思わなかったのに、今では、彼女の長い髪が、勝気な目が、はにかんだ悪戯っ子のような口調が、脆弱《ぜいじゃく》そうな身体が、彼女のすべてが好きだった。今頃気づいても遅いのに。両目を失って、ぐるぐると顔に包帯を巻いた君。その姿がより完璧に近づいたように見えたのは、君の妄想が森の果てで完成されたからだろうか。

夜を過ぎても、彼女がいなくなったことに、誰も興味を示さなかった。もともと友人の少ない彼女ではあったが、基本的に町の人々は他人に不干渉である。

彼女を探さなければ。

きっと、彼女は森の中だ。

クシエダは森へ行くことを決意した。

彼女を探し出すことが第一の目標ではあったが、彼女が森で見たものを、自分の目で確かめるという目的もあった。消える小屋や、頭部の失われた屍体、そして『探偵』と、森の果ての壁。特に、彼女が視力を失ってから遭遇したという壁については、きちんとこの目で見れば簡単に解決する問題なのではないだろうか。

森へ行く前に、友人の自警隊員にいきさつを話した。彼はクシエダの話には取り合わなかったが、森へ行くことだけは心配してくれた。けれど止めることはしなかったし、具体的な忠告もなかった。頭部の失われた屍体についても彼に伝えたが、だからどうした、という顔をされるだけだった。

小雨の降る朝、クシエダはフードつきのレインコートをすっぽりと被《かぶ》って、懐中電灯を片手に、森の中へ入っていった。この時クシエダは、二度と町へ戻ってこられないかもしれない、と漠然と思った。霧がかったような暗闇が、たちまち辺りに立ち込める。

小雨の音は森の囁《ささや》きだった——今ならまだ引き返せる。大人しく君に用意された日常へ戻るがいい——

懐中電灯の光を投げかける。そうやって闇を切り裂くように。

クシエダはまず、森の出口が見える辺りの、頑丈そうな木の幹に、ビニールテープを結びつけた。テープの束になっている方をバッグに入れて、自動的にテープが引き出されるようにしておく。もしも森の中で迷ったら、テープを手繰《たぐ》って引き返せばいい。

広大な森の中から、人間を一人見つけ出すのは、至難の業だ。今日がだめなら、また次に来ればいい。次がだめならその次だ。なるべくなら、一刻も早く彼女を見つけ出すべきなのかもしれない。目も見えずさまよっている彼女を生きているうちに救出すべきかもしれない。しかしクシエダは彼女の生存をほとんど期待していなかった。

彼女は、おそらく森へ、死にに行ったのだ。クシエダはそう思っていた。なぜなら、目が見えないのに、わざわざ森へ行く意味を考えたなら、それ以外にないからだ。

森の中へ入ると、小雨はほとんど気にならなくなった。空を覆わんばかりの枝葉が、雨を防いでくれている。けれど湿った空気が沈殿《ちんでん》して霧雲のように漂っていた。

この森の何処かに、『探偵』が住んでいるのだろうか。今こうして領域を侵している自分に、『探偵』は気づいているだろうか。クシエダは神経を張りつめて、周囲を窺う。彼女の話によれば、『探偵』は出遭い頭に切りつけてくるような存在だ。充分気をつけなければならない。

町で大人しくしてれば、『探偵』は何もしない――自分で云った言葉が思い起こされる。まったくだ。森を侵せば切られても仕方ないのかもしれない。

それにしても『探偵』とは一体何なのだろう。考えれば考えるほど不可解な存在だ。

次第に森の緑が濃くなっていった。森は深く潜《もぐ》れば潜るほど鬱蒼《うっそう》としてくると、彼女が云っていたのを思い出す。

さらに歩く。どんどん霧が濃くなり、暗くなる。今にも彼女に出会えそうな雰囲気だ。しかし、ビニールテープはもう尽きかけていた。それ以上進むことは、森に取り込まれることを意味している。クシエダはしばらく悩み込んだが、町へ戻ることにした。

テープを手繰り始める。

何かテープの手応えがおかしかった。しっかりと繋ぎ止められている感触はあるのだが、何かおかしい。指先から血の気が引いていく。呼吸が速くなる。クシエダは急いでテープを頼りに走った。

手繰り寄せていくうちに、やがて終点の木が見えてきた。テープは木の幹に結びつけられている。

クシエダは息を呑んだ。

ここは違う。

森の出口ではない。

何処を見回しても、町へ出る道が見当たらない。森へ入った時は、すぐに出口がわかるように、目立つ木を選んだはずなのに。

誰かが結び替えたのだ。

おそらくテープを途中で切断し、その端を適当な木に結びつけたに違いない。

誰がそんなことを？

『探偵』か。

クシエダは切断されたテープの、もう一方の端を探した。もし見つかれば森を出られる。ない。

何処だ！

焦燥感から足元ばかり見て走っているうちに、クシエダはとうとう自分が何処にいるのかわからなくなっていた。

乱れた呼吸を落ち着かせるため、一度立ち止まり、深呼吸する。

大丈夫。何も心配することはない。

クシエダはバッグからコンパスを取り出した。出口のある方向は知っている。遠回りになるかもしれないけれど、コンパスに従ってさえいれば、必ず森を出られるはずだ。

コンパスは正常に働いているようだ。森に入った時とは逆の方角へ、ひたすら歩き続ける。

歩いても歩いても出口は見えてこない。周囲の景色は何も変わらない。乳白色の霧と、薄暗い空と、陰鬱な木々木々木々——もしもこの世界がすべて作り物だとすれば、霧は最上の舞台効果だろう。森に迷い込んだ人間を、いつまでも真実にたどり着かせないための効果もある。焦ってはいけない。森が偽りだろうと真実だろうと、彼女を見つけ出すことさえできればいい。

足元が緩《ゆる》やかな傾斜になって下っている。クシエダは森の終わりを期待した。

ところが、傾斜を下りきった時、目の前に見えたのは、大きな湖だった。暗黒の色をした湖と、真っ白な霧が層になって、眼前に広がっている。湖の向こう岸は高い崖になっており、その上にはさらに森が続いている。

クシエダはしばらく呆然と、波一つない湖面を眺めた。コンパスは狂っていないはずだ。正しい方角を引き返してきたはずだ。それなのにどうして、来た時はなかったはずの湖が、忽然と現れるのだ。

『探偵』の仕業か？

来た時の道筋を垂直線にたとえれば、ビニールテープの終着点を水平にずらすことで、帰りの道筋がまったく変貌する。その可能性は最初から危惧していたが、まさか目の前に湖が現れるとは考えてもいなかった。湖など、彼女の話にも登場しなかった。

湖を迂回《うかい》していくしかない。クシエダは水際を歩き始めた。立ち止まっていたらすぐに夜になってしまう。足元はぬかるみに丸石が交じった具合で、歩きにくい。頭上を覆っていた木の葉の屋根がなくなり、小雨がクシエダを包み込むように濡らした。

やがて霧の中に、ぼんやりとした人影が見えてきた。

その人影は、湖岸に横たわっているように見えた。

彼女だろうか。

クシエダは走り出した。

様子がおかしい。

それは、人の形をしていながら、もはや人間とは呼べない姿になっていた。

水色のワンピースは確かに彼女の服だ。しかしそれは色あせ、汚れ、散々な状態になっていた。そのワンピースの中にあるものといえば、どう見ても、細切れにされた肉塊であった。

それが、バラバラにされた人間の寄せ集めであるということに気づくまで、クシエダは相当の時間を要した。しかし、あらゆる神経が、五感が、そして何より意識が、それを否定する。

嘘だ。これが、こんなものが、人間であるはずがない。彼女であるはずがない。

水辺に打ち捨てられた腕。手首から先がなく、また肘から肩までの部分もなかった。そこには、見覚えのある治りかけの擦過傷があった。その傍に転がっているものは足だろうか。膝には古いのと新しい擦過傷があった。その他の部位は、泥と血に汚れていて、もともとどんな形をしていたのかさえわからなかった。バラバラだ。執着的なほどバラバラだ。腕、腕、腕、足、足、指、腕、足……

屍体から流れ出た血液で、水辺が赤く染まっていた。モノクロの世界の中で唯一、強い原色を発していた。

胴体の部分は、ワンピースの下に置かれる形になっており、実際に見ることはできなかった。つまり、一度脱がされた服が、屍体を覆っている状態である。クシエダはそれをあえて確かめることなどできなかった。未だに、目の前のものを信じられずにいた。度を通り越した恐怖は、クシエダの神経を凍りつかせていた。

どうして彼女がこんな仕打ちを受けねばならないのだ。

クシエダは力なくその場にひざまずいた。

彼女は何処だ？

目の前のバラバラ屍体が彼女だ。

彼女の頭部は何処だ？

ない。

やはり、森の中で出遭う屍体は、首なし屍体と決まっているのだろうか。

ふと、地面に白いものが落ちているのに気づいた。

それは包帯だった。

持ち上げてみると、その長さは、いつもクシエダが彼女のために切ってあげていた長さと、ほとんど一緒であった。

間違いない。バラバラ屍体は彼女だ。

クシエダは叫び出したい衝動に駆られた。その瞬間にはもう、叫んでいた。その声は湖畔の鳥たちを刺激し、羽ばたかせた。湖上の霧が歪んだように見えた。森が揺れていた。

次の瞬間、クシエダの視界が真っ白になった。何が起こったのかまったくわからなかった。

それは、衝撃だった。クシエダの目の前には、いつの間にか、地面があった。強烈な鈍痛。麻痺。後頭部の熱。足音。

気力で振り返ると、そこには闇があった。森の闇の、続きだった。その闇は、手に棒状のものを握っていた。

『探偵』！

続けざまに、『探偵』は棒を振り下ろしてくる。

クシエダはとっさに両腕で頭をかばった。手首が嫌な音を立てて折れた。手首より先が弾けとんだような感覚に襲われたが、指はまだ動いた。

立ち上がる。

クシエダは逃げ出した。手には、しっかりと、彼女の包帯を持っていた。

『探偵』がすぐに追いかけてくる。

ぐらぐらと揺れる視界。覚束《おぼつか》ない足取り。クシエダは宙をまさぐるように、両手を身体の前で振る。それは混濁した意識が、本能的に逃亡しようとする身体に追いついていない証拠であった。

クシエダは必死に逃げる。

森は秩序ではなかった。町を囲う、厳粛な秩序というイメージはもうなかった。

狂気の棲《す》み処《か》だ。

クシエダは森の中にいた。

背後の足音は、もうすぐそこにあった。

振り返るより先に、クシエダは、森の奥にある、それに気づいた。

壁。

森の果ての壁。

霧の向こうに、壁が立ちはだかっていた。

彼女の話は本当だったのだ。

そうか、やはりこの世界は偽物だったのだ。自分の記憶さえ捏造《ねつぞう》されたものだったのだ。クシエダは朦朧《もうろう》とする意識の中、森の果ての壁を見つめる。あの向こうには、何がある？　真っ暗な虚無か？　それとも、彼女の待つ天国か？　口惜《くや》しい。あの壁の向こうを知ることができないなんて。両目を失った彼女が、それでも再び森へ来たわけが、今やっと理解できた。このままでは死ねない。

次の瞬間、硬いものが頭に叩きつけられる。

ああ。もう終わりだ。

壁を見ると、そこに見慣れた印が描かれていることに気づいた。それは、町の人間なら誰でも見たことがある赤い印だった。

しかし、その意味を考える間もなく、クシエダの意識は失われた。

一つの新しい屍体が出来上がり、その傍に立つ『探偵』は、早速それを首なし屍体にするための準備に取りかかった。

第一章　失われた町の印

まだ夏の温もりが残る海の、波の途絶えた一瞬に、水没した町の面影《おもかげ》がはっきりと浮かび上がった。海底にかかる錆色《さびいろ》の歩道橋を、銀の背びれの魚たちが通り抜けていく。それは深海へ続く大通りに、列をなして、ネオンのごとく灯って見えた。遠浅の水没海岸は天国みたいに穏やかだった。

僕は海底を自由に泳ぎ回った。僕は海が好きで、泳いだり潜ったりするのが好きで、何より沈んだ町が好きだった。そこには美しい孤独があった。泡立つ海底の薄闇に沈み、誰もいない街角を泳いで曲がる瞬間に、ふいに感じる、何かとすれ違うような気配。見たこともないのに懐かしい気がする歩道。呼びかけてくるような暗い窓々。沈んだ町には、世界の秘密が眠っているような気がする。僕はそれを見逃さないように、息が続くまで、ずっと潜り続ける。

息継ぎのために海面に顔を出した時、風が微《かす》かに冷たくなっていることに気づいた。それは遅い秋を感じさせる風だった。僕は海中探検をやめて陸に上がることにした。服を着たまま泳いでいたので、濡れた服がいっそう冷たい。

アスファルトの海岸に上がり、波打ち際に揃えておいた靴とバッグのところへ向かう。

無人ビルの陰に、一台の黒い自動車が停まっていた。ずんぐりとした小型高級車で、いかにも格調高い黒塗りの車体を、誇らしげに輝かせている。それは荒廃した町並みにはまったく不似合いで、明らかに異様な存在感を放っていた。

自動車の後部座席を見ると、黒い瞳の少年が、澄ました表情で僕の方を見ながら座っていた。もしかしたら僕を透《す》かして海を見ていたのかもしれない。けれど彼は僕と目が合うと、即座に視線を逸らして、運転手に何か伝えるように口を動かした。そうして、間もなく彼を乗せた自動車は走り出した。

走り去る際に彼は再び僕を一瞥《いちべつ》した。大きな切れ長の目を、わずかに伏せて、まるで気のない様子で僕を横目に見ながら、彼は灰色の廃墟に消えていった。

美しい黒髪が、最後まで印象的だった。

彼は一体いつからそこにいて、いつから海を見ていたのだろう。僕が泳いでいるところもすべて見ていたのだろうか。

僕はセーラー襟《カラー》の服を脱いで水気を絞り、ランドセル・バッグから予備の服——それもまた英国式のセーラー——を出して着替えた。ショートパンツは替えずにそのままで、僕はバッグを背負うと町へ向かって歩き出した。

再びあの少年を見かけたのは、それからすぐ後のことだった。

町へ続く林道の脇で、大きな屋敷が黒煙を吐きながら燃えていた。町を目指して歩いていた僕は、思わず足を止めて、誘い出されるように炎の方へ向かった。燃える屋敷に近づくにつれ、すさまじい熱波を感じる。飛び散る火の粉が、小さな生き物みたいに舞い、力尽きて地面に落ちていく。周囲の木々が不吉な音を立ててざわめいていた。

人里離れた屋敷であるにもかかわらず、炎を遠巻きに見ている人々は多かった。彼らは一様に無表情で口を開けたまま、炎がより強くなる様子を眺めていた。彼らの会話と、油じみた炎の臭いとで、その炎が焚書《ふんしょ》によるものだということは、すぐにわかった。

何人《なんぴと》も書物の類を所有してはならない。

焚書とは禁止された書物を燃やすことだ。もしもそれらを隠し持っていることが判明すれば、役人によって隠し場所もろともすべてが灰にされる。書物は持っていてはならないものなのだ。それは少し前の時代が決めた規則で、僕らはその規則によって築かれた時代に生まれた。僕は書物というものがどんな形をしているのかさえ、よく知らない。

僕は野次馬の輪に加わって、熱波に頬を上気させながら、屋敷を囲む鉄柵に近づいた。小さな庭園と、大きなガレージのある西洋風の屋敷だ。僕は柵にしがみついて、その隙間から中を覗《うかが》った。書物というものがどんなものか一度見てみたい。もう燃やされてしまっただろうけれど、せめてその残骸でもないものかと、僕は目を凝《こ》らした。灰色の陰気な耐火服を着た人たちが屋敷の周りに集まっていて、彼らは機械じみた動作で、順番に屋敷に入っていった。

門の近くに黒い自動車が停まっているのを見つけた。それは海辺で見かけた高級自動車だった。今は誰も乗っていないようだ。この屋敷の車だったのだろうか、それとも……

僕は気になって、柵にしがみつきながら、背を一生懸命伸ばし、屋敷の窓から中を覗った。

そこに例の黒髪の少年がいた。

彼は緑よりも深い、黒よりも暗い、深夜の森の色に似たタイトなジャケットを着て、すらりとした身体を、窓辺に預けていた。髪型といい、凛《りん》として澄ました態度といい、まるで人形みたいだ。彼はそこから逃げ出す様子もなく、落ち着き払った表情で、屋内を移動する耐火服の男たちを眺めていた。彼の周囲にはまだ火の手が迫ってきてはいない。けれど彼の真上に当たる二階では、窓から炎が噴き出していた。いつ屋敷が崩れ始めて、彼を押し潰してしまわないかと、僕は不安と緊張ではらはらしながら、彼の様子を見守った。

彼は視線を感じたのか、ふいに僕の方を向いた。

今度は僕が視線を逸らす番だった。

僕は弾かれたように屋敷を離れた。振り返ったらまた目が合いそうだったので、一度も振り返らなかった。気恥ずかしさもあったし、何より少年の大きな瞳に宿っている不思議な静けさが、鏡のように澄んで、見てはいけない何かを映し出しているような気がして、僕は振り返ることができなかった。

少年は焚書の現場で何をしていたのだろう。

僕はそんなことを考えながら、町を目指して再び歩き始めた。

間もなく夜は深まり、僕は路傍《ろぼう》の廃屋《はいおく》で一夜を明かすことにした。

背の高い雑草に埋もれるようにして、立方体のようなコンクリートの廃屋が建っている。打ち破られた窓や、扉をなくした玄関などを見れば、その建物がすでに主を失っていることは明らかだ。全面コンクリートの打ちっ放しで、天井まで薄いコンクリートでできている。天井の腐蝕した箇所が崩落し、穴が開いていた。その穴を通して、薄い雲に隠れたかすかな月が、埃《ほこり》っぽい空気を筋状に照らし出していた。

僕は横倒しになったクローゼットをベッド代わりにして眠ろうとした。けれど結局、あまり眠ることができなかった。焚書の熱が僕をまだ包んでいた。寝返りを打つ度、ベッドから落ちそうになった。僕は一晩中、天井の穴から夜が明けていく様子を眺めた。

完全に夜が明ける前に、僕は廃屋を出て、再び歩き始めることにした。

西の空にはまだ星空が残っている。けれどすぐに、何処からともなく広がり始めた雨雲に覆われ、最後の星の輝きさえ、後には残されなかった。同時に雨が降り出し、僕は少し道を急いだ。

緩やかな起伏の林道が続いた。長い長い一本道だった。道路は何年も前に整備を諦められたような状態で、白線の代わりに雑草の緑が目立つ。ごっそりとアスファルトが欠けているのは、ちょっとした地すべりにでも見舞われたのかもしれない。僕はそこを飛び越えるのに苦心した。

やがて町が見えてきた。廃屋と人家が混在しているのがわかる。もし人家に灯りがなければ、完全な廃墟の町に見えたかもしれない。僕が昨晩一夜を明かしたようなコンクリートの大雑把な建物が多く、それらは雨に濡れてすっかり灰色に染まっていた。まるで暗色の立方体が無造作に並べられたかのような町並みだった。

煉瓦《れんが》敷きの通りを歩いてみると、僕の足音はコンクリートの建物の隙間に、迷い込むように消えていった。静かな町だった。人通りがまったくなく、自動車の走行音も聞こえない。灰色の住宅街は生活感に欠け、水没した町を思い起こさせた。

空き地ではドラム缶で焚《た》かれた火がくすぶっていた。誰かが最前までそこにいたのかもしれない。けれども、周囲に人間の姿は確認できなかった。町じゅうの人間が忽然と消失して、僕だけが取り残されてしまったかのようだ。家々の灯りはついているので、おそらく存在はしているのだろう。彼らは家の中で息をひそめている。張りつめた町の空気は、そのせいだろうか。細い歩道に設けられた街路灯が、時間を間違えたのか、それとも空が暗いせいか、雨の中で孤独に灯っていた。

まだ朝が早いせいもあるだろう。僕はあまり気にしないことにして、宿を探すことにした。もたもたしていたらすっかり雨に濡れてしまう。

そうして町を歩き回っているうちに、僕は幾つか奇妙な光景を目の当たりにした。

人家の窓辺を眺めると、そこに時折人影が見えた。けれど人影が見えるのは一瞬だけだった。彼らは一様に、僕に気づくと、すぐさまカーテンをしっかりと閉じてしまった。見てはいけないものを、覆い隠すかのように。カーテンを閉ざす音は、ナイフで何かを切り裂く音に似ていた。

明らかに、僕は拒絶されていた。

閉鎖的な小規模コミュニティが散在するこの時代には、異邦人に対して免疫のない土地というのも珍しくない。ただ、この町は少し異常な感じがする。

僕は次第に警戒心を身に付け、注意深く周囲を観察するようになっていた。けれど眺め回されているのは常に僕の方だった。カーテンの隙間から覗いている目、二階の窓から見下ろしている目、物陰に潜んでいる目、何処か遠くから凝らしている目……僕は視線に曝《さら》される肌寒さを感じずにはいられなかった。

僕はふと、足を止めた。

それはある人家の前だった。

その家は木造モルタルの平屋建てで、茶色い屋根と土色の外壁の、特に目立った特徴のない人家だった。新興のコンクリート・キューブの町並みの中にも、そういった古いタイプの家は幾つか見受けられる。その家が廃屋でないことは、玄関周りの清潔さから想像できた。ただ、その家が他の民家とまるで違っていた点は、玄関扉にあった。

木製の扉に、大きく、真っ赤な十字架のような印がつけられていた。

見るからに異様な光景だった。何もかもが海に沈んだかのようなこの町の中で、その赤色はあまりにも目につい。雨降りの中でも、特に影響を受けずに色と形を保っているので、昨日や今日に描かれたものではないだろう。それがインテリア・デザインでないことは、雑な描き方を見れば一目瞭然だ。いかにも子供の悪戯を思わせるが、それにしては少しやりすぎに思える。十字架というモチーフは、子供が選ぶにしてはあまりにも宗教じみている。

十字架？

——おそらく、十字架だ。断言できないのは、その十字架が、一般に見る教会の十字架とは形が異なっているからだ。

その十字架は、横木の両端がやや下向きに歪んでいて、先端が鋭く尖っている。まるで動物の角か牙を連想させる。縦木は横木と交わる部分を境に、上下とも中途が膨れた形をしている。先端はやはり尖っている。見た目にはちょっといびつな十字架だ。

もしかするとそれは十字架ではないのかもしれない。この町の人間だけが知る何かの印かもしれないし、あるいは僕が知らないだけで、この国の誰もが知っている種類の印であるのかもしれない。

もしそうだとしても、民家の扉にこのような形で記されているというのは、あまりふさわしいことのようには思えなかった。現在、その家の中に人がいるようには見えない。

僕は首を傾《かし》げながら家の前から離れた。あまりじろじろ見ていても失礼だろうし、何より僕は雨に濡れてすっかり寒くなっていた。

雨をしのげる場所を探す。

ひと気のない道路の先に、空家らしい建物があった。一階部分が車庫になっており、壊れたシャッターが上の方で丸まっていた。中に自動車はなく、空っぽだった。僕はとりあえずそこへ駆け込んだ。

車庫の中は少しだけガソリンの臭いがした。僕は一息つき、濡れた髪を振って水気を飛ばした。服が濡れているのは、さほど気にならなかった。壊れたシャッターの下から、雨空を見上げ、僕はため息をついた。

「誰？」

突然、車庫の奥の暗がりから声をかけられて、僕は跳び上がった。

振り向くと、そこに少年がいた。

身体の小さな少年だった。彼のほっそりとした顔の、大部分を占めるのではないかと思うほど大きな目が、少し猜疑心《さいぎしん》に満ちた様子で細められている。目の少し上で不器用に切り揃えられた前髪が幼さを感じさせた。僕よりは年下ではないかと思う。それでも厳しげに引き締められた口元や、ひそめたような眉が、しっかりとした一人前の自我を示している。

彼は車椅子に乗っていた。膝には毛布の膝掛けがかかっている。彼の小さな身体は、車椅子の中にすっぽりと包まれているように見えた。

この家の住人だろうか。

僕はとっさに謝っていた。

「ご、ごめんなさい、雨宿りをしようと思っただけなんです。何も盗《と》るつもりはありません。すぐに出て行きますから——」

「待って！」

少年は声を上げる。

僕は雨の中に飛び出そうとするのを思い止まった。

「町の外から来たの？」

「……はい」

「本当？ すごいなあ！」

僕は小さな声で答える。

少年は何故だか喜んでいる様子だった。僕が戸惑っていると、彼は車椅子を回して僕に近づいてきた。興味津々といった表情で僕を下から覗き込む。僕は数歩、後ろにさがった。それ以上さがると雨の中だ。背後で雨だれの音がする。

「ふうん、やっぱり外の人は感じが違う」

「あの……あの……」

「あ、心配しなくていいよ。僕も雨宿りするためにここに入ったんだから。それよりさ、外の話を聞かせてよ。一体何処から来たの？ 何をしに来たの？ 一人で来たの？ 歳は？」少年はますます僕に近づいてきた。「ひどく濡れてるね。傘を持ってないの？」

「傘は……持っていません」

「じゃあ僕のを貸してあげるよ。でも、傘を貸す代わりに、一つお願いを聞いてくれる？」

「お願い？」

「実は、傘は一本しかないんだ。傘は貸すけど、ついでに僕を家まで送ってほしいんだ。ほら、車椅子を押してさ。そうすれば二人とも濡れないでしょ？」少年はにっこりと笑ってみせる。

「どうしたの、そんな心配そうな顔をして」

僕はまだ少年に対し、警戒を解いてはいなかった。何しろ、彼はこの陰鬱な町で初めて出会う人間だ。この町は僕に優しくない。だからこそ、朗《ほが》らかな表情が、まるで現実離れして見える。悪そうな人には見えないけれど……

「そうそう、もし泊まる場所を探しているのなら、黙って僕を家に送った方がいいと思うよ。実は僕の家はホテルなんだ。久々のお客さんが来るとすれば、父さんも喜んでくれるんじゃないかな」

少年はそう云って笑ってみせた。

僕はその幸運と、そして何より、彼の笑顔を信じてみることにした。


僕らは雨の中、でこぼこの煉瓦道を一緒に下った。僕は左手で傘を持ち、右手で車椅子のハンドルを握っていた。町は相変わらず無人だ。ただ、僕はもう孤独ではなく、車椅子に乗った少年と一緒だった。

「僕はユーリ」車椅子の少年は云った。「君は？」

「クリスティアナ」

僕は答えた。

「クリスティ……？　何？」

「クリスって呼んで」

「うん、わかった」ユーリは振り返るようにして、僕を見上げた。「もっと傘を高くして。そう。ありがとう。何処から来たんだって？」

「英国の、ロンドンというところだよ」

「それはきっと、すごく遠くなんだろうね」

彼はその遠さを、きっと実感できないだろう。西の果てロンドンから船でこの国に渡ってきたのは、もう一年以上前のことだ。僕が生まれ育った懐かしい教会は、今もあるのだろうか。もしかしたら、氾濫したテムズ河に押し流されたかもしれない。

「外と比べて、この町はどう？」

「とても静かだね。みんないなくなってしまったみたい」

「最近おかしなことばかり続いているから……」

ユーリは語尾を引きずるようにして呟いた。

「この町で何かあったの？」

「あれ？　まだ何も聞いてない？　本当に、この町に来たばかりなんだね」ユーリは少し驚いたような声になった。「後で教えてあげるよ。それより、家に急ごう。雨が強くなってきたからさ。ねえ」

ユーリの指示に従って町を進む。しばらく町を歩いてみても、最初の印象を覆すようなものは何もなかった。むしろ、ますます陰気な気配を強くするだけだった。目につくのは、コンクリートの立方体に、トタン屋根の工場と煙突、そして錆びたシャッターの商店街と、急ごしらえの粗末な煉瓦道。

やがてユーリの家が見えてきた。ロッジ風の建物で、正面に設けられた一段高いポーチが、この町にはないおしゃれな印象を与える。ただし、手すりとその支柱、階段、そして床板が、元通り綺麗な白に塗り直されない限り、幽霊屋敷然とした雰囲気を拭《ぬぐ》い去ることはできないだろう。その小さな屋敷が、ホテルであることを示すのは、ポーチの階段脇に立つ小さな矢印看板だけだった。その看板へ向かって、煉瓦道はまっすぐ延びている。道はそこで終わり、家の向こうは、森だった。鋭い雨に濡れる黒い森が、古ぼけたお化け屋敷を囲う幕に見えた。

「ようこそ、『ロイヤル・エメラルド・シティ』へ」

ユーリが唐突に云った。

僕は傘を持ったまま、ユーリと、目の前のお化け屋敷とを交互に見た。

「……そういう名前なんだ」

ホテルを取り囲む森は、ごく深い緑色をしてはいたけれど、さすがにエメラルドと呼べるほど鮮やかではない。まして、その中央にある、白ペンキもはがれかけた小さな屋敷がロイヤルでエメラルドな都とは――

正面の玄関ポーチを迂回して、建物の真横に来ると、車椅子でも上がることのできるスロープがあった。手すりの一部を取り除いて、そこに分厚い板を置いただけの坂だ。僕はユーリの車椅子を押して上がった。

ユーリが玄関のベル紐を引く。紐はユーリの手が届く高さまで垂れ下がっていた。すぐに扉が開き、中から男が飛び出してくる。

「何処に行ってたんだ！　ユーリ」

野太い声が、ユーリの頭上を飛び越えて僕の耳まで貫く。僕は思わず身を引いた。目の前には、体格のいい筋肉質の男が立っていた。彼が掴んだドアノブは今にも音を立てて握り潰されてしまうのではないかと思われるほどだった。

「散歩だよ。別にいいじゃん。具合のいい時ぐらい、外に出たってさ」

「何云ってるんだ、この雨だぞ？　お前がどうやって雨の中を自由に出回れるっていうんだ。びしょ濡れになって、風邪をひいたらどうする。自分の身体のことをわきまえろ。この次勝手に外に出たら、もう二度と外に出さないぞ！」

「平気だよ。外ぐらい一人で行けるもん。雨だって急に降ってきただけだしさっ」

「急に？　急にだと？　それなら急に発作になったらどうするんだ。誰も助けてはくれないぞ！　それに、もしも『探偵』が来たらどうするんだ」

――『探偵』？

僕は彼の言葉に反応する。

『探偵』が……来る？

「僕の気持ちなんか、父さんは何も知らないんだ」ユーリはふてくされたように云うと、僕の方を振り返った。「クリス、先に部屋に帰るね。ここじゃ、うるさくって敵《かな》わないよ。後で僕の部屋に来て」

ユーリはそれだけ云って、未だに怒鳴り声を上げている男の横をすり抜け、家の奥へ行ってしまった。僕は彼を制止しようとしたけれど、急な事態に声も出なかった。僕はいつもとっさの出来事に弱い。

僕と、怒れる男が残された。

「誰だ、お前は！」

男が僕を睨《にら》みつける。やり場を失った怒りが僕に向けられる。まるで、たった今僕という存在に気づいたかのようだった。

「あ、あの……今晩、こちらに泊めていただきたいのですが……」

「客か？」

「はい」

「なんだ、そうか……」男の声が鎮《しず》まる。「すまない、久々の客なもんで、ここがホテルだってことを思い出すのに時間がかかっちまった。こんな町じゃ、誰かに話を聞いてもらいたがっている独り暮らしの老人くらいしか、部屋を借りないからな」

男はぶつぶつと呟きながら、僕のために扉を大きく押し開いた。さあ通れと云うように、右手を小さく振る。僕はようやく、中に入ることができた。

全面が木材むき出しのままのロビーだった。ロビーという言葉がふさわしいかどうかも疑わしい。ヴィクトリア朝風であるとか、ロココ調であるとか、そういった室内装飾とは無縁の内装だった。山小屋のような味わいがあると云えば聞こえはいいかもしれないけれど、悪く云えば大雑把で、サービスに欠けていた。僕はもちろんそんなところには期待していない。ゆっくりと身体を休められる場所と、できることなら温かい食事が得られればいい。

体格のいい男は、依然として何かを呟きながら、ロビーカウンターの中に入った。一つ一つの動作が、いかにも億劫《おっくう》そうだ。

「そこに座れ」

僕は命令されるまま、カウンターの正面に置かれた丸椅子に座った。両手を何処にやったらいいのかわからなくて、結局膝の上にしっかりと置いた。

男はカウンターの下から小さな黒板を取り出し、それを片手で持ちながら、チョークで何事かを書き始めた。どうやら、彼こそが『ロイヤル・エメラルド・シティ』の主であるようだ。

「一人旅か？」

「はい」

「歳は？」

「十四歳です」

「何処から来た？」

「英国のロンドンです」

僕は大人しく、椅子に座ったまま答える。まるで尋問だ。カウンター越しに立つ大柄の男性は、ホテルの主人というより、人里離れた冬山で山羊《やぎ》を飼って暮らす山男のようだった。顔も腕も毛むくじゃらで、首はそこらの薪《まき》よりずっと太そうだ。彼はまるで僕を聞き分けのない山羊とでも思っているかのように、始終威圧的な低い声で質問してきた。

「随分とまた遠くから来たもんだ。外国人の客は、初めてだ。それにしちゃお前さん、ここの言葉が巧いな。まあいい。問題なく話せりゃな。で、名前は？」

「クリスティアナです」

「クリスマス？　何だって？」

「クリス、でいいです」

「金はあるのか？」

「あ、はい」

僕はバッグを下ろして中からカードを取り出した。英国の銀行が発行しているキャッシュカードだ。そのまま通貨として利用することもできる。

「何泊する予定だ？」

「えっと……」

「決めてないのか」

「はい」

「まあいい、出たい時に出て行けばいい。お前さんの旅立ちについては誰も咎《とが》めはせんだろう。この町の、誰もな。とりあえず三日分だけ金をもらっておく」云いながら端末にカードを通す。「もし予定が早まるなら金は返す。延びるならまた払ってもらう。それでいいな？」

「はい」

僕はカードを受け取りバッグにしまった。

「予定のない旅か——俺も小さい頃は憧れたものだ。その役は、今ではすっかりユーリのもんだがな」主人は無精髭を擦《こす》りながら、難しそうな顔を、微かに柔らかくした。「小さいのに長旅とは感心だ。それに、うちのユーリと比べたら、随分しっかりしている。ふん、教育の差か。さあ、部屋へ案内しよう。うちは質素で埃っぽくて眺めも最悪だが、ベッドはとびきり上品だ」

主人に連れられて僕は廊下の奥へ向かった。小さな宿なので、部屋数は多くない。宿泊客は、当然のように僕以外にいない。廊下には枯れた観葉植物の鉢とか、ガットの切れたテニスラケットとか、年代もののレジスターとか、よくわからないものがよくわからない位置に置かれていた。それらを避けるようにして進む。足元が少し軋《きし》むのは、大した問題ではないだろう。宿泊環境がどうであろうと、主人が僕のことを受け入れてくれただけで、一安心だった。意外にも主人は、異国の人間に対してまったく差別意識を抱いていないようだ。

部屋に入ると、優しい木の匂いがした。主人の云う上品なベッドが部屋の隅にあり、その横には窓と、鏡台があった。確かにベッドは柔らかそうで、寝心地よさそうだった。

窓の外では激しい雨の音がしていた。

「ここは、俺と、俺の息子のユーリと、コックの三人で働いている。細かい規約は俺よりユーリの方が詳しいから聞いてくれ。料理に関してはコックにすべて任せている。何かあればいつでも尋ねろ。クローゼットの横の電話がロビーカウンターと繋がってる。俺が寝てなけりゃ、出てやる」

「ありがとうございます」

僕は深々と頭を下げる。

「ユニットバスはここだ。トイレもある」彼は近くのドアを開ける。「英国人は風呂に浸《つ》かる習慣があるのか？　まあどっちだっていい。広い風呂に入りたければ、廊下の先に浴場があるから使うといい」

「シャワーだけでいいです」

「うむ、タオルはそこにある。とっとと雨に濡れた頭を拭け」

「はい」

「ちなみに、この家では電気を節約していて、部屋の灯りは蠟燭のランプを使っている。蠟燭なら幾らでもある」

「はい」

「部屋に関しちゃそれぐらいだが――」主人は僕から目を逸らすように、窓の方を向いた。

「これは注意というか、忠告なんだが、お前さんはなるべく外を歩き回らない方がいい。特に理由でもない限りな。最近いろいろあってな、みんな神経質になってる。そんなところに、お前さんみたいなガイジンが姿を現したとありゃ、何事かと思うわけだ。悪気はないんだ。運が悪かったと諦めろ。まあ見たところ、お前さんはただの子供だし、問題視されることもないと思うが。俺の云ってること、わかるか？」

僕はふと思い当たることがあった。

「ここに来る途中のことなんですが、昨夜、大きなお屋敷が燃やされているのを見ました」

「焚書か」

主人は無表情で云う。

「焚書のことで、この町でも何か問題があるんですか？」

「俺にはわからん」

主人はそっけなく答えると、くたびれたように首を振って、肩を落としながら部屋を出て行く。その間際に、彼は振り返って口を開いた。

「ユーリをここまで運んできてくれて、悪かったな。この雨の中、あいつを押してくるのは大変だっただろう。身体の調子がいいと、すぐに一人で外に出たがるから困ってるんだ」

「身体がよくないんですか？」

「まあな――だが、お前さんがユーリを公平に扱ったように、俺もお前さんを公平に扱う。お前さんがよそ者だろうと、英国人だろうと関係ない。そういうことだ」

「ありがとうございます」

「もし暇があれば、あいつのことをかまってやってくれ」彼は背を向けた。「俺はアサキ。ユーリの父親で、このホテルの主人だ。よろしくな」

僕はアサキさんを見送った後で、ベッドに寝転んだ。雨のせいで外は暗い。カーテンの隙間から見える景色は、森だけだ。森の手前に野外灯が並べられているのは、町と森の境界を示す意味でもあるのだろうか。おそらく、この町も、海岸線の浸蝕から逃れるようにして山間にできた小規模な集落に過ぎないのだろう。

奇妙な町だ。この町で一体何があったのだろう？

旅先で起きる問題には関わり合いにならない方がいい、というのが僕の浅い経験から得た少ない教訓のうちの一つだ。けれどいつも好奇心から首を突っ込んで痛い目に遭う。アサキさんの忠告通り、あまり歩き回らず、三日ほど身体を休めたら、次の町へ行くのがいいのかもしれない。

でも僕は、多分そうしてはいられないだろう。ユーリとアサキさんの会話に出てきた、ある言葉が気になって仕方がない。

『探偵』——

思い返せば、たまたま遭遇した焚書の場面とも、通じる何かを感じる。

目を閉じると、まぶたの裏に炎の色が蘇《よみがえ》ってきた。屋敷を、書物を燃やし尽くそうとする形のない熱い朱《あか》。僕の肌には、あの熱波の名残が、まだ染みついているような気がした。屋敷の中で、一体どのように書物が燃やされたのだろう。それはどんなふうに黒く変わっていき、どんなふうに灰になっていくのだろう。

この町には何があるのか……

気づくと僕はうとうとしていた。夢の中で屋敷が燃えていた。僕は炎から逃れるようにして、夢から目覚めた。身体が熱っぽい。僕はシャワーで身体を清め、濡れていない服に着替えた。

突然部屋の電話が鳴った。ユーリだった。昼食の用意ができたらしい。僕は彼の説明を受け、部屋を出ると食堂へ向かった。食堂はロビーから別の扉を入ってすぐのところにあった。木製の長いテーブルが二つ並べられている。壁一面がフランス窓になっており、板張りのテラスに出られるようになっていた。屋根がないので、もしも今、窓を開けて外に出ようものなら、部屋まで雨に濡れてしまうだろう。雨は僕が眠っている間にも降り続いていたようだ。

食堂に用意されていたのは巨大なオムレツだった。

「お昼だよ。英国にもオムレツはある？」

ユーリがいつの間にか僕の背後にいて、そう云った。

「あるけど……これ、とっても大きいね」

「ナギノさんが張り切ったんだ。ここで働いているコックさんだよ。最近は、雑用ばっかりで料理人らしいことが何もできないって、つまらなそうだったからね。お客さんが来てくれて喜んでいるみたい」

「全部食べきれなかったらごめんなさい」

「そんなこと云ってたら、大きくなれないんだよ。僕がすぐに追い抜いちゃうかもねえ」ユーリはおかしそうに云う。「ミルクいる？　持ってきてあげるよ」

「あ、いいよ、僕が持ってくる」

「いいのいいの」

ユーリは自分で車輪を回して食堂を出て行き、すぐに大きな瓶を膝に抱えて戻ってきた。足は不自由なのかもしれないけれど、車椅子を自在に操っている姿は機敏だ。それにしても、あの熊みたいな厳《いか》つい父親から生まれてきたとは思えないような、華奢《きやしや》な少年だ。彼は僕よりも大きくなることはあるのだろうか？　実のところ、今でも僕と彼はそう大して身長に差はなさそうだけれど……

「ありがとう」

僕はミルクの瓶を受け取った。僕たちは向かい合って食卓につく。食卓には厚手の白いクロスがかけられていた。一定間隔で燭台《しよくだい》が立てられ、まるで大きな屋敷の食堂を気取っているようだった。

「クリスはどうしてこの国の言葉を喋れるの？」

「……小さい頃、母から教わったの。父も母も英国人だけど、この国での生活が長かったから。特に母がね」

「お母さんは、今何処に？」

「洪水に呑まれて、何処かに行ったきり――」

「そう……じゃあクリスと僕は仲間だね」ユーリはため息をつきながら、無理やり微笑む。「僕も、お母さんは津波で行方不明。もうずっと前の話」

英国もこの国も同じ島国だ。抱えている環境問題については、きっと一緒だろう。海水面の上昇で、すっかり国土が沈んだ国もあるという話だから、それに比べたらまだましだろう。

僕たちは時間をかけてゆっくりとオムレツを食べた。

なんとか全部食べきると、ユーリは皿を片付けながら、小声で僕に囁きかけてきた。

「この町のことを教えてあげるよ。僕の部屋に行こう」

ユーリの部屋は僕の部屋と大差なかった。ただ、車椅子で移動しやすくするためか、鏡台が取り除かれ、ベッドの形状も少し違っていた。机の上には白いイヤホン・ラジオと、勉強用の小さな黒板が無造作に置かれている。黒板には僕の読めない文字が幾つか書かれていた。

「字の練習?」

「そうだよ」ユーリは車椅子を回して黒板を手に取った。「父さんがやれって」

「珍しいね。ラジオで勉強している限り、難しい字を知る必要もないでしょう?」

「うん、だから余計なことをこれ以上覚えたくないんだけど。ただでさえラジオの授業で精一杯なのに」

世の中のすべてのことはラジオから語られる。かつて教科書と呼ばれる書物に記されていたことも、今ではチャンネルを合わせれば、二十四時間、いつでも聞くことができる。耳にイヤホンを当てているだけで学習できるので、子供たちはもとより、大人たちからも歓迎されている。大人たちは、子供がイヤホンを耳に当てているだけで安心できるからだ。

この世から書物というものが失われて、急速に利用価値が増したものといえば、このラジオだった。ラジオのチャンネルには、多彩な項目があり、教育から報道まで、日常知る必要のある出来事のほとんどを知ることができる。けれど当然のように、検閲を経て配信される情報なので、それが完全な情報であるかどうかを、聴取者は知ることさえできない。

「空いているところに座って」

僕はユーリに促されるまま、ベッドに腰掛けた。

「さっき云いかけたのはね、食堂ではできない話なんだ」ユーリは窓辺に車椅子を落ち着けると、秘密めかすように、声をひそめて云った。「大人が嫌がるからね」

「それは僕に話してもいいようなことなの？」僕は不安になって尋ねる。「つまり――僕はよそ者だから……」

「関係ないよ。それに、クリスはもうよそ者なんかじゃないでしょ？　友だちだよ」

「うん、ありがとう」

僕は素直に嬉しくなって云った。

「だからこの町の秘密を教えてあげる」ユーリは小声で云う。「この町ではよく、人がいなくなるんだ」

「いなくなる？」

「そう。ある日突然、いつも見かけていた人がいなくなる。そして二度と戻ってこない」

雨音が彼の言葉をかき消そうとする。けれど僕は聞き逃さなかった。

「町を去っただけではないの？」

「消えた人たちはみんな部屋に荷物をそのまま残しているんだ」

「いなくなった人のことを、誰も探そうとしないの？」

「探す人もいるよ。でも、最初からみんな諦めているみたいなんだ。たとえ家族であっても、古い知り合いであってもね。いなくなったのは、いなくなるだけの理由があったから、と簡単に割り切って、納得してしまうんだよ」

身近な人間がいなくなっても、この町の人たちは何事もなかったように朝を迎えられるのだろうか。僕が今朝目の当たりにした、すべてが死に絶えたような静寂は、諦めの沈黙だったのかもしれない。それとも完全な無関心だろうか。いずれにしろこの町がただならない空気に満ちているのは確かなようだ。

「消えた人たちは何処に行ったのかな」

「行き場所なんて何処にもないよ」そう云いながら微笑んだユーリの目は笑っていなかった。

「誰も町から出ることはない。でも、みんな知ってる。消えた人たちが、何処へ行ってしまったのか」

「知ってるの？」

「うん」

「何処？」

「森だよ」

ユーリがそう云った時、ホテルを取り囲む森が、大きくざわめいた気がした。

カーテンの隙間に見える黒々とした森が、強い雨に打たれて、生き物のように蠢《うごめ》いていた。

「きっとみんな森に行ってしまったんだ」

「森？」僕は外を見ないふりしながら尋ねる。「つまり、遭難してしまったということ？」

「遭難……？　ああ、迷って帰れなくなること？　それなら、間違っていないよ。でも、それだけじゃないんだ。悪いことをした人間が森の中に迷い込むと、首を切られて、頭を持っていかれちゃうんだよ」

「首を切られる？」

「嘘じゃないよ。僕も首を切られて頭がなくなっている屍体を見たことがあるんだ」

話がだんだん常軌を逸してきた。

僕は急に閉塞的な息苦しさを覚え始めていた。やっぱりこの町は普通じゃない。

「森に入ってすぐのところに、男の人の頭のない屍体が横たわっていたんだ。いつものように、車椅子に乗って、朝の散歩をしている時だった。僕は目がいいから、遠くからでも、森の中に倒れている男の人に気づいたんだ。すごいでしょう？　でも、近づいてみたら、それは頭のない屍体だった。最初は頭が地面に埋もれているのかと思ったけど、そうじゃなかった。どう見ても首は切られていた。しばらく遠目に見ていると、別の子供たちが屍体の周りに集まり出したんだ。彼らは僕には気づいていなかった。彼らの方が、僕より先に見つけたと思っているみたいだった。彼らも僕と同じように、たまたま屍体を見つけたみたいだった。三人くらいの男の子のグループ。彼らはひとしきり屍体を観察してから帰っていった」

「……それで、ユーリはどうしたの？」

「僕も帰ったよ」

「えっ、それだけ？」

「うん」

「警察に通報しないの？」

「……通報？」ユーリは目を丸くする。「警察に通報したって意味ないよ。警察って何もしないでしょ。それに、何を伝えたらいいかわからないし、そもそもどうやって連絡するかもよくわからないよ」

「そう……」

彼らは警察を知らないのではない。『犯罪』を知らないのだ。だから対処する術《すべ》を持たない。

何十年も前に行なわれた一斉焚書により、前時代の野蛮な思想は断たれ、あらゆる凶悪『犯罪』は撲滅されたということになっている。統計上、それは事実であり、実際に目立った事件というのは起こらない。

「大人にも知らせなかったの？」

「だって、大人たちはみんな屍体を嫌がるんだもの」

「嫌がる？」

「まるで無関心を装ってるけどさ、本当はみんな屍体が怖いんだよ。怖いから、知らんぷりすることで、自分とは関係がないって思い込もうとしているんだ。自分たちが生活する場所に屍体なんかあっちゃいけないんだ。屍体が自分の死を予感させることを、大人は知っているから。僕たちは屍体というものがどんなものかさえ、よく知らなかった。いずれ知ることがあるのかなあ」

死からの逃避。

僕たちの時代は、あまりにも死に溢れている。だからこそ死から逃げ続ける。この町も、きっと死から逃れてきた人々が最後にたどり着いた場所なのだろう。けれど彼らが幾ら逃避を続けても、向こうからそれは唐突に訪れる。僕たちは戦争による巨大な死を経験したすぐ後に、自然災害による、より圧倒的な死を目の当たりにしてきた。だからこそ、死が怖いという気持ちは、まだ子供に過ぎない僕にだってよくわかる。ゆえに彼らは屍体を忌み嫌っているのだ。自分たちの世界にあってはならないものとして。

これはこの町に特有の感覚ではなく、僕たちの時代全体に当てはまる感覚と云えるだろう。僕たちにとって、死は自然災害が生み出すものだ。たとえば洪水、たとえば津波、たとえば台風。自然災害の犠牲者は地球規模で増え続けている。その破壊力と殺傷力は人間の想像を超え、僕たちを無力感に陥《おとしい》れる。首なし屍体などというのは、災害で死亡した屍体に比べればまだましな方だ。もっと悲惨な屍体が幾らでもある。そして今もなお、世界の何処かで、大量の屍体が朽ちる順番を待っている。

「その後、屍体はどうしたの?」

僕は尋ねた。

「知らないよ。次の日行ってみたら、もうなかったよ。誰かが何処かに持っていったんじゃないのかな。それとも焼かれたか、お墓に入れられたのかもね」

「この町に墓地はある?」

「ないよ。だから、僕が今云ったお墓というのは、誰かが勝手に作った場合のことね。町の人が死んだらどうなるのか、僕にもよくわからないんだ。僕はまだ葬式を見たこともないけれど、屍体はすぐに燃やして灰にして川に流してしまうんだって聞いた。屍体を少しでも長くこの世に残してはいけないんだ。屍体を見たことがない子供は少なくないと思うよ。僕が初めて見た屍体は、頭がなかったから、何だか変な感じだった。正しい屍体というのは、どんなものなんだろう」

「屍体は結局誰だったの?」

「さあ? だって、顔がわからなかったもん。頭がなかったからさ。数日前に町から消えた男の人だろうって、別の子供たちは云ってたみたいだけど」

「他に行方不明者の屍体を見たことは?」

「僕はないよ。でも見たって云う人は何人かいるし、噂は聞くよ」

人が消える町。

森で発見される首なし屍体。

そして死と屍体を忌み嫌う人々。

僕は町の人々から受けた陰湿な視線を思い出す。こんな狂ったような町では、よそ者が災いをもたらす使者にでも見えるのかもしれない。見かけ上は、静かな町なのだけれど。

「ねえ、一つ気になることがあるんだけど……」僕は口ごもりながら云う。「君のお父様が云っていた『探偵』って、君は知ってる?」

「うん――」

ユーリの表情が明らかに曇った。

「この町に『探偵』がいるの？」

「いる」ユーリは目を伏せて云う。「と思う」

「本当に？」僕の声は思わず上擦《うわず》っていた。『探偵』の話を聞かせて」

僕はユーリにお願いする。ユーリは当惑したような顔で、ちらりと窓を見て、それから僕に向き直った。

「今日は疲れてるでしょ、クリス。ゆっくり休みなよ」

「平気だよ。だから――」

「明日話すよ」ユーリは僕を制して云う。「見せたいものがあるんだ。『探偵』と関係のあるものだよ。それを見てからの方がいいよ」

「見せたいもの？」

僕は首を傾げた。けれどこれ以上食い下がっても、嫌われるだけなので素直に肯《うなず》いた。

「今日の夕食は七時だよ。電話で呼ぶから、それまで寝ててもいいよ。なんだかクリス、寝不足みたいだし」ユーリは元の明るい表情に戻っていた。「そうそう、クリスって少し海の匂いがするね。ちゃんとシャワー浴びなよ。お部屋にユニットバスがあるから、使うといいよ」

僕は云われた通り部屋に帰って再びシャワーを浴び、夕食の時間までベッドで休んだ。夕食は山菜を使った料理だった。久々の贅沢な食事に、僕はあまり空腹ではなかったにもかかわらず、たくさん食べてしまった。残念なのは、ユーリもホテルの主人もコックも、忙しいのか、食卓におらず、一人きりのディナーになってしまったことだ。

もしかしたら、僕はまだこの町に全然受け入れられていないのかもしれない。

『探偵』の存在する町。

――まさか『探偵』が本当にいるのだろうか？

『探偵』といえば、失われた『ミステリ』においてもっとも重要な役割を果たす存在だ。『探偵』とは秩序の象徴にして、正義の象徴だ。バラバラにされた不可解な謎を再構築し、元のあるべき姿に戻す能力を持った偉人だ。時には凶器を振り回す悪に立ち向かい、時には災禍に埋もれた人々を救い出す。探偵小説の黄金期にして末期に生まれた様々な『探偵』たち。焚書の時代は、彼らを死に耽《ふけ》る狂人とみなしたけれど、彼らより真正面から人の死に向き合う人間が、この壮絶な死の時代に存在し得ただろうか。

かつて『ミステリ』ではあらゆる『犯罪』を描いていた。『ミステリ』には人間が犯し得る罪の数々が記されていたという。死と暴力と悪意と姦計《かんけい》と……それらは時に不条理に、時に複雑な謎として、一般に提示されていた。死や暴力が娯楽として消費される時代が確かにあったのだ。

けれど今ではもう、『ミステリ』を含めあらゆる書物が失われている。

時代が書物を望まなくなったのだ。

戦争と大規模な自然災害が、鉄や人命を盛大に消耗していくなかで、死や暴力を思い起こさせるような書物はそれ自体罪とされた。読むことも作ることも許されない。こうして焚書の時代が始まった。本は自ら抵抗しない。有害と指定されれば、焼かれ、灰になるだけだった。

人が人を殺し、人を傷つけ、人のものを奪うなど、罪を犯すという行為そのものが、焚書による効果で確実に幼稚化していき、容易に検挙されるようになった。やがて罪を犯す人間も、事件そのものも減少し、書物の有害さがもたらした罪と罰の社会はこうして、理想の、誰も傷つかない世界に変わりつつある。『犯罪』という言葉の意味は失われ、形を変えていった。僕たちの時代にはいかなる『犯罪』もありえない。

事件の減少により、警察そのものの力が弱まっているのも事実だ。即座に現場に急行できるような機動性を持ち合わせていない場合が多い。警察官の絶対数が少ないため、管轄区域が際限なく広いのだ。おそらくこの町にも、警察署は存在しないだろう。だから子供たちも警察をあまりよく知らない。知る必要がない。

焚書が始まったのは、英国からだった。それは産業革命から続く一つの時代の終わりでもあった。

焚書によって世界は再び大きく変わっていく。

ポオやドイルといった作家の名前は、今では一部の人間が記憶しているだけだ。彼らの作品は真っ先に焼却の対象となった。何故なら、死や暴力を扱った彼らの作品は、焚書の指標としてもっともわかりやすいものだったからだ。無闇な死、遊戯としての犯罪、理不尽な暴力、そういった行為が人々の間に広く知れ渡ることを、誰もが恐れていた。焚書は政府が一方的に押しつけたものではない。少なくとも英国国民は、ほとんどの人間がそれを望んでいた。これで平和が訪れる、と。

その時代はまだ、僕たちが知る『ミステリ』という概念がはっきりとは確立していなかった。あくまで指標として、ドイルなどを代表とする特定の書物が有害図書として名指しされていたに過ぎない。

やがて、死、暴力、犯罪、それだけに止まらず、感情の揺らぎ、衝動、強い意志などを描いた書物も、焚書の対象となった。有害規定の範囲は曖昧なまま拡大し、事実上、すべての書物が焚書の対象となっていった。書物それ自体を持つことが罪とされ、見つかり次第、焼かれた。

歴史から書物が駆《く》逐《ちく》されたのは、一九六〇年代後半と云われている。その頃ちょうど、ラジオやテレビなどの情報メディアが発展し、書物など必要なくなったという時代背景があったというが、僕にはよくわからない。書物がメディアの一部であったということが、僕らの時代の人間は理解できない。けれどある意味では、科学発展の当然の流れとも云えるかもしれない。ラジオやテレビの方が、メディアとして優れていたのなら、それ以前の古い型——つまり紙——は、排除されてもおかしくないだろう。少なくとも僕はそう考える。蒸気機関から電気機関に発展したことで、前者が駆逐されていったように。

けれど——

『ミステリ』を知らない人たちが住む世界で、失われたはずの『ミステリ』から知識を得た人間が、自分の目的のためにその知識をひそかに利用したとしたら——人々はその『犯罪』を理解することができるだろうか？

これは『ミステリ』に限ったことではない。焚書の一つの側面を示している。それは知る者と知らざる者との明確な格差。だから知らざる者の世界で、知る者である人間は優位に振る舞うことができる。

僕が『ミステリ』について知っていることはすべて、父から聞いた。父はホームズ譚やクリスティの名作などを記憶していて、小さい頃から僕に聞かせてくれた。父は英国海軍の潜水艦乗りで、僕がチャーチ・スクールの四年生の時に、北海に沈んで死んだ。

父の話には、『探偵』が必ず出てきた。あるいは記憶の中で僕は、英雄的存在である『探偵』と、海軍の英雄として賞賛を受けていた父とを、重ねて見ていたのかもしれない。だからこそ僕にとって『ミステリ』は英雄譚であり、『探偵』は正義だ。

この失われた世界に、『探偵』はまだ存在する。

この町に……

僕は『探偵』の夢を見ながら眠った。


翌日、ユーリのモーニングコールで起こされた。窓を開けるとひんやりとする朝霧が音もなく室内に流れ込んできて、僕の肌を冷たくなぞった。素早く着替えて食堂に向かう。椅子に座って待っていると、真っ白なエプロンをつけた男の人が、パンやサラダを用意してくれた。どうやら彼がコックらしい。顎鬚をしっかりと生やしており、髪は短く、顔つきは狩猟家のような鋭さを備えていた。繊細な技巧を得意とする料理人という印象ではない。日に焼けたような健康的な肌が、白いエプロンと対照的だ。

「英国から来たんだって?」と彼は僕の肩を容赦なく叩きながら云った。「英国の食事はまずいらしいな。ちょうどいい、俺の料理も大して美味《うま》くないからな、お前さんには絶妙だろう。はっはっは」

朝にはうるさすぎるくらいの大声だった。町じゅうの人が起き出して眉をひそめないものかと僕は心配になった。

「ユーリを雨の中連れて帰って来てくれたんだって? そりゃいい。お前さんみたいな親切な人間は、最近じゃ滅多にいない。仲良くしてやってくれよ。ユーリは俺の息子同然だ。俺の本当の息子が、今頃生きてりゃ、ちょうどユーリくらいなんだ。なあに、よくある話さ」

まくしたてるように喋るナギノさんに、僕はうんうんと肯くばかりだった。

紺色のセーターを着たユーリが車椅子に乗って食堂に入ってきた。

「おはよう、クリス」

「おはようございます」

僕たちは朝食を一緒に食べ、食器の片付けを手伝い、それから外へ出た。僕がユーリの車椅子を押す役だった。

昨日までの雨雲が、千切《ちぎ》れたように空に残っている。その隙間から筋状に零れた朝陽が、白いベールのような霧の中に落ち、まるでそれ自体が光っているかのように乱反射していた。人通りはない。僕たちはユーリの指差す方へ、煉瓦敷きの歩道を進んだ。

「小さな町だよ。裕福ではないし、人もあまりいない」ユーリは振り返るようにして、僕の方に顔を向けた。「僕はいつまでもこんなところにいたくないし、町の外へいつか行ってみたい。でも、こんなんじゃ、行けないもの」

ユーリは明るく笑ってみせながら、自分の足を指した。

「治すことはできないの？」

「うん、たぶんね。よくある金属毒のせいだよ。僕、もともと海沿いに住んでたの。だから毒を含んだ魚を知らないうちにたくさん食べてたんだね」

「今は具合悪くない？　大丈夫？」

「大丈夫。寝る時、時々苦しくなるけど、普段は平気」

僕たちは霧の中へ潜っていくように、緩やかな坂をゆっくりと下った。

「クリスの首につけてるのって、何？　昨日もつけてたね」

ユーリは僕の首元を指差した。

僕は首にチョーカーをつけている。特殊な繊維でできた黒い首輪で、正面側に銀のアクセサリがついている。中央には冷たい透明な青色をした石がはめられている。

「うん……父が僕に遺したものだよ」僕は首の輪に触れる。「父も、海で……」

「そっか……」ユーリは言葉を探すように、語尾を引きずった。「海って、嫌だね」

「そうかな？」

「何もかも奪う」

ユーリは前を向いたままだったので、そう云った時の彼の表情を、僕は窺うことができなかった。

「昨日云ってた、見せたいものって？」

僕は我慢できずに尋ねた。

「うん、そうだったね。そろそろ見えてきたよ」

ユーリが歩道の先にある、一軒の古い家を指差した。木造平屋の小さな家で、年季だけは他の家に負けていない。見たところ変わった様子はないが、窓にしっかりとかけられたカーテンが何処か陰気だ。

「この家で何が？」

「玄関の扉を見て」

ユーリがそう云った時、視界を覆っていた乳白色の霧が、魔法のように風に払われて消え、小さな家の玄関扉を露《あらわ》にした。

扉に赤いペンキのようなもので、大きく紋様らしいものが描かれていた。

昨日、別の場所で見た十字架と一緒だ。

「実はこの家だけじゃないんだ」

ユーリが近くの家を指差す。さっきまで霧に覆われていて見えなかったけれど、すぐ隣の家の扉にも、歪んだ赤い十字架が記されていた。

隣り合った二軒の家の玄関扉に、まったく同じ印。

「町じゅうでこれと同じものを見ることができるんだよ。他にもまだたくさん、赤い印をつけられた家があるんだ。あっちにも、こっちにも……」

「一体どういうこと？」

「誰かが家の扉に赤い印をつけて回ってるんだ」

「何のために？」

「さあ……」

「印をつけられるだけなの？」

「そうだよ。印をつけられるだけ。何かを壊されることもないし、何かを盗まれることもないし、誰かが傷つけられることもない」

僕は車椅子を押しながら、通りに並ぶ家々を眺める。印のつけられた家が一軒あるだけで、その通り全体が不気味に見えてくる。

「そこの家の中を窓から覗いてみるといいよ」ユーリが指を差す。「家の主人は気味が悪いからって、引越ししてしまったんだ。今は無人だから、覗いても怒られないよ」

僕は云われた通り、窓から中を覗いてみた。

一見がらんとして何もないように見える。

ところがよく見ると、壁に異変があった。

室内の壁にも、赤い歪んだ十字架が記されていた。

正面に見える壁の四隅に小さく、十字架が一つずつ。合計四つ。

これが四方の壁に同様に描かれているので、一室に合計十六個の十字架が記されていることになる。まるで何かの儀式でも始めるかのような不吉さだ。赤いペンキらしい液体が、壁紙を滴《したた》っていて、世にもおどろおどろしい痕跡となっていた。

扉の十字架と、室内の十字架。それらすべての十字架の形状は統一されている。例の歪んだ十字架だ。それが十字架なのかどうかも、実際のところはわからない。僕は教会に住んでいたことがあるので、それなりに十字架について知っているのだけれど、それらは初めて見るものだった。ケルトやロシアの十字架でもないし、その他のどんな十字架とも違うように思える。

「この十字架は何がもとになっているのかわかる？」

「十字架？　僕にはナイフの形に見えるなあ」

確かにナイフや剣をイメージすることもできる。

一体誰が、何のためにこんな印を。

まったくもって不可解だ。

「印をつけられた家の人の話によると、ある日家を留守にして、帰って来てみたらこんなふうになっていたらしいんだ。窓の鍵が壊されていたみたいだから、誰かが侵入したのは間違いないらしいけど」

「いつ頃から、町で印を見かけるようになったの？」

「四年くらい前かな」

「四年も前から？」

「うん。最初は一月に一つずつくらい、定期的に増えていくだけだった。でも最近は特に多くて、一気に二軒とか三軒とか、赤い印がつけられることもあるんだ。全部家の人が留守中に描かれていたらしいよ」

「印を残したままだけど、誰も消そうとしないの？」

「消した人もたくさんいるよ。全然ペンキが落ちなくて、大変みたい。こうして印が残されている家は、住人が出て行ってしまったんだね。こんなわけのわからない印をつけられて、平気で暮らしていくなんて、できないでしょ」

それもそうだ。住人としては、一刻も早く消すか、出て行くかしたいところだろう。不気味な印を施された家に住み続けるのは、精神的に苦痛だろう。

町の人間がよそ者に対して疑心暗鬼になるのも仕方ない。きっと町の人々は、何かよくないことが起きる前兆ではないかと考えているのだろう。ただでさえ絶望的な時代だ。町に漂う畏《おそ》れは、おそらく印をつけて回る人間に対するものではなく、それによってもたらされる破滅に対するものだ。

「一体誰がこんなことをするんだろう」

「実は……この赤い印を残していくのは『探偵』なんだ」

僕は耳を疑った。

秩序の象徴である『探偵』が、こんな不気味なことを？

そんなはずはない。探偵小説の中で、こんなことをするのは悪人たちで、『探偵』はそれらを追い詰める側のはずだ。

「『探偵』は森に住んでいて、町の人間たちの首を切る。どうして首を切るのか、僕らにはわからないよ。でも、悪いことをしたら『探偵』が首を切りに来るんだって、大人たちは子供たちを脅すんだ。云うことを聞かせようとする時とかにね。こうして赤い印を残すのも、誰も悪さしないように町を見張っているからだって」

「森の首なし屍体も『探偵』が？」

「首なし屍体？　あ、頭のない屍体のことか……たぶん『探偵』の仕業だよ」

「そんなの……」

『探偵』じゃない。

それとも、これが秩序の執行者としての行為なのか？

はたしてそうだろうか。それならもっと別のやり方があるはずだ。こうして異様な赤い印を残していくことに、秩序をもたらすような意味があるとは思えない。やはり『探偵』というのは、失われた『ミステリ』の中だけにいる存在であって、現実には存在し得ないのだろうか。

『探偵』を騙《かた》る狂人か、それとも狂人の『探偵』か——

「もう行こう、クリス」

ユーリが云った。僕は項垂《うなだ》れるようにして従った。ユーリの車椅子を押す。僕たちはそれから少し町を散歩してからホテルに帰ることにした。依然として、町の人たちは僕に奇異の目を向けていたけれど、ユーリが傍にいることで、鋭い視線も幾らか緩和されているみたいだった。

はたして、血のように赤い十字架は何を意味するのだろうか。

本当に『探偵』の仕業なのだろうか。

そして何故、家々に印をつけて回るのだろうか。

森から消えた人々は何処へ？

首なし屍体は？

それは神の子の選別？

それとも悪魔の子の？

第二章　『探偵』という名の死

ホテルに戻り、疲れていた僕はベッドに横たわりながら、暗い窓を眺めていた。日が暮れて、薄いカーテンに映って見えるのは、小さな野外灯を光源にした影絵式の雨だった。それはぼんやりとした、黒い、影だけの雨で、まるで室内に静かに降っているかのように見えた。相変わらず、雨は降ったりやんだりを繰り返していた。僕は乾いた毛布にくるまって、雨音に耳を澄ましていた。

温暖化と異常気象が進んで、一度降り出すとなかなかやまない雨もある。ひどい雨の後には、もっとひどい洪水が起こる。

僕は夏の日を思い出す。

今日みたいな雨の日のことだ。

僕はロンドンの中心地から少し離れた小さな町で生まれ、ずっと外の世界を知らずに育った。英国各地では、毎年集中豪雨が発生していて、洪水で沈む町も少なくなかった。ロンドンのテムズ河が氾濫するのはしょっちゅうのことで、ハイド・パークまで船が流れ着いたという話も、もはや大した話題ではなくなっていた。

僕の父は英国海軍に所属していた。あまり家にいない父だった。父が具体的にどういう仕事をしているのか僕は知らなかったし、あえて訊くこともなかった。戦争や軍隊に関して質問してはいけないものだと、僕は思っていたからだ。

ある日、父の乗った潜水艦が、北海からソ連領海に向けて航行中に、何らかの衝撃によって海底に沈んだ。潜水艦は大破せずに、ほぼ原形を保ったまま海底千メートルの位置に横たわった。海底深くに沈んだ乗組員たちを助ける術はなく、船自体を引き上げることも不可能だった。

当時僕はチャーチ・スクールの四年生だった。時代が時代だから、まともな授業というものはなく、主に牧師の説教を聞くだけの学校だった。ある日、僕が説教を受けている教室に、校長先生と軍服を着た男がやってきて、僕を外に連れ出した。そして父の乗った潜水艦が沈んだことを知らされた。沈んでから三日も経った後だ。そもそも僕は父が潜水艦に乗っているなんてことも知らなかった。僕は学校を早退し、黒い車に乗せられて、わけもわからないまま近くの海軍基地に運ばれた。その日、英国では静かな雨が降っていた。

通された控え室に、涙を拭う人たちがたくさんいた。僕は彼らの中に一人ぼっちで座らされた。僕は泣いている人たちをぼんやりと眺めながら、改めて潜水艦が沈んだという事実について考えてみた。潜水艦が沈むとどうなるのだろう。普通潜水艦は沈むものなのだから、何も問題はないのではないのだろうか。僕は大きなクジラが海底に寝そべっている状態を想像した。

僕は何もわかっていなかった。

周りで泣いている人たちが、順番に名前を呼ばれ、別の部屋に入っていく。相変わらず、僕の隣で綺麗な女性が号泣していた。泣きすぎて死んでしまうのではないかと思うほどだった。

「クリスティアナ君」

僕の順番が来て、僕は小さな部屋に招かれた。軍人が二人ほど立っていて、部屋の中央にはテーブルと、大きな機械が設置されていた。スピーカーとマイク。

「君の父上は、今、遠い海にいる。君に話したいことがあるそうだ」

「父さんが？」

「そうだ」軍人は必要なことしか云わない。「さあ、話しなさい」

無線のスイッチが入れられる。

「父さん？」

僕はマイクに向けて云った。

『クリスか？』

「そうだよ。父さん、何してるの？」

『海で仕事中なんだ。知ってるだろ、父さんが船乗りだって。いつもより、ちょっと遠い場所まで来てしまってね。帰りが遅くなるかもしれない。とても難しい状況でね』

「いつ帰ってくるの？」

『さあ、まだちょっとわからない』

「帰れないの？」

『わからないと云ってるだろ。帰れないんだ。クリスなら、理解してくれるはずだ。いいから聞きなさい。クリス』

父の声が急に切羽詰まったものに変わった。僕は怒鳴られて、硬い椅子の上で萎縮した。

『クリスに幾つか云っておかなきゃならないことがあるんだ。クリスは、強いよな？　一人で何でもできるな？　母さんが死んだ時に、強くなるって約束したよな』

「約束はしたけど……」

『クリス、よく聞きなさい。迷うのは人間として仕方ない。だが、一度決めたら、最後まで信じることをやめてはいけない。人生は迷いの中から信じるべきものを探していく作業だ。父さんはクリスが強くなるのを信じている』

雑音混じりの声が、時々途切れて聞こえる。

僕は何も云えずに、スピーカーをただ見つめた。

外から聞こえる柔らかな雨の音が、室内に響いていた。いや、あの音は、隣室で泣いている女性の声だったのかもしれない。

軍人が僕を促すように、マイクを向ける。

「他に何か云うことはないかね？」

これが最後になるぞ、とでも云うように。

僕は一生懸命に言葉を探す。

「戻ってきてよ」

スピーカーから反応がない。

「また僕を一人ぼっちにするの……？」

『……く戻る』

「戻る？　戻ってきてくれるの？　本当？」

『クリス……もしこの……たら、クローゼットの……板を……て』

雑音がひどくなる。まるで海底の泡の音がノイズに混じっているかのように、父の声をかき消す。

「父さん？」

一瞬通信が途絶えた。二人の軍人が通信機の様子を確かめる。スピーカーを叩いたり、スイッチを切ったり入れたり……

『……助けてくれ……クリス……ここから出してくれ……』

父の悲痛な声が小さな部屋に響き渡った。

それが父の最期の言葉だった。

僕は言葉を失ったまま、車で家に送られた。結局、どうして潜水艦が沈むことになったのか誰も教えてはくれなかった。現在も調査中ということになっている。

潜水艦は今も北海の底で眠っている。誰にも触れることはできない。乗組員たちは、おそらく浸水や酸素の不足によってゆっくりと死んでいっただろう。遺体は潜水艦の中に封じ込められている。彼らは無線によって最期のメッセージを家族や恋人に残した。あるいは潜水艦内部においても、何らかの遺品を用意したに違いない。それらもまた、遺体とともに封印され、海底の魚たちでさえ見ることはできない。これから十年先も、百年先も、父は海の底で眠り続けるのだ。

父の残した『クローゼット』という言葉が気になった。僕は父の葬儀が済んでから、父のクローゼットの中を調べてみた。どうやら底板が外れるようになっており、中が空洞になっていた。中に隠されていたのは、一つの鍵。

僕はすぐに気づいた。父の寝室に置かれた金庫の鍵だ。僕は早速金庫を開けた。中には黒い小さな輪のようなものがあった。腕輪にしては大きいが、ヘアバンドにしては小さく硬い。

それは首につけるチョーカーだった。中央に銀飾りのペンダントがついていて、青い宝石のようなものがはめ込まれている。

父がそれを遺した意味はよくわからなかった。ペンダントがそれほど値打ちのあるものには思えない。父は保険金や国からの遺族年金をたくさん遺してくれたので、それを金目のものとして用意しておいたとは考えられない。思い出の品だろうか。あるいは『ミステリ』の好きだった父のことだから、何かの謎かけなのかもしれない。それだったら、書物の一つでも遺してくれればよかったのに。

そんなふうに云うのはわがままかな……

今でもチョーカーは僕の首にある。これは戒《いまし》めでもあり、決意でもある。そして何より、お守りだ。

異国の地で、どうか僕をお守りください。

ベッドの上で横になっていると、部屋の電話が鳴った。アサキさんだった。

「お前さんに会いたいってやつが来てるぞ」

「誰ですか?」

「さあな。だが、よそ者だってことはわかる。お前さんの知り合いじゃないのか?」

アサキさんの声は何処か迷惑そうだった。食堂で待ってもらっているということなので、僕は部屋を出て食堂へ向かった。

食卓の椅子をわざわざ真っ暗なフランス窓の方へ向けて、男が足を組んで座っていた。細身で手足が長く、大きなバッグのようなものを膝の上に抱えている。歳は三十半ば、髪はやや長めでまとまりがないけれど、不潔な印象はない。何処となく浮世離れしている雰囲気が見られるのは、やはり今時珍しい白いシャツに、誰かを弔うかのような真っ黒なネクタイという服装だからだろうか。顔色は青ざめていて、ひどく脆弱で不健康そうに見える。

彼は気配に気づいたように、僕の方を向いた。そして悟りきったような微笑を浮かべた。

「やあ、クリス」

「キリイ先生!」

僕はばたばたとキリイ先生のところまで駆けていって、握手をした。

「小さな英国紳士にまた会えたね」

「これでも少しは背が伸びたんですよ」

僕が云うと、キリイ先生は静かに笑った。

キリイ先生は旅する音楽家だ。

現在では、歌や音楽に対しても検閲局の監視が厳しくなっている。検閲局が禁止しているのは、主に音楽に歌詞をつける行為や、暴力描写のある歌劇を演じることだ。厳密には、楽器を演奏する行為自体は禁止されてはいない。けれど今の時代、楽器も演奏家もほとんど失われてしまった。キリイ先生のように、実際に楽器を弾ける人間は珍しい。しかもキリイ先生はただ弾けるだけではなく、天才と云っていいほどの演奏家なのだ。

僕がキリイ先生と出会ったのは、この国に来てまだ日が浅い頃のことだ。宿を探して訪ねた家が、たまたま彼の音楽教室だった。もっとも、僕は楽器の演奏を習いたかったわけではなく、単にしばらく寝泊りできる場所がほしいだけだった。それでもいい、とキリイ先生は云ってくれた。さまよえる英国人に同情したのかもしれない。僕はそこで数日間過ごすことになった。

僕には楽器を操る能力はない。けれど、英国にいた頃、教会の聖歌隊で声楽を習っていたことがある。そのことについてうっかり口を滑らすと、僕は度々、彼らの輪の中に、歌い手として加えられることになった。聖堂ならともかく、人前で歌うのは慣れていない。それでも音楽教室での生活は仲間に囲まれた楽しい日々だった。やがて音楽教室は、キリイ先生の旅立ちとともに閉じられたのだけれど、あの数週間の思い出は、大切な記憶の一つになった。キリイ先生がいなくなってから、僕は予定していたよりもずっと遅く、再び旅に出ることにした。

旅先では、キリイ先生と遭遇することが何度かあった。その度に僕のことを気遣ってくれる。僕にとってキリイ先生は、この異邦の地で唯一頼れる存在だ。それに尊敬もしている。音楽家というのは、騎士や聖職者という身分に近い、もっとも誇り高い肩書きの一つだと思う。

「先生は、いつこの町に?」

「一月ほど前かな」キリイ先生は云いながら軽く咳き込んだ。「町は君の噂で持ちきりだよ。廃墟の街角に現れる金髪の少年――煉瓦道を通り抜ける青い目をした男の子……なかなか絵画的だね。目を閉じると、陽射しが傾きかけた金色の夕方の、静かな坂道に君の姿が小さく映るのを、ありありと思い浮かべることができそうだ。噂を気にしているのかい？　心配することはないよ。私も、君ほどではないけれど、当初は町の人々の注目の的だった。それでもほんの数日のこと。よそ者に対する警戒心が強いのだろう」

「この町に来た時から、じーっと見られてる気配を感じていました」

「結果的に私は君と再会できたのだから、むしろ彼らに感謝しなければならないね。彼らは君のことをよく観察していたよ。彼らの話す君の特徴と、実際の特徴が合致していたから、私はすぐにクリスだと気づいた。クリスの面影を探すゲームを、私は少しばかり楽しむことができたよ。ただ、中には伝言ゲームの失敗で、君のことを二メートル半はある毛むくじゃらの外国人と勘違いしている人もいたけどね」

「毛むくじゃら……」

「見たところ、君は巨人でも毛むくじゃらでもないね」

「……当然です」

「そうやって少し不満そうにひそめた眉も、意外にかわいいということを、新たに噂として流しておこう」

「やめてくださいよ、もう」

僕は反対した。キリイ先生は軽く手を振って、取り合うつもりはないとでも云うような身振りをした。

「とても閉鎖的な町だ」

歌の一節のように、キリイ先生は云った。

「先生もそう思いますか？」僕は声をひそめた。「先生、この町って、少し変じゃありません？」

「そうだね。今の時代、変な町は少なくないけれどね」

「特にあの赤い印とか――」

「君もあれを見たのか？」

「先生も見たんですね？」

キリイ先生は僕より一月も前にこの町に着いているのだから、当然謎の赤い印や首なし屍体についても、見聞きしていることだろう。

「その件について、君と少し話がしたくて、こうしてわざわざ出向いたんだよ。説明の時間が省けそうで何よりだ。君はいつも手がかからない、いい子だよ」キリイ先生は静かに立ち上がった。「落ち着いて話せる場所に変えよう。クリスの部屋は？」

「こっちです」

僕は案内する。食堂を出たところで、キリイ先生は大事なバイオリンケースを食堂に置いてきたことに気づいて、のんびりと取りに戻った。繊細そうに見えて実はうっかり者だ。それなのに悠長で物事に動じない。気取り屋で冷笑家。愛すべき音楽家だ。

僕の部屋に入ると、キリイ先生は僕のベッドに腰掛けた。彼の隣にそっと置かれたバイオリンケースは、まるで彼の恋人に見えた。置き去りにされがちな恋人だ。僕は大人しく鏡台の前に座る。

「ところで、君の探し物は見つかったのかな？」

キリイ先生が云った。

「いいえ……」僕は目を伏せて首を振る。「だから少し遠出してみることにしたんです。海も山も廃墟も越えてきました。そうして、この町にたどり着いて、久々にベッドで眠れると思ったら、こんな奇妙な状況で……なんだか怖いです……」

「怯えることはないよ。彼らの警戒ぶりを見ればわかるだろう？　感情をなくしながらも恐怖だけは何処かに残っていて、目を光らせながら、自分たちの周りを動くものに、過剰に反応しているだけのこと。町の人間たちこそ、何かに怯えているのだから」

「町の人たちが……ですか？」

　云われてみれば確かに、彼らの行動が何らかの怯えから来るものだとすれば、尋常ではない静けさも理解できなくはない。けれど、もしそうだとしても、僕とキリイ先生が部外者であることに変わりはない。異端が危険視され弾かれるのは、何処でもどの時代でも一緒だ。何かきっかけがあれば、いつだって僕らは魔女狩りの魔女になる可能性を持っている。

「先生はこんな町で一体何をしていたんですか？」

「私の旅の理由は、以前から何も変わっていない」

　キリイ先生は失われた楽器や音楽を探すために旅をしている。そういう意味では、僕と少し似ているだろう。僕と違うのは、キリイ先生はすでに一流の音楽家であるという点だ。僕はキリイ先生のような特技も才能も何も持っていない。

　僕が異国の地で旅を続ける意味なんてあるのだろうか……

「扉の赤い印を見たと云ったね？」

　キリイ先生が尋ねる。

「はい」

「私が知っているだけで、赤い印をつけられた家は十軒以上あった。印を残したまま何処かへ行ってしまった人もいれば、印を綺麗に消して今もその家に住み続けている人もいる。町の人たちも、いちいち赤い印のことを周囲に報告するとは限らないから、知られていないケースはまだたくさんあるのかもしれない」

「四年も前から続いていると聞きました」

「かなり執着的だ」

「子供の悪戯にしては、ちょっとやりすぎですよね」

「子供にしろ大人にしろ、単なる悪戯であれば、わざわざ家の中に侵入して、室内にまで赤い印をつけたりしないだろう。扉の印だけですませた方が、ずっと楽だし、安全だ。四年という長期の行為であることからみても、単純な悪戯心が動機ではありえない」

「最近は特に増えてきているみたいです……」

僕は町の扉に増殖していく赤い十字架を想像して、怖くなった。こんな不気味な町、すぐにでも出て行ってしまった方がいいのかもしれない。

「赤い印との関連はわからないが、首を切断された屍体がこの町で幾つか見つかっているらしい。闇色にふさわしい町には、屍体もまた、暗黒からの贈り物のようだね」キリイ先生は云いながら、ごそごそと胸ポケットを探り、包装もされていないビスケットを四枚取り出した。

「食べるかい？」

「いりません……えっ、なんでポケットにそんなにたくさんビスケットが？」

「それだけではなく、屍体さえ見つからずに行方不明のままになっている人も多くいるらしい」キリイ先生は僕の質問を聞き流して、ビスケットをかじりながら話を続けた。「他に何か、この町で起きている事件を知っているかい？」

「いいえ、赤い印の件と、首なし屍体の話以外には何も……赤い印についても、印をつけられるだけで、他にお金が盗まれたり何かが壊されたりするということは一度もないみたいです」

「このような閉鎖された町では、金銭を盗んだところでたかが知れている。赤い印には、もっと別の、重大な意味が込められているのだろう」

僕は赤い印の形を思い出していた。

十字架にも見えるその奇妙な印。

「赤い印のことなんですけど、先生は今までにあの形の印を見たことありますか？」

「ないよ」

「宗教に関係ある印ではないのですか」

「残念ながら私は知らない。この地域特有の閉鎖的な信仰とか、あるいは新興宗教とか、そういうものが絡んでいる可能性もあるかもしれないね。いずれにせよ、これは宗教家としてではなく、音楽家としての意見でしかないけれど」

「では音楽家として何か思い当たることはありませんか？」

「演奏記号なら、あの赤い印は『フォルテ』に似ているね」

「『フォルテ』というのは、確か……」

「『強く』――扉に記された『フォルテ』――そうか、これはつまり、ドアを『強く』ノックしなさい、という意味だ」

「えっ……？」

「ふふ、冗談だよ。面白かったかい？」キリイ先生は作り笑顔をしてみせる。「では真面目に話をしよう」

「印をつけられた家の住人たちには会ったかい？」

「いいえ」

「それならいいが、念のために君に忠告をしておこう」

「どういうことですか？」

「伝染病の可能性だよ」

「伝染病？」

「かつて君の地元ヨーロッパで、黒死病が大流行したのは知っているかい」

「知りません」

「君たちの世代は知らなくてもしょうがないな。津波や洪水で教育もままならない時代だからね。黒死病というのは、中世から近代まで、ほぼ三百年周期でヨーロッパに大発生した伝染病だ。ヨーロッパの暗黒時代を象徴するものの一つと云われている。これは鼠やノミを介してペスト菌に感染すると発症する。敗血症を起こして皮膚に紫や黒の斑点《はんてん》が浮かび上がることから、黒死病と呼ばれたんだ。抗生剤のない時代には、ほとんどの場合命を救う手立てもなく、患者は死んでいった」

「黒死病という名前は聞いたことありますけど……でもそれが、扉の印と何の関係があるんですか？」

「当時は治療法がないため、黒死病にかかった人間を隔離するしかなかった。そのため、医師たちが感染者の出た家の扉に印をつけて回ったんだ。健常者は近づかないように、と」

「本当ですか？」

「そうだよ。当時も赤い十字マークだったかどうかは知らないが、今回の件と似ているだろう？　この町で扉の印を見て、私は真っ先に伝染病隔離かと思った」

「ここで黒死病が発生したということですか？」

「いいや、黒死病とは限らない。実際にこの町で伝染病が発生したのだとしたら、もっと別の病気だろう。たとえば、脳髄に感染する病原菌で、病気が進行すると頭部が腐り落ちてしまうような……」

「あっ」僕は思わず声を上げる。「首なし屍体がそうして出来上がるんですね？」

キリイ先生の話は、赤い印の謎と首なし屍体の謎を同時に解き明かしているかのように思える。僕はすっかり納得してしまった。町が静けさに満ちていたのも、病気に感染するのを避けるためだったのではないだろうか……

でも、それだと町の人たちは赤い印の意味を知っていることになる。けれどユーリは知らないようだった。

もしかして、赤い印について話してくれたユーリだけが、感染病の事実を知らなかったというだけの話なのだろうか？

「この話は強引な憶測に過ぎない」キリイ先生は僕の表情を読み取るようにして話を続けた。

「そんな大変な感染病が発生していたとして、町の人たちがまったく気づかないはずはないだろう。仮に気づいていたとして、そのことをよそ者である我々に隠し通す理由もない。もし我々が感染したら、歩く感染源になってしまうからね。むしろ隠すより開示した方が得策だ。何らかの理由で開示ができないとしたら、我々はすでに感染者として隔離されていただろう。何処かに閉じ込められて、検査でもされていたかもしれない。あっさりと処分されていた可能性もある」

「処分！」

「第一、頭が腐り落ちる感染病なんてものは聞いたことがない。強引な憶測というのは、つまりそういうこと。根拠がない。それに、室内に描かれた赤い印の件もあるからね。もしも感染者を示す印だというのなら、わざわざ室内にまで印を残す必要がないだろう？」

「あ、そういえばそうですね」

「結局のところ、可能性の一つに過ぎない。私が云いたいのは、とにかく町の人間とあまり関わらない方がいいということ。少し休んだら、早く次の町へ行くことを勧めるよ。クリス」

キリイ先生は淡々とした口調で云うと、顔を逸らして咳き込んだ。

キリイ先生の顔色が悪い。さほど暑くないのにうっすらと額に汗をかいている。青ざめた顔に深く刻まれる陰影は、まさに死相を象《かたど》っていた。折れてしまいそうな背中を丸めて、苦しそうに咳をする姿は、見ていられないほど痛々しい。

もともとキリイ先生は肺を悪くしていて、誰から見ても瀕死《ひんし》の病人だった。ただし、そう簡単に死んでしまうような病気ではなく、ずっと生死の境を歩かされるような病気だった。死との闘いを余儀なくされた時、キリイ先生は旅立ちを決めたという。死を目前にしても気高さを失わないのは、かっこいいと思う。

以前会った時よりも、病状は悪化しているように見えた。もしかしたら、本当にこの町で謎の感染病にかかり、いよいよ悪化させたのではないだろうか。そう思えるほどだった。

「あの、大丈夫ですか」

僕はおろおろしながら、キリイ先生の傍に駆け寄る。でも、結局僕には何もできない。いつもそうだ。僕は傍にいながら何もできない。

「心配はいらないよ」キリイ先生はそう云うと深呼吸した。「私はまだ死なない。わかるんだ。まだ死ぬべき時ではないと」

「水、持ってきましょうか？」

「平気だよ。それより、話の続きをしよう」キリイ先生は青ざめた顔のまま咳払いを一つする。「クリス、君に一つ訊きたいことがあるんだ」

「先生が僕に訊きたいこと？」

「うん」

キリイ先生は呼吸を落ち着けるように、ゆっくりと肩を上下させた。彼の呼吸に合わせて、雨音が強まったり弱まったりしているように聞こえた。

「『探偵』とは何だと思う？」

キリイ先生は軽く目を伏せたまま、尋ねた。

「『探偵』とは──正義です」

僕は答えた。

「赤い印を残して消える謎の人物は『探偵』と呼ばれている」

「はい、僕もそう聞きました」

「もしかすると、その『探偵』は、町の人間を殺害し、首を切り取るという行為を繰り返しているかもしれない」

「はい……」

「それが正義だと思うかい？」

「わかりません」

僕は何故だか、泣き出したくなった。

どうしてだろう。

「この際、正義とは何かという話は脇に置いておこう。そんなものは最初から、捉まえようとしても捉まえられない幻みたいなもので、君の胸の中に、蜃気楼のように立ち昇って見えているのなら、今はそれでいいと思う。はたして、この町の陰に潜む『探偵』は、一体いかなる存在なのだろう。それが問題だ。とりわけ探偵小説に詳しい君なら、何か知っているのではないかと思ったんだ」

「僕の知っている『探偵』たちは、みんな頭がよく、洞察力に優れ、体力と忍耐力を持ち、罪を犯す者を許さないという強い意志と、難解な謎解きに取り組む集中力を持っています。でもみんな『ミステリ』の中の『探偵』たちです……もう『ミステリ』は失われました」

「私は書物にも『ミステリ』にも詳しくない。けれど、私も『探偵』については君と同じような見解だ。『探偵』はこちら側の人間だと思っていた。しかしこの町にいるという『探偵』は立場を異にしている。一体どういうことだろう？」

「『探偵』も人間ですから、間違いはあるかもしれません」

僕の言葉は苦し紛れに出たものだった。

僕が『探偵』をかばう必要なんてないのに。

「『探偵』は本当に存在すると思うかい？」

「わかりません……」

心情としては、『探偵』は本当に存在していてほしい。僕たちには『探偵』が必要だ。けれどこの町で起きている異様な出来事の数々が、『探偵』の仕業だとは考えたくない。そんなことをする人間が『探偵』であってはならない。『探偵』は狂ってしまったのか。それとも初めから『探偵』など存在せず、何者かがその名を借りているだけなのか。

『探偵』が残すという赤い印の意味がわかれば、他のことも見えてくるような気がする。

一体何のための印だろう？

「赤い印をつけられた人たちは、みんな健在なのですか？」

「私もその点は気になっていた。もしかしたら、赤い印は殺害のマークかもしれないと思ってね。『印をつけられた家の住人は必ず死んでいる』という法則性でも見つかるかもしれない。そう考えて、私は調べられる範囲で調べてみたんだ。君とこの話をするなら、少しでも調べておこうと思ってね」キリイ先生は軽く肩を竦めた。「しかし赤い印をつけられた家の人たちは、大体が健在なようだ。けれど、中には行方不明になったままの人もいる。引越しして家を空けただけかもしれないが、殺害された人間もいるかもしれない。ともかく、結論としては、赤い印が必ずしも殺害のマークだとは限らない」

殺害のマーク。

印をつけられると首を切られる——僕もそんなふうに考えたけれど、必ずしもそういった法則はないようだ。十字架は生死を左右しない。ではそれなら何のシンボルなのだろうか。意味をまったく見出せないという点がいっそう不気味だ。

僕はふと、ある出来事を思い出した。

「そういえば、この町に来る途中の道で、大きなお屋敷が燃やされていました」

「初耳だ」キリイ先生は何度か咳をしながら云う。「焚書かな?」

「そうだと思います」

「最近では書物もほとんど燃やし尽くされて、焚書の現場を見かけることもなくなったね。その屋敷でも、本当に書物が発見されたのかどうか怪しいね」キリイ先生はそう云うと、何かを思い出したように小さく声を上げた。「ああ、そうだ。政府の人間が捜査の関係でこの町を歩き回っているという話を聞いたよ。君の噂に混じって聞こえてきた話だったから、ただ単に君のことを政府関係者と勘違いしているだけだと思っていた。もしかすると本当に焚書関係で捜査員が派遣されているのかもしれない。

「焚書と、この町で起きてることは、何か関係ないでしょうか」

「たとえば？」

「扉の印は、政府の捜査員がつけたものなんですよ。彼らがまだ書物を捜索中だとすれば……扉の赤い印は、捜査済みの家をチェックしたもので、印のついていない家は、未捜査の家というふうに、区別をつけているのではないでしょうか」

「それはない」キリイ先生はあっさり否定する。「クリスは政府の人間を知らないようだね。彼らが表立って動く時はもっとわかりやすいんだよ。堂々と正面から扉を蹴破って入ってくるし、一軒一軒印をつけて回るなんて地味な活動はしない」

「うーん……では、逆にですね……」僕は慎重に声を抑えて云う。「町の人たちが何かを隠そうとしているということはないでしょうか」

「みんなで書物を隠している？」

「はい、そうです。妙に警戒心が強いのには、そんな理由があるのかもしれません。赤い印は、真実から目を逸らさせるための演出です」

「町ぐるみで書物を隠すとすれば、かなりの統率力が必要だ。けれど私が感じたのは、まるで統率のされていない、各個人の事情からなる警戒だった。本当に町に書物が隠されているとしたら、我々に怪しまれている程度では、政府を欺《あざむ》くことすらままならなかっただろう」

「そうですね……」僕はため息混じりに云った。「宗教も伝染病も焚書も関係ないとしたら、一体何の理由で『探偵』は人の家に赤い印を残していくのでしょうか」

もしかしたらユーリが云っていたように、『探偵』とは大人たちが子供たちに云うことを聞かせるためだけに創造された存在なのかもしれない。実は子供たちが怖がっているだけで、本当は『探偵』なんて存在しないのかもしれない。赤い印も、『探偵』の存在をまことしやかに演出するためのものなのかもしれない。

あるいは、もっと寓話的《ぐうわてき》な存在で、『探偵』というのはつまり自然災害を意味しているのかもしれない。強烈な一撃で死を下す自然に、名前を付けただけなのかもしれない。ハリケーンや津波に名前を付ける風習は、世界的にも様々なところで行なわれている。

しかしそれなら何故、よりによって『探偵』なのだろう。その名前が選ばれたことには、それなりの背景があるはずだ。

「いずれにしても『ミステリ』に関係が深いと思わないかい？　『ミステリ』といえば、クリスの得意分野だろう？」

「そ、そんなことありません」

僕は慌てて否定する。僕が知っていることなんてほんのわずかだ。それこそキリイ先生だって、『ミステリ』を知っている者の一人だし、僕よりも詳しいことだってある。そうでなければ、僕たちはこんな話をできなかっただろう。

「この町で起きていることが『ミステリ』に関係あるとすれば――きっと、これから何か大変なことが起きるだろう。『ミステリ』はいつも死や破滅を告げる。元来そういう物語でもあるからね」キリイ先生は端整な横顔を傾けて、深刻そうに云った。「気をつけなさい、クリス」

その予言めいた言葉は、僕には真実に聞こえた。キリイ先生の予言は、いつも当たる。

僕は肯いた。

「しかしそれほど悩むようなことではないのかもしれないね。どんなことがあろうと、我々は何事もなかったように、この町を通り過ぎていけばいいいんだ。我々はあくまでよそ者だ。必要以上に干渉してはいけない。そうすればきっと、相手も静観を貫くだろう。私がクリスに云いたかったのは、そのことだけだよ。わかったかい？」

「はい」

「いい子だ」

キリイ先生は立ち上がると、胸ポケットからまたビスケットを一枚取り出して、僕の方に投げた。僕はとっさに手を出して、それを受け止めた。

「ごほうびだよ。食べたら元気になる。そして余計なことを忘れるといい」

「ありがとうございます」

「じゃあ私はそろそろ帰ることにしよう」

「え、もう行っちゃうんですか」

「いずれまた会うよ」

キリイ先生は歌うように云って、軽く片手を振った。

キリイ先生がドアノブを摑んだ時、部屋の電話が鳴った。僕が受話器を取った。

僕たちは一瞬黙り、それから顔を見合わせた。

「クリス？」

ユーリだ。

「どうしたの？」

「クリスたちに会いたいっていう人がいるんだけど……」

「たち？」

僕は一度受話器を離して、キリイ先生の方を見る。キリイ先生は咳き込みながら、軽く首を横に振った。

「誰？」

僕は尋ねた。

「自警隊の人たちなんだけど……」

「自警隊？」

僕が口に出して云うと、横で聞いていたキリイ先生が眉をひそめた。

「この町には警察が存在しない。警察がまともに機能しない今、代わりに町の人たちが自警団を作ったんだ。もちろん何の強制力もない住民たちの寄せ集めに過ぎない。しかし——」

「先生がここにいることを知っているみたいですよ。僕たちに用事があるみたいです」

「やれやれ……きっと嫌なことが起こるよ」キリイ先生はそう云うと、扉を開けようとする。

「私は彼らから嫌われているみたいだから、今のうちに退出することにしよう。話をややこしくするのは本望ではないよ。どうせ話の内容はわかっているんだ。よそ者が町のことに首を突っ込むなと釘でも刺しに来たんだろう」

「話が早いな、先生!」

いきなり扉が開き、二人の男が入ってきた。

先頭に立っているのは紺色のスウェット・パーカーを着た背の低い男だった。髪を後ろにしっかりと撫でつけている。鋭い目と鷲鼻《わしばな》が特徴的だ。小柄な身体とは対照的に、態度は尊大で自信に満ち溢れている様子だった。歳はキリイ先生と同じくらいか、それより若い。背筋が真っ直ぐに伸びており、それは彼の精神の強さを表しているかのようでもあった。

彼の横にいるのは、彼よりも若干柔和そうな人物で、申し訳なさそうな表情を隠そうともしていなかった。長く伸びた前髪が目元を隠している。服装は隣の男と似ていたけれど、パーカーの代わりに、ポケットの一杯ついたベストを羽織っていた。自警隊というよりは釣り人に見えなくもない。所在なさげに動いていた彼の両手が、お腹の辺りで組まれては解かれ、それが何度も繰り返されていた。

「座りたまえ、諸君」背の低い方の男が、キリイ先生を部屋に押し戻すと、二度三度手のひらを打ち合わせた。「迷える諸君のために、この私が、導きの光を当てに来てやったぞ。もう戸惑うことはない。さあ、座れ、座りたまえ」

キリイ先生は云われるがまま、渋々ベッドに腰掛けた。僕も大人しく椅子に座る。

彼は部屋の中央で腕を組んで、両足を肩幅に開いて立った。

「子供のなぞなぞの時間は終わりだ。迷うことはもう何もない。異邦の少年、今から答えの時間だ――さあ、お前は最初に、何を尋ねる？」

「あの……」僕は指を差されて焦った。「あなたは誰ですか」

「冴えない問いだな。しかし的確だ。私が誰か、だって？　よく聞くがいい、少年。私は自警隊の隊長――クロエだ」

鋭い声で云う。雨音の響く静かな部屋が、急に軍隊式の格式と喧騒に包まれたような気がした。それだけ彼の存在感が大きいということでもあるだろう。

クロエ隊長の背後で、もう一人の男が頭を下げる。

「はじめまして。僕は隊員の一人で、カナメと云います」

「さて」クロエ隊長はすかさず場を仕切る。「質問する権利を与えた分、私にも質問の権利を頂こう。なに、難しいなぞなぞではない。まずは君の名前を教えてもらおう」

「クリスティアナです」

「レストラン？」

「クリス……です」

「最初と全然違うじゃないか」

「隊長が聞き間違ったんじゃないですか」

カナメさんが横から口を挟むが、クロエ隊長は取り合わない。

「まあ名前などどうでもいい。言葉が通じるようで何よりだ。さて、そっちの君は――云わなくていい、知っている。肺病病みの音楽家だな。リリエの家に一月も厄介になっているそうではないか。彼女から聞いたぞ。彼女とは知り合いか？　いや、答えなくていい、知っている。リリエはお前の教え子だろう」

「我々に何の用事ですか？」

キリイ先生はうんざりした様子で尋ねた。

「待て、お前に問いの機会を与えた覚えはない。しかし何者にも寛容であれという祖父の教えを、たった今私は思い出した。いいだろう、答えてやる。我々の目的は、諸君がこの町について抱いているであろう誤解を解消することだ。誤解は軋轢《あつれき》を生む。軋轢は憎悪を生む。そんな結果にならないように、事前に手を打っておこうというわけだ。ちょうどよそ者が一堂に会しているという話を聞きつけたものだから、こうしてまとめて相手してやるのだ」

「それは結構」キリイ先生は何か云いたそうなところを抑えて、穏やかに云う。「それなら教えてください。家の扉に赤い印をつけられているのを見たけど、あれは一体何ですか？」

「『探偵』が残していく印だ」

「……それで？」

「それだけだ」

クロエ隊長ははっきりと答えた。その表情には過剰なくらいの自信があった。

「答えになっていませんよ」

「答え以外の何ものでもない！　『探偵』が時折森から出てきて、家に印を残していく。それだけだ。『探偵』が印を描く。風は吹き、潮は満ちては引いていく。全部同じことだ」

「では『探偵』は何のために印を残すんです？」

「何のため？」クロエ隊長はカナメさんの方をちらりと見た。「何のためだ？」

「さあ……」

カナメさんは首を傾げる。

「わからない？」

「わからないのではない」クロエ隊長は髪を軽く後ろに撫でつける仕草をした。「諸君は月が昇る理由を知っているのか？　草が風になびく理由を知っているのか？　そこにそれとして存在するものに、理由などないのだよ。それが諸君を悩ませている謎の答えだ」

『探偵』の行為はこの町にとって、ほとんど自然の営みに思えるほど、ごく当たり前のことだという意味だろうか。

クロエ隊長は赤い印のことも、『探偵』のことも、何一つ答えていないに等しい。けれど彼が真実を隠しているようには見えなかった。おそらく彼らは本当に何も知らない。彼らにとって、『探偵』が印を残していくという現象は、すでに日常化された風景なのだ。理解し難いことではあるけれど、閉鎖的な町にはありえなくもない話だろう。僕たちは奇抜な風習がある町に迷い込んでしまっただけ。それだけのこと。そう考えれば何も怖くはない。

クロエ隊長はそのことを云いたかったのだろうか。

「ではもう一つ訊きたいのですが――」

「待て、お前の番ではない。次はこちらが尋ねる番だ」クロエ隊長がキリイ先生を鋭く制した。「お前たちは、禁止されているようなものをこの町に持ち込んではいないだろうな？」

「まさか」キリイ先生はわざとらしく目を丸くする。「ネクタイが禁止だというのならやめますけど――」

「そんなことを云っているんじゃない。お前たちが反政府主義者だろうとマフィアだろうと構わないが、私たちの町に迷惑だけはかけないでくれたまえ。これは忠告ではなく命令だ。お前たちも知っているように、書物を隠していた村が一つ燃やされたという話だってある。政府の人間にそういった誤解だけはさせたくないもんでね。わかるだろう？」

「わかります」

僕は殊勝に肯いた。

クロエ隊長という人は、少し強引で少し変だけれど、芯は真面目なのかもしれない。彼らから見れば、すでに日常化している『探偵』の存在よりも、閉じられている世界に現れたよそ者の方が、よっぽどの不安分子なのだろう。

「次の質問はこちらの番ですね」キリイ先生が要領を得た様子で云った。「お二人は、首なし屍体を見たことは？」

「ある」

「それをどう処理しましたか？」

「自然死、ということで処理した」

「冗談でしょう……？」

「人の死について冗談は云わない」クロエ隊長は真剣な表情で云った。「私たちはそう判断せざるをえないのだよ！　もし自然死でないとしたら、一体何だというんだね？　事故や病気ではあるまい。それなら、何者かによって殺害され首を切り取られたというのかね？　ありえん。そんなことはあってはならない。この世界には、そんなことは絶対にあってはならないのだよ！　死は我々の側には、あってはならないのだ」

「しかし現に……」

「異論は受けつけない」

死を極端に忌み嫌う人々。けれど彼らに必要なのはきっと、死を正しく理解することだ。

「『探偵』が人を殺しているのではないのですか？」

僕は割り込むようにして云った。するとクロエ隊長は一瞬、驚いたように目を丸くして、それからすぐに僕を睨みつけた。

「『探偵』が森に迷い込んだ人間を葬ったというのなら——それも自然死だ」

「いいえ、それは殺人事件です」

「くだらないことを云うものだな！　少年よ、お前に何がわかる」

……何もわからない。

まるで彼らと僕らは別の世界の人間みたいだ。

彼らの世界では『探偵』が赤い印を夜な夜な描いて回り、朝には首なし屍体が転がっていて、それを誰も意に介さない。誰も『探偵』のことを知らず、まして『ミステリ』など知るはずもない。そうして日常が過ぎていく。

彼らにとって『探偵』とは一体どんな存在なのだろう。それが超越的な存在であることは間違いない。けれど神と呼べるような存在でもない。彼らはそれを敬《うやま》うことはせず、奉《たてまつ》ることもせず、ただ畏《おそ》れている。そもそも『探偵』など本当に存在するのだろうか。彼らは理解できない現象に対し、『探偵』という架空の主語をあてはめることで、少しでも理解しようとしているだけではないのか。

彼らは殺人事件を知らない。彼らに殺人事件の情報は一度も与えられることがなかった。彼らには『ミステリ』さえ与えられなかった。だから目の前で起きている殺人事件を、理解することができていないのではないのだろうか。

そこで彼らは自己防衛的な本能で、『探偵』という架空の存在を用いて、どうにか理解しようとした。すべて『探偵』がやったことである――と。それは一種のアニミズムであり、『探偵』はいわば土着の精霊みたいなものだ。

そうして彼らは、自分たちにとって理解不能な出来事――死――に対し、『探偵』がやったのだと解釈するようになったのではないだろうか。だから、町に現れる謎の赤い印も『探偵』のせいになる。それを大人たちが利用し、子供に云い聞かせるための道具として使う。

けれどそれは彼らの考え方だ。

『ミステリ』を知っている僕には見過ごせない。

精霊ではなく、実際の人間が、何らかの目的を持って赤い印を残しているのは事実だ。

そして何者かが、町の人間を殺害し首を切り取っているという事件も事実だ。

ただ一つ問題なのは、どうして『探偵』という名詞が選ばれたのかということだ。彼らは『ミステリ』を知らないからこそ、犯罪を理解できない。そんな彼らが『探偵』という単語を用いるのは不可解だ。

つまり……犯人は『ミステリ』を知る者？

「次は私が質問する番だ」クロエ隊長は気を取り直すように云った。「諸君はいつ町を出て行くのかね」

「季節が変わる時かな」

キリイ先生は冗談とも本気ともつかない云い方をする。たぶん本気だ。

「僕はまだ決めていません……でも一週間もいることはないと思います」

「そうか」

クロエ隊長は安心したような表情を見せた。

「次、こちらの番」キリイ先生が云う。「クリス、君から何か訊いておきたいことは？」

「はい、あの……」僕はとっさに話を振られて驚いた。「えっと……クロエ隊長さんは『探偵』を見たことがありますか？」

「ない」

「僕は見たことがありますよ」

それまで黙っていたカナメさんが云った。

「えっ、本当ですか」

「ええ。僕が森の近くを歩いていた時――」

「カナメ、余計なことを喋るな」

クロエ隊長が鋭く制する。カナメさんは背筋を正して従った。

その時、カナメさんの胸のポケット辺りからノイズが聞こえてきた。カナメさんは慌てた様子でポケットから黒い箱を取り出した。トランシーバーだ。それを耳に当てると、僕たちに背を向け、小声で何かやり取りする。そしてすぐに振り返ると、トランシーバーをクロエ隊長に渡した。

「隊長、ノトがお呼びですよ」

「ノト？　川で何かあったのか？」

「危険水域に達したようです。昨日からの雨ですからねえ……」

悠長に云うカナメさんを睨みつけながら、クロエ隊長はトランシーバーの相手に指示を出し始めた。

「洪水でしょうか？」

僕はキリイ先生に囁きかけた。

「おそらく」

「諸君、私は急用ができたのでこの場は失礼する。カナメ、後は任せた」

クロエ隊長はばたばたと足音を立てて部屋を出て行ってしまった。彼がホテルを出るまで、足音を耳で追うことができるほどだった。残された僕たちは、過ぎ去っていった嵐に最後まで耳を傾けていた。

「本当にすみません、隊長があんな感じで……」カナメさんが申し訳なさそうに頭を下げる。

「忙しい人なんです。でも頼りになる隊長です」

「さっき、『探偵』を見たことがあると云っていましたね」

キリイ先生は話題を戻す。

「はい……」

「『探偵』はどんな感じなんですか?」

僕は尋ねた。

「とても人間には見えませんでした。何かの黒い影のようで……顔も真っ黒なんです。いや、本当にそれが顔なのかどうかもわかりません。とにかく、顔があるはずのところは、真っ黒で何もありませんでした。身体全体も黒くて……でも、足はありました。だからたぶん、人間に近い存在だとは思うんです。『探偵』は僕には気づかず、森へ消えていきました」

「『探偵』は森に住んでいるんですね」

「そうです」

「そのことを、みんな知ってるんですか?」

「いいえ、知らない人も多いでしょう。みんながみんな『探偵』を知っているわけではありません。全然知らない人もいるでしょうね。子供たちの方がよく知っていますよ。悪さをすると『探偵』が首を切りに来る、という噂もあるみたいなんです」

「カナメさんは、『探偵』のことをどれくらい知っていますか？」

「僕が知っていることなんて、何もありませんよ。僕たちが『探偵』と呼ぶ存在は、きっとありふれたものだと僕は思うんです」

「ありふれたもの？」

「この世界の成り立ちというか、何気ない因果関係であるとか……つまり、『探偵』というのは、この町を取り囲んでいる森そのものだと思うんです」カナメさんは真剣なまなざしで云う。

「この町は巨大な森に取り囲まれています。お二人はご存知だと思いますけれど、町と外を繫ぐ道は、一つしかありません」

……知らなかった。きっと僕が来た道だ。

「森で時々屍体が見つかるのも、別に不思議なことではなくて、ごく自然なサイクルの中で行なわれる、ごく自然な出来事なんじゃないかと、僕は思うんです」

「じゃあ君が見た『探偵』は一体何なんです？」

「森に代わって、その意志を執行する存在が、僕の見た黒い影だったのではないでしょうか」

カナメさんは迷うことなく云う。彼の中では、『探偵』の存在理由に確固たる決着がついているようだ。ただし、クロエ隊長に比べると、霊感的な推察に躊躇がないという点で、彼の言葉をすべて真に受けるわけにはいかない。

「森は境界です。僕たちの住む世界と、廃墟だらけの外の世界とを分け隔てています。それだけに、重要な意味を持って存在しているのです。その具現化した姿が『探偵』なのではないかと思うのです」

彼は『ミステリ』を知らない。『探偵』はそんな存在ではない。

この町は何かが大きくずれている。いや、もうこの町だけではないのかもしれない。きっと世界がずれ始めているのだ。

「他に何かお訊きになりたいことはありませんか？　僕は隊長とは違って、何でも答えてあげますよ。本当は、あなたたちのことを歓迎しているんです。だって、久々の外からの来訪者ですからね」

「それなら私のことを監視するのをやめてほしいものですね」

キリイ先生は冷ややかに笑って云った。

「やっぱりお気づきでしたか。でも仕方ないんです。音楽家といえば、反政府主義者の代表みたいなものですから……」

「ひどく誤解されているみたいだけど、否定はしないよ」

「よく思わない人もいるんです。どうか勘弁してください」

「気にしていません」

キリイ先生はいかにも投げやりな調子で云った。

「この町は外との交流がほとんどないんですか？」

僕は場を取り持つように、カナメさんに質問した。

「ありません。月に二度、部品を持って外へ配達に行く車が出るくらいですね」

「部品？」

「ああ、この町ではほとんどの人が『都市』で使う小さな部品を作って生計を立てています。食料などは自給自足ですね。町の中だけで大体のことが済みます。外のことは、ラジオを通じて知ることができます。だから外に出る必要はないし、誰も出ようとはしません。子供以外は。大人になると、みんな外には興味をなくします。外には憧れるものなんて何もないと、知るからでしょう」

「あなたは？」

「僕も……別に外には興味がありません。でもあなたたちには多少興味があります。よかったら、今度外の話を聞かせてください」

他にもまだカナメさんには訊きたいことがあったけれど、隊長に続いて川の様子を見に行かなければならないということなので、僕たちは彼を見送った。彼らの心配している川が何処にあるのかわからないけれど、このホテルは大丈夫なのだろうか。僕は泳ぐのは好きでも、町と一緒に沈むのは好きじゃない。

「なかなか無関係な第三者のままではいられなくなってきたみたいだね」

キリイ先生は疲れた笑みを浮かべていた。

「そういえば先生」僕は振り返ってキリイ先生の方を向いた。「先生はどちらに宿泊しているんですか？　さっき教え子がどうとか……」

「旅先では、タダで泊まる方法があるんだよ」

それから十分くらいして、傘をさした髪の長い女性が、キリイ先生のことを迎えに来た。二人はホテルの玄関口でこそこそと会話を交わすと、傘をさして寄り添うように雨の煉瓦道へと出て行った。振り返り、キリイ先生が手を振る。

町の人間には関わるなと云ったくせに。

僕は部屋に戻った。

ベッドの上には、キリイ先生のバイオリンが置きっ放しになっていた。そういう何処か間の抜けたところが、憎めないのだけれど。

第三章　首切り湖

ごろごろと部屋でくつろいで過ごしていると、ユーリが部屋に訪ねてきた。どうやら僕の他に宿泊客がいなくて暇を持て余しているらしい。町の人たちが来訪者を遠ざけているものだから、客足は途絶えているという。今では、ホテルと呼べるような場所はここしかないようだ。

「この辺りで特別な宗教があるっていう話は聞いたことない？」

僕はユーリに尋ねた。

「宗教？　それって、神様にお祈りしたりすること？　特別なことは何もないよ。誰もお祈りなんかしないよ」

「そっか……」

赤い十字架の印や、それを描く場所、描き方などから、やはり宗教的な信念を感じ取ることができる。また死に対する町の人々の逃避的な態度からも、特殊な宗教が興《おこ》っていても不思議ではないように思う。赤い印は儀式を連想させるし、実害がないという点からも、観念的な動機に収束するのではないだろうか。けれど町の人たちは誰も赤い印の意味を知らない。つまり土地柄の反映された宗教ではないと考えられる。だとすれば全国的に隠れ潜んでいる悪魔崇拝の秘密結社みたいなものが最近になって根付いたのだろうか……そんなものがあるとすればの話だけれど。

「まだ赤い印のこと考えていたんだね」

「うん……」

「自分から考える必要なんてないのに。誰かが答えを教えてくれるのを待てばいいんだよ」

「でも、誰が答えを教えてくれる？」

「さあ」ユーリは気がなさそうに云うと、僕の耳元に顔を寄せるように近づいた。「ねえクリス、書物って見たことある？」

「ううん」

「僕もない。でも、クリスを見ていたら、書物を好きな人たちのことを思い出すよ。彼らは僕がもっと小さかった頃、時々ここに泊まりに来たんだ。みんなクリスみたいに、いつも何かに悩んでるの。僕は彼らのこと、好きだった。みんな優しいから。書物が残酷なことを教えたり、人を乱暴な性格に変えるなんて、きっと嘘だよ」

「僕もそう思うよ」

「クリスも、彼らの仲間でしょ？　こっそり書物を隠し持ってるんじゃない？　隠さなくていいよ、僕は告げ口したりしないから」

僕は首を振った。

「本当に持っていないし、見たこともないよ。でも書物については父からいろいろ聞いてるんだ」

「そう……残念だなあ。もし持ってたら見せてもらおうと思ったのに。僕、一度でいいから書物ってものを見てみたいんだ。書物の中には物語があって、その場にいながら、どんな世界でも知ることができるんでしょう？　車椅子の僕にはうってつけのものだと思わない？」

「珍しい。ユーリも書物のこと嫌いじゃないんだね」

「もちろんだよ。書物のことを憎んでいる人たちは、ラジオに頭をやられているんだ」

ユーリは口を尖らせて云う。洗脳的なラジオ放送については、今では誰も指摘しない。彼らは電波の向こうの、安らぎに満ちた世界に浸りきっている。安全な、暴力のない、心安らかな世界の情報。血も、凶器も、まして首のない屍体も、存在しない世界。

ラジオでは基本的に創作物は放送されない。政府が管理している以上、娯楽とは無縁だ。ラジオと同様にテレビもまた厳重な検閲下にあり、たいていの場合、癒し効果のありそうな自然風景が延々と放映されている。けれどこの町ではそもそもテレビの電波は届かないらしい。どうりでテレビがないはずだ。もっとも、あったところでラジオ以上の情報価値はないのだけれど。

書物が初めから存在しない時代に生まれた人々にとっては、書物の必要性はさほど感じられないかもしれない。むしろ多くの情報を常に与え続けてくれるラジオに感謝すらしているかもしれない。彼らがそれで満足しているのは、おそらく創作物——物語——を知らないからだろう。彼らは作り物に触れる機会をほとんど奪われている。すべてが事実。それらの事実は、本当は検閲局によって形作られた、一種の物語的な事実であるかもしれない。けれど物語を知らない人たちは、真実と虚構の区別をつけることができない。

僕たちの時代は、書物がない時代であると同時に、完璧な事実だけの時代とも云えるし、物語の不在の時代とも云える。

「僕は書物の中でも、『ミステリ』が好きなんだよ」

僕は云った。

「『ミステリ』？　それってどんな物語なの？」

「不思議な謎を解決するんだよ」

「だからクリスも赤い印の謎を解決したいの？」

「うん……たぶん……」

僕はその問いの答えに悩む。僕は単に『ミステリ』が好きだから、目の前の不可解な出来事に興味を抱いているだけなのだろうか。僕にはもっとやらなければならないことがあるような気がする。何処かで僕を呼ぶ声がする。僕は目の前の謎から立ち去ることができない。それは好奇心だけではなく、使命感に近い。

「赤い印を描いているのは『探偵』ということになっているけれど、実際に『探偵』が印を描いているところを目撃されたことあるの？」

「いろんな人に目撃されているよ」

「その『探偵』はどんなふうだった？」

「真っ暗でよく見えないんだって。目撃されるのはいつも夜なんだ。それで、『探偵』は真っ黒な姿をしていて、誰もその姿をはっきりと見ることができないんだよ」

「直接『探偵』に会った人は誰もいないの？」

「僕が知る限り……たった一人だけいるよ」

「えっ、いるの？」

「小さい男の子なんだ。その子は森の中で『探偵』に会ったんだって」

「無事だったの？」

「うん。まだ七歳くらいの子なんだけど、一度森で行方不明になって、数日後に家に戻ってきたんだよ。森で迷うと大人だって出てこられないのに、その子は無事に帰って来たんだ。それで話を聞いてみると、森で迷っている最中に『探偵』に会って、森の外まで送り返してもらったんだって」

「『探偵』に会ったのに、首を切られなかったの？」

「うん……その子は『探偵』のことをちっとも怖がっていないよ」

「その子は今も生きてる？」

「もちろんだよ。僕と彼は、通っている病院が一緒なんだ。僕はもう、半年に一回くらいしか通っていないけどね。彼は最初、『探偵』についてなかなか話してくれなかったけど、彼と友だちになるにつれ、詳しく話してくれるようになったんだ」

ユーリは彼の友人である少年から聞いた話を語り始めた。

それは不思議で、不気味な話だった。

少年はある日、道端に倒れていた少女を自分の家にかくまうことになり、奇妙な共同生活を始めた。しかし少女はみるみる弱っていく。ついには取り返しがつかない状況になっていった。少女の存在は親にも内緒だったので、少年にはどうすることもできなかった。少女を救うため、少年は『探偵』の力を頼った――という話だ。

不思議で不気味な点というのは、その少女が少年の部屋にかくまわれている最中に、明らかに屍体同然の状態になっているところだ。しかもほとんどバラバラ屍体の様相だ。少女がそのような状態になった原因はわからないが、少なくとも話の中で、少年はバラバラになった少女を小さな鞄の中に詰めるという行為に及んでいる。『探偵』のもとへ向かうため、森に入った際にも、少年は少女を鞄に詰めて運んでいる。少女がバラバラ屍体にでもなっていない限り、不可能と思われる出来事だ。

まるで作り話のようだったが、七歳の少年にそんな作り話ができるはずはない。まったくもって不可解で、神秘的な話だった。話の最後に、『探偵』によって救われた少女は、湖のほとりで姿を消したという。

ますます『探偵』の存在理由がわからなくなってくる。『探偵』は行ないのよい人間には力を貸し、悪い人間の首だけを切り取るというのだろうか。それならどうやってよい人間と悪い人間を見分けるというのだろう。まさか町の人間を一人一人監視するわけにもいかないはずだ。

『『探偵』が悪い子の首を切りに来るという話は本当なの？」

「作り話だよ、たぶん……あれ、どうしたのクリス、顔色悪いよ」

「僕の首を切りにやってきたらどうしよう……」

「大丈夫だよ」ユーリは笑い出した。「実際に首を切られたっていう子供はいないんだよ。さっきの話もそうだけど、『探偵』が子供を殺したっていう話は聞かないよ。どうしてだかわからないけどね」

「子供は殺さない？」

その時部屋の電話が鳴った。今日何度目だろう。僕は電話の音に跳び上がるほど驚いたけれど、それを押し隠して、冷静な態度で受話器を取った。

「クリスか！」

受話器から大声が鳴り響く。

「は、はい！」

アサキさんだ。つい彼に呼応して声が大きくなってしまう。

「そっちにユーリはいるか？　ちょっと替わってくれ」

僕はユーリに受話器を渡した。ユーリはあからさまに嫌そうな顔をした。

「今何時だと思ってるんだ！　こんな時間まで起きていたらまた身体を悪くするだろ！」

離れていても怒鳴り声が響いてきた。僕はいたたまれなくなり、ベッドに座って二人の会話を意識から追い出し、聞かないようにした。

数分のやり取りが電話口でなされ、ユーリは疲れ果てたように受話器を元に戻した。

「うるさい父さんだよねえ」ユーリは苦笑いを浮かべながら云った。「他の子の親は全然口うるさくないのに、なんでうちはこうなんだろ。もともとよそ者だったからなのかな」

僕はユーリがうらやましかった。

僕は父親に怒られたり注意されたりした記憶がほとんどない。父親が僕に話をしてくれる時は、誉めてくれる時か、書物や『ミステリ』の話をする時だけだった。だから僕はなるべく規律正しい生活をして誉められるように生きることにした。それからなるべく『ミステリ』の話をねだった。僕に関心を向けさせるには、そういう手段をとらなければならないと思っていた。今でもたぶん、僕はそうするだろう。だから、何もしなくとも父親が手を焼いてくれるユーリがうらやましかった。けれど確かに、アサキさんは他の大人に比べたら情がある。大人たちはみんな他人に無関心であることが普通な時代なのだけれど。

「寝ろってうるさいから、部屋に戻ることにするね。クリスも早く寝るといいよ」

「部屋まで送るよ」

僕はユーリの車椅子を押して部屋を出た。

ロビーまで来たところで、外から何やら騒がしい声が聞こえてくるのに気づいた。僕とユーリは顔を見合わせる。ユーリが先に反応し、玄関の近くにある窓まで車椅子で近づいて、カーテンを開けた。

「通りに人が集まってる。何かあったのかな」

「もしかして、また何処かの家に赤い印が？」

僕はユーリの隣に並び、窓の外を覗いた。暗くてよく見えないが、街路灯の傍に、人影がちらほら見える。

「行ってみよう」

「僕はいいよ、父さんに怒られるし、僕が行ったら邪魔になるでしょ」

「そんなことないよ」

「いいの、一人で行ってきて」

僕は少し考えてから、云われた通り一人で玄関を出た。

暗い通りに飛び出して、僕は声のする方へ走った。見ると道の真ん中に男の人が座り込んで何やら騒いでいる。見物人たちは彼を取り巻いているようだ。男の頭上から、街路灯の灯りがスポットライトのように投げかけられていた。僕はなるべく遠くから、誰にも気づかれないように物陰に隠れて、その奇妙な光景を眺めた。

「本当に見たんだ……」

取り乱した主役の男が叫ぶ。短めの髪が怒ったようにあちこちにはねている。浅黒い顔は、恐怖にひきつり、ついさっき墓から蘇ったばかりの屍体みたいに見えた。目が赤く血走っている。

「おい、何を見たっていうんだ」

見物人の一人が尋ねた。

「わからない――だが俺は確かに見たんだ」

男は震える声で云う。

男の取り乱した様子に対し、見物人たちの顔は冷静そのものだった。これが町の人間たちの姿だ。たとえば彼らが全員墓守だと聞かされても、僕はきっと驚かないだろう。彼らは何があっても動じない。その代わり、心も時を止めたように動かない。一方で、彼らの中心にいる男の取り乱しようは尋常ではなかった。

「誰かこいつを病院に運べ」

「待て、待て、俺は狂っちゃいない」男は周りの手を払って云った。「森で確かに見たんだ。あれはそう――幽霊だ。女の幽霊なんだよ」

見物人たちの間から失笑に似たため息が零れた。男が必死に何かを訴えれば訴えるほど、その様子が滑稽に見えてくる。

「ちゃんと初めから説明する。初めから。だから聞いてくれ。俺は川の様子を見に行ってたんだ。問題なさそうだから川を後にして、家に帰ることにした。すると家の前に、おかしなやつが立っているのに気づいたんだ。真っ赤なペンキの缶を片手に持って、今まさに俺の家に忍び込もうとしていた」

男がそう云うと、急に見物人たちが黙る。

「――目撃したのか？」

「そうだ、だが逃げられた……そいつは黒いマントを羽織っていて、見た目はまるで闇のようだった」

『探偵』だ、という声が聴衆の中から漏れ聞こえてくる。

「それで、どうした？」

「声をかけたら、そいつは急に逃げ出した。だから追いかけたんだ。そいつは森へ入っていった。俺は躊躇したが、やつを追いかけ続けた。しかし森はそいつの領分だったんだ。俺はすぐに見失った……」

「お前がさっき云っていた『女の幽霊』は何処に出てくるんだ」

「その後だよ。黒いマントを見失った後も、少し森の中を調べたんだ。すると……すると……真っ白な女が暗い森の中に立っていて……俺を森の中に誘うように走り出し……そして目の前で急に消えたんだ」

「消えた？」

「そうだ、消えたんだ。目の前で、ぱっと。忽然と消えたんだ。見間違いじゃない。正真正銘、目の前から消えたんだ」

「本当に女だったのか？」

「シルエットでわかる。長い髪をしていた。それにスカートのようなものをはためかせていたんだ。そして白くて……とにかく白かった……」

　彼を取り巻く見物人たちの間にも、動揺が広がり始めていた。何人かが男に近寄り、彼を立たせる。病院か、それとも自警隊か、どちらへ行くべきか話し合っている。彼らの中から、『探偵』について囁き合う声も聞こえてきた。

「『探偵』はやはり幽霊だったんだ」

「違う、『探偵』と女の幽霊は別ものだ」

「別ものだろうと何だろうと、化物に違いない」

「人間じゃない……きっと人間じゃない……」

彼らは誰一人として『探偵』の正体を知らないようだ。

僕は誰かに目をつけられる前に、その場を立ち去ることにした。

「赤い印は血の色なんだ……」

目撃者の男が口走った声は、僕を追うように聞こえてきた。

僕は急いでホテルに戻り、ロビーで待っていたユーリのところへ向かった。

「どうしたの、クリス。また顔色悪くして」

「ゆう……幽霊が……」

「落ち着いて」

「男の人が、森で……幽霊を見たんだって」

「ああ、それなら僕も以前聞いたことあるよ」

ユーリはあっさりと応じる。

「ユーリも知ってるの？」

「森には幽霊が出るんだ。森の奥に人を誘い出して、いつの間にかいなくなるっていう話だよ」

「本当に幽霊がいる？」

「それはわからない。でも何人か実際に見ているよ」

はたして幽霊の存在は本当なのだろうか？

男の話によれば、赤い印を残そうとしていた黒いマントの人物――『探偵』と思われる――を追いかけて森に行くと、いつの間にか女の幽霊が目の前に現れて、急に消えてしまったという。すると女の幽霊は『探偵』や赤い印とも、何らかの繋がりがあるということだろうか？それともまったく無関係なのだろうか？　幽霊の正体が『探偵』であるという可能性もあるのではないだろうか。『探偵』の黒いマントをはぐと、そこには白い服を着た髪の長い女が隠れている――

でもどうやってその女は目の前で忽然と消えるというのだろう。そんなことができるのは、本当に幽霊としか考えられない。

『探偵』と幽霊……

この町は一体何なのだろう。

赤い印の謎に、首なし屍体。

『探偵』の存在に、白い女の幽霊騒ぎ。

「クリス、大丈夫？　クリスって怖がりなの？」

「う、ううん、僕は大丈夫だよ」

「でもこれで謎が解けたからよかったね」

「え？」

「何もかも幽霊の仕業なんでしょ？　解決だ解決だ」

「そんなの、謎が解けたって云わないよ」

「どうして？」

「だって幽霊だよ？」

「幽霊じゃ解決にならない？」

「だめだよ」

「幽霊の仕業じゃないとしたら……」

　ユーリはそう云うと、突然胸を押さえて前屈みになった。最初は何が起こったのかわからずぼんやり見ていたけれど、次第にくぐもった呻《うめ》き声のようなものが聞こえてきて、それが何らかの発作のようなものだということに気づかされた。僕は彼の傍に駆け寄り、小さな肩に触れ、背中をさすった。

「どうしたの、大丈夫？」

「うん……ちょっと……」

　ユーリは絞り出すように云った。

　僕は食堂に走っていって、そこからキッチンに移動した。コップに水を汲んで大急ぎで戻ってくる。僕はそれをユーリに渡した。彼は苦しそうに水を一口飲むと、やがて落ち着き始め、荒い呼吸を整えようとするかのように、胸に手を当てて目を閉じた。

「ありがとう、もう平気」

ユーリは掠れた声で、それでも気丈に笑いながら云った。

「休んだ方がいいよ」

「そうだね」

僕は車椅子を押して、ユーリを部屋まで送った。

「どうしてかな」ユーリは呟く。「時々泣きたくなる」

僕はユーリに布団をかけてあげた。

「死んだら僕もすぐに燃やされて川に流されるのかな」

「……それは嫌？」

「死んでも、すぐに誰からも忘れられてしまうのは嫌だよ」

戦争や津波や洪水でたくさんの人が死んでしまって、生き残った人たちの考え方も死生観も前の時代とは大きく変わってしまった。他人の死は忌むべきものとして扱われがちになり、人は感情を喪失していった。誰もが諦めたような笑みを浮かべるのは、あらゆる感情をそれに代理させるからだ。

けれど哀しい時は泣くのが人間だ。

「『ミステリ』を話して」

「うん――じゃあ『六つのナポレオン』なんてどう？　町じゅうのナポレオン像を壊して歩く

男の話だよ」

僕は夜が更けるまで、ユーリにホームズの活躍を話して聞かせてあげた。彼が眠った頃には、僕はすっかり幽霊騒ぎのことなど忘れていた。彼を起こさないように僕は自分の部屋に戻り、疲れた犬みたいに丸まって、すぐに眠りについた。


窓を叩く何かの音に気づいて目を覚ました。

まだ夜だった。時計を探しても見つからなかった。灯りをつけようとしたけれど、部屋には蠟燭しかなく、面倒だったので諦めた。寝ぼけたまま、僕はどうして目を覚ましたのだろうと考えていると、もう一度、物音が聞こえてきた。

トントン……

まるでノックするような音だ。

トントン……

窓だ。僕は頭の片隅で、女の幽霊のことを思い出していた。僕自身が見たわけでもないのに、白くてぼんやりとした女の幽霊を、はっきりと思い浮かべることができた。僕はまだ、半分夢の中にいるのかもしれない。幽霊だ。森に誘い込むように、こちらを見つめている女。ゆっくりと近づいてくるその女は、今まさに、窓硝子の向こうにいて、青ざめた顔を近づけながら、指先でトントンと音を立てて僕を呼んでいる。

違う、そんなことあるはずがない。

もしくは、窓の向こうにいるのは『探偵』で、僕の首を切り取りに来たのではないだろうか。僕が悪い子だから、頭部を奪うつもりなのだ。

神様、どうか僕をお救いください。

僕は毛布を被って、十字を切った。けれど十字がこの場合ふさわしいのかどうかわからなかった。何しろ『探偵』は真っ赤な邪悪の十字架を、あちこちに掲げているくらいなのだから。

トントン……

トントン……

ああ、まだノックは続いている。

僕はおそるおそる毛布から顔を出して窓の方を窺った。カーテンがかけられており、その向こう側を確認することはできない。

僕は衣擦《きぬず》れの音さえ立てないように、身動きもせず、じっと窓を見つめた。

ノックがぴたりとやんだ。

僕は再び毛布を被り、目を閉じた。

このままではとても眠れない。心臓がひどくどきどきと音を立てていた。

もうノックは聞こえない。

本当にノックだったのだろうか。もしかすると風に吹かれて飛んできた小枝が窓に当たった音だったのかもしれない。軒先にぶらさげられた悪夢避《よ》けが揺れてぶつかった音だったのかもしれない。それとも、まったくの聞き違いで、最初からノックの音なんてしていなかったのかもしれない。そう考えることにして、何とか恐怖心を落ち着けようとした。

けれど外に何かが待ち構えているのではないかと思うと、気が気ではなかった。確かめる必要がある。そこには何もないということを、確認しなければならない。

僕はどうにか毛布から抜け出し、ベッドを下りた。

怖い……

大丈夫、何もないってわかってる。

僕はそっとカーテンを開けた。

真っ暗だ。

野外灯が消えているので、濃い闇が湖のようにたたえられている。

何もあるはずはない。

そう思って目を凝らすと、闇が人の形をしているのに気づいた。

頭の形が山のように尖って見えるのは、フードを被っているからだろうか。そのフードのついたマントは頭から肩、そして上半身すべてを包み込んでいた。真っ黒な生地が、闇に溶けるようにして、その輪郭を曖昧にしている。まるで窓に張り付くように、その真っ黒な人物は、こちらの様子をじっと窺っていた。

その人物には顔がなかった。真っ黒な仮面のようなものをつけており、そこにはあらゆる個性が失われ、ただ不気味な『顔の存在しない顔』だけがあった。

僕は悲鳴を上げるより先に、驚いてひっくり返り、床に尻餅をついていた。

これが――『探偵』？

どうして？

どうして？

どうして僕のところに？

すっ、と闇が動いた。

『探偵』が消えた。

本当に闇に溶け込んでいってしまったかのようだった。

僕はとっさに立ち上がり、窓から距離を保ちながら、首を伸ばすようにして『探偵』の姿を探した。暗闇の中に走っていく影が見えた。真っ黒なマントの裾が波打ち、異様な残像になって、やがて幾ら目を凝らしても何も見分けられないような闇の中へ消えた。

このホテルに赤い印を残しに来たのか？

それとも僕の首を切りに来たのか？

もういない。

僕はやっと窓に近づくことができた。

どうしよう。追いかけるべきだろうか。今の黒い人物が『探偵』であるかどうかはともかく、きっと何かを知っているはずだ。

僕はとっさに部屋を飛び出していた。ユーリたちを起こさないようにそっと廊下を抜け、ロビーから玄関を出る。霧雨が降っていた。夜のすべてが冷たく濡れ、森の木々は眠るように沈黙していた。恐怖感はもうなかった。それよりも、僕は強い使命感につき動かされていた。この町で『ミステリ』を知る数少ない人間の一人として、『探偵』の真実を解き明かさなければならない。

僕がやらなきゃいけないんだ。

僕は外に飛び出すと、建物の裏手に回った。僕の部屋の窓がある辺りに向かう。足元には雑草が生い茂っており、足跡を確認することはできなかった。少しだけ、草が踏み倒されたような箇所が見受けられたけれど、それさえ、もしかすると雨露のせいかもしれない。手がかりになりそうなものは何もない。

僕は『探偵』が消えていった闇を見つめた。

そこには森があった。

森に向かうべきだろうか。

森には『探偵』が住んでいて、悪い人間の首を切り取ってしまうという。

僕はどっちだろう。

僕は悪い人間だ。

周りの人たちが死んでいこうとするのを、僕は一度も救えたことがない。失われていこうとするあらゆるものを、僕は守れたことがない。だから僕は悪い人間だ。

森に入るのは怖い。

僕の使命感と勢いはそこで挫《くじ》かれた。目の前に広がっている深遠な森を眺めていたら、今にも呑み込まれて窒息してしまいそうだった。それは深海の暗さや深さと違って、神秘性も神聖性もない、巨大な暗黒だった。

僕は逃げるように部屋に戻った。髪も服も少しだけ濡れていた。僕は失意のまま、ベッドに座り込み、途方に暮れた。冷えていく身体も、もうどうでもよかった。こうして僕は、何もできずに、この町を去っていくだけなのかもしれない。やっと、失われた『ミステリ』の痕跡を見つけたような気がしたのに――

トントン……

トントン……

その音に驚いて、僕はまたしてもベッドから跳び上がった。

『探偵』が戻って来た？

窓の方を向くと、カーテンが開きっ放しになっていた。さっき開けたままだ。

「クリス」

呼ぶ声がする。

そこに、ぬっと顔が現れた。

「きゃっ」

「静かに。私だよ、クリス」

キリイ先生だった。

「先生！　どうしてこんなところに！　何やってるんですか」僕は自分の呼吸が速くなってい

ることに気づいた。「びっくりした……」

「再会の時が早まることもあるんだよ。でも、こんな時間に起きていたんだね、クリス。夜更かしはいけないよ」

キリイ先生は靴を脱いで窓から部屋に入り込んできた。

「先生が云うことですか……あっ、ちょっと、こんなところから入ってきちゃだめです」

「急ぎの用事だよ」

「バイオリンをなくしたって云うんですね」僕はベッドの下に大事にしまっておいたバイオリンケースをキリイ先生に差し出した。「はい、どうぞ。貴重なものなのに、どうしてもっとしっかり見張っておかないんですか」

「あ、やっぱりここにあった。ありがとう――いや、そんなことより」

「そう、そんなことより！」

「町の様子が変なんだ」

「『探偵』が現れたんです！」

「何だって？」

「何ですって？」

「『探偵』が現れた？　それは本当か？」キリイ先生は腕組みすると、何かに思い当たったように突然目を見開いた。「そうか、もしかしたら私が感じた町の異変も、それに関係あるのかもしれない。『探偵』は何処に行った？」

「森の方へ消えてしまいました」

　僕は簡単に『探偵』との遭遇について説明した。話をすることで、僕自身にもちょっとずつ事の異様さがわかってきた。『探偵』はどうして僕の部屋の窓を叩いていったのだろう。『探偵』は何処に消えたのだろう。まるで僕を森に誘い込むかのようだった。『探偵』は僕の存在を知っているのだろうか。

「危害は加えられていないんだね？」

「はい。姿を見せるなり、何処かに行ってしまいました」

「そうか、君が無事でよかった。話に聞く『探偵』はどうやら消極的なようだね。赤い印をつけて回るだけだったり、姿を見せるだけだったり……だからこそ、意図がまるでわからない」

「先生は何故ここに？　また『探偵』が来たのかと思ってびっくりしましたよ」

「さっきも云ったように、町の様子が変なんだ」

「最初から変ですけど……」

「ううん、今回はちょっと違うんだ。具体的に云うと、自警隊の動きが変なんだよ。彼らがある民家を取り囲んでいるんだ」

「ある民家？」

「もしかしたら、彼らはいよいよ『探偵』を捕まえるつもりなんじゃないか？」

　キリイ先生は靴を手に持ったまま、僕のベッドに腰掛けた。真夜中に見るキリイ先生の顔はますます青白く、幽霊に見間違えられてもおかしくないほどだった。眉間《みけん》に皺《しわ》を寄せて、細長い足を組んだ姿は、まるで思索的な幽霊だ。けれどシャツにネクタイ姿の幽霊は、あまりいないかもしれない。

「『探偵』を捕まえる？　だって『探偵』が住んでいるのは森のはずですよ。民家なんて、そんなところに『探偵』がいるはずが……」

「クリス、いつから君はこの町の人間になったんだ。すっかり洗脳されてしまったのかい。『探偵』なんて、誰かがそう名乗り、そう演じているだけに決まっているだろう。失われた『ミステリ』から『探偵』が飛び出してきて、森に住み着いているなんて、まさか思っているのかい。たとえ現実に『探偵』がいるとしても、それは物語の『探偵』ではなく、ただの人間に過ぎない。この町の中にいる限り、それはまるで最初からこの世界に居着いている神にも似た存在かもしれないが、外からやってきた人間である僕らには、ひどく非現実的な偶像でしかないと、充分に理解できるはずだ。そのことを忘れてはいけない。君がいくらロマンティストだとしてもね」

「じゃあ……」僕は下唇を噛んで必死に言葉を探す。「『探偵』を演じている人間がいるということですか？」

「そう考えるのが、我々だよ」

「その人物を、自警隊が捕まえようとしているんですか？」

「確かなことはわからない。ただ、自警隊の動きは今までと違うような気がするんだ」

「じゃあさっき僕のところに現れた『探偵』は……？」

「自警隊の包囲網から逃れてきたのか……それとも、包囲網に気づかずに未だ徘徊している途中だったのか」

「自警隊の包囲は、何か別の事件の可能性もありますよ」

「それもそうだね」キリイ先生は肯くと、僕を真っ直ぐに見た。「さて、どうする？」

「どうする──って、町の人間に関わるなって、先生が云ったんですよ」

「そうだったかな？」キリイ先生はわざとらしくとぼけてみせる。「もちろん、そうだけどね。今ならまだ事件の真相を知るチャンスがある。本当なら、大人として君を誘うような真似をしてはいけないとわかっているんだけど、誰より君は、『ミステリ』の痕跡を探してここまで来たくらいだからね。『探偵』事件の顚末を知るのも悪くないだろう？」

事件の真相を知ること。それはすべての『ミステリ』に通じることだ。

僕にとって『ミステリ』の記憶は、原初的な記憶の一つでもある。だからこそ、この世界で『ミステリ』がどんな最期を迎えたのか、僕は知りたいと思った。それは『ミステリ』を教えてくれた父の最期を、はっきりと知ることができなかったことに対する代償行為なのかもしれない。僕の過去を全部呑み込んでいった海の波には、父の悲痛な声が混じっている。それは僕を呼ぶ声だ。

この国は『ミステリ』最期の地と云われている。英国で芽吹いた花は、西回りの流れで世界を巡り、はるか果ての地で散った。ところが、少なからず書物に詳しい人間なら誰でも知っていることだけれど、一部の地域にはまだ『ミステリ』が残存しているという噂があった。あらゆる書物が失われても、『ミステリ』だけが残ったのだ。

『探偵』というのは、『ミステリ』に登場する英雄だ。かつては実際に職業として『探偵』が存在したという。もちろん今ではそれさえも消された歴史だ。

今夜、『探偵』の正体がわかるかもしれない。

『探偵』が行なってきたとされる赤い印のことや、首なし殺人のこともわかるかもしれない。

「行ってみましょう、先生」

「わかった」キリイ先生はゆっくりと立ち上がると、僕の頭の上に手を置いた。「もしかしたら危険な目に遭う可能性もないとは云いきれない。死に関わるようなこともあるかもしれない。それでも平気かい？」

「そんな、おおげさですよ」

「いいや、相手は『ミステリ』を知る者だ。それは凶器の振るい方を知っているということでもある。こうして君を冒険に誘った以上、私が君の保護者にならなければならないんだ」

「平気です。僕はもう子供じゃありません」

「まだまだ子供さ」キリイ先生は靴を履き直すと、窓枠に足をかけて、ひらりと外へ出て行ってしまった。「さあ、ついておいで」

「先生、窓は出入り口ではありません」

僕は扉から部屋を出て、静まり返ったロビーを抜け、玄関を通って外へ出た。建物を回り込んでキリイ先生のところへ駆けつける。僕たちは揃って煉瓦道に出た。

目には見えないほどの細かい雨が降っていて、僕たちはまるで雨に包まれているようだった。真夜中なので、ただでさえ静かな町が、完全に暗闇の中に沈んでいた。住人たちは、この湿った闇に、みんな溺死してしまったのかもしれない。溺死さえも、この暗い世界に閉じ込められ続けることに比べれば、幸福だろうか。

僕はキリイ先生の後をついて、歩道を走った。キリイ先生の足は長くて速いので、ついていくのがやっとだった。どの道をどう走ったのか、覚えている余裕はなかった。暗くてはぐれそうになると、キリイ先生は立ち止まって僕を待った。やがて小さな古い家が見えてきた。

「クリス」小声でキリイ先生が云う。「ここから先は自警隊だらけだ。なるべくなら見つからない方がいいだろう」

「どうしてですか?」

「我々はよそ者なんだ。町の人間から見れば、もっとも怪しい二人組ということになる。また変な詮索をされるに決まっているし、もしかしたら事件と関わりがあるとみなされるかもしれないよ。だから、自警隊には見つからないように――」

「あ、先生方、何してるんですか、こんなところで」

「わっ」背後から声をかけられて、僕は思わず声を上げていた。「カナメさん?」

いつの間にか僕たちの背後に自警隊のカナメさんがいた。紺色のキャップを目深《まぶか》に被っていて、ベストには昼間よりもたくさん何かが詰め込まれていた。ずっと外にいたのか、服がだいぶ濡れている。

カナメさんは慌てるようにして僕の口を塞ぎ、手招きして僕たちをコンクリートの建物の陰に呼び寄せた。

「まずいですよ、お二人とも」カナメさんは声を小さくして云う。「誰かに見つかったら疑われてしまいますよ」

「……今まさにそう思っていたところです」

キリイ先生は周囲の気配を窺いながら中腰の体勢になった。

「二人揃って何処へ行くつもりだったのですか？　説明してください」

「散歩ですよ」

「嘘はやめてください」カナメさんは嘆息しながら云う。「きちんと説明してもらわないと、あなたたちのことをみんなに報告しなければなりません。最初に遭遇したのが僕だったからいいようなものの、もし他のメンバーだったら……」

「自警隊の仕事を見学しに来ただけですよ」キリイ先生は悪びれる様子もなく話し始めた。

「君たちの見張っているのが、『探偵』の隠れている家？」

「え？　何を云っているんです」

カナメさんはきょとんとした顔で云った。

「君たちはこれから『探偵』を捕まえるつもりなのでしょう？」

「ええ、そのつもりではありますが……あの家に『探偵』は住んでいませんよ」

「じゃあ君たちは、一体誰の家を取り囲んでいるんですか？」

「幽霊を目撃したという男です」

「あっ」

僕はまた大きな声を出してしまい、再びカナメさんに口を塞がれてしまった。

「静かにっ。どうしたんですか急に」

「僕もその男の人を見たんです」

「ああ、随分騒いでいたそうですからね。クリス君もあの輪の中にいたんですか」

「でもどうしてあの男の人を見張ってるんですか？」

「白い女の幽霊を見た者は不幸に遭うという話があります。このことから、白い女の幽霊は『探偵』と繋がりがあるのではないかと、隊長は考えています。幽霊は『探偵』が現れるサインなのですよ。その推測に間違いがなければ、きっと男のところに『探偵』がやってくるはずです。それが隊長の目論見《もくろみ》です」

「なるほど。つまり——広大な森に入って『探偵』を探すより、『探偵』の方からやってくるのを待つというわけだね」

「その通りです」

女の幽霊の出現が、『探偵』の現れるサインだというのは、事実かもしれない。実際今夜、『探偵』は僕の部屋の外に現れた。理由や目的はわからないけれど、自警隊の目論見通り、『探偵』は活動を始めたのかもしれない。

僕が『探偵』と遭遇したことを話すべきか迷っていると、キリイ先生が意味深な目配せをしてきた。黙っていた方がいいという判断だろう。僕は従うことにした。

「それにしても、自警隊が積極的に動いているのはどうしてです？」キリイ先生がカナメさんに質問した。「君のところの隊長さんは、『探偵』なんてものには興味がなさそうでしたけどね」

「隊長は『探偵』という人物を扱いあぐねています。隊長をはじめ、僕たちは誰も『探偵』のことを知りません。けれど隊長だけは、僕たちが考えている以上に、『探偵』について頭を悩ませているようです。まずは『探偵』とコンタクトを取るのが重要ということで、今回こうして、接近遭遇のチャンスを待っているのですよ。どうです、ああ見えて隊長は鋭敏な人なんですよ」

僕たちはカナメさんに先導されるまま、問題の家が見える辺りに三人揃って移動し、雑草の中にしゃがみ込んだ。霧のような雨のせいで、周囲の濡れた草が肌に触れ、冷たかった。辺りはまったくの暗闇に見えた。けれどよく目を凝らすと、時折蛍のように、自警隊の隊員たちが持っているライトの灯りが揺れていた。そうした微かな気配だけが、闇の中にある。

「お二人は、もう帰られることをお勧めしますが、そのつもりはないのでしょう？」

「ええ。『探偵』が捕まれば、我々よそ者に対する敵視も和《やわ》らぐでしょう」

「敵視だなんて、そんな」

「でも本当にこんなところに『探偵』が来ますかね」

「だめだったらまた日を改めるだけです。実は、過去に何度か待ち伏せをしたこともあるんですよ。すべて空振りに終わりましたけど」

「あの……」僕は口を挟む。「いいんですか、僕たちにそんなことまで話して」

「いいんですよ。自警隊なんて名乗っていますけど、そこらへんにいる人たちとなんにも変わらないんですから。秘密組織でも何でもありません。団ではなく、隊を名乗っているのも、完全に隊長の趣味ですしね。ごっこ遊びだなんて、揶揄《やゆ》されることも少なくありません。実際のところ、僕たちには何の取り柄もありません。でも、強いて云うなら……」カナメさんはそう云って少し考え込んだ。「ほんのちょっとばかり、他の人たちより郷土愛が強いだけです。自警隊のメンバーはみんな若いんですよ。この町で生まれ育った人たちばかりだから。海から追われるようにしてできた果ての町でも、そこで生まれた人間たちからすれば、故郷ですからね。町も、そこにいる隣人も、放っておけるわけがないんです。お二人にも、もし協力していただけるなら、お願いします」

「『探偵』を捕まえてどうするんです?」

「僕たちは知りたいだけなんです」

「何を?」

「僕たちの知らないことを、です。僕たちはあまりにも知らないことが多すぎます。僕たちは歴史も、未来も、今外の世界で起こっていることも、なんにも知らないんです。だから僕たちは戸惑っているのです。僕たちは様々なことを諦めて……大人になるんです。大人になるしかないんです。『探偵』はそんな僕たちの目を開かせるために、この町で様々な行為をしているのではないでしょうか。僕たちは『探偵』に教えを乞う必要があるんです」

「クロエ隊長もそう思っているのかな？」

キリイ先生はビスケットをもそもそと食べながら云った。

「あ、先生、またビスケット！」

「君たちも食べるといい」

「ありがとうございます」カナメさんは何の疑問も抱くことなくビスケットを受け取り、かじり始めた。「隊長の考え方はみんなとは違います。僕たちは『探偵』に会うつもりでこうして待ち伏せしているわけですが、隊長はお二人と同じように捕まえるつもりでいます。僕には隊長の云っていることが時々よくわからなくなります。『探偵』の行ないは犯罪だ、と云っていました。犯罪というのは、どういう意味なんでしょうね？」

「罪を犯すという意味です」

「それが僕にはよくわかりません」

カナメさんも『ミステリ』を知らない人間なのだ。カナメさんが悪いわけではない。誰かが悪いわけでもない。何も悪くない。

「仮に私が、君の首を切断するとしましょう」キリイ先生は諭《さと》すような落ち着いた声で云う。

「それは、君にとって悪いこと？　よいこと？」

「わかりません。何が悪くて、何がよいのでしょう」

カナメさんは前髪に隠れた目をしばたたかせながら、首を傾げてみせた。その表情は、まだ何も知らない子供同然だった。

「首を切断されたら、君はどうなる?」

「たぶん、死にます」

「死んだら君は、もうこの町を守ることもできません。君は、この町や、この町に住む人たちを守りたくて、自警隊に入っているのでしょう?」

「そうです……」

「それなら、君は首を切断されたら困りますね。もう誰も守れなくなってしまう。君にとって困ることを、他人からされるのは、よいこととは云えません」

「ええ」

「『探偵』はそれをやっている可能性があります」

「でも……」カナメさんは考え込む様子で少しの間沈黙した。「『探偵』が町の人たちの首を切っているというのは、噂話に過ぎません。実際に『探偵』がそうしている瞬間を目撃した人は誰もいません。みんな憶測で云っているだけです。頭のない屍体は、災害の被害者なんですよ。洪水か土砂崩れかわかりませんが、人間の手によるものだとはとても思えません。誰かがそれをやったなんて、ありえません」

　彼らにしてみれば、そう考える方が自然なのだろう。僕も父から書物のことや、『ミステリ』のことを聞かされていなければ、あっさりとカナメさんに賛同していたはずだ。屍体に対する認識の違いだ。けれど僕はカナメさんの知らない『ミステリ』の世界を知っている。首なし屍体には、首なし屍体の理由がある。

「もし『探偵』が町の人たちの首を切り取っているとして、何故そんなことをするんです？　そんな無意味なことをするだけの理由があるんですか？」

「あります」僕は断言する。「首切りの理由にはいろいろあって、基本的には……」

僕が話し始めようとした時、カナメさんの右手にあるトランシーバーの受信ランプが緑色に光った。

「ん、ちょっと待ってください」カナメさんは僕を制してトランシーバーを手に取った。「はい、こちらカナメ――え？　隊長はこちらにはいません――ええ、僕はこちらに到着した時から一人です――今のところ何も異状ありません――」

カナメさんが話している間、僕は首切りの理由について考えていた。そこでふと思い当たった。この『ミステリ』が失われた時代に、このように社会も文化も閉ざされた町で、はたしてどれだけの人が首なし屍体の真実に目を向けているだろうか。彼らは首切りの理由を考えない。せいぜい災害のせいにするか、噂話としてやり過ごすかのどちらかだ。子供たちは、首切りは懲罰《ちょうばつ》の一種であると考えているみたいだけれど、それさえ、きっと大人にとって都合のいいしつけの常套句だろう。真実はそこにはない。

『ミステリ』における首切り、首なし屍体には、一定の法則がある。しかしこれを町の人たちは知らない。だからもしも事件の根幹に『ミステリ』の法則が隠されているとすれば、誰も理解できないまま時間だけが過ぎていくだろう。もちろん中には、異変を察知し、自ら推理を試みる者もいるはずだ。クロエ隊長はその部類に入るのではないだろうか。けれど公式を知らない者が図形面積の計算に戸惑うのと同じで、まったく『ミステリ』を知らない者に、『ミステリ』の法則に従った事件を解き明かすことは難しい。この町で起きている事件が、すべて不可思議な『ミステリ』的事件であるだけに、最悪の場合、ほとんどの人間はそれが事件であることにさえ気づかないかもしれない。

このままでは誰も事件の真相にたどり着くことができない。

犯罪を行なう者は、自分だけが知っているルールで一位を目指す。周りの人間は、彼のゲームに参加させられていることも知らないまま、彼に負ける。

「どうも不穏な空気が漂ってきました」

トランシーバーによる通信を終えたカナメさんが僕たちに向けて云った。

「何かあったんですか？」

「隊長がずっと行方不明なんですよ。単独行動に出たのかもしれません」

「あり得そうですね」

キリイ先生はにやにやと笑った。

「困ったものです。隊長はすでに何かに気づいているのかもしれません。なかなか打ち明けてはくれませんけれどね。ちゃんと真相を掴んでから話す、といつもそんな調子です」

まるで『ミステリ』に登場する『探偵』のような台詞だ。

「隊長からの指示がないと動いてはいけないんですか？」

「そんなことはありませんよ。いずれにしても『探偵』が出てきてくれないとどうにもなりませんからね。僕たちは待つ側です」

その時、再びトランシーバーの着信ランプが光った。ランプだけで着信を知らせるように設定してあるらしい。

「はい、カナメです――え？　誰ですか？　聞こえますか？」

カナメさんは僕とキリイ先生に不安そうな表情を向ける。様子がおかしい。

「聞こえますか？　何か喋ってください――もしかして隊長ですか？　隊長なんですね？」

「何かあったのですか？」

僕は尋ねた。

「何も話してくれないんです」

そう云っている間にも、他の隊員からメッセージが入る。どれも無言通話がかかってきたことを知らせるものらしかった。カナメさんはトランシーバーを操作している。

「誰からの通話なのか特定できないのですか？」

「ええ。現在それぞれの子機にチャンネルが振ってあって、こちらから通話する場合には、各個人を選んでかけることができますが、通話を受ける場合は誰からかかってきたものか、声を聞くまでわかりません」

「じゃあこちらからクロエ隊長のところに繋げてみては？」

「やっていますが、出ませんね……あ、繋がった。隊長、聞こえますか、カナメです――」カナメさんは声を抑えるのを忘れて呼びかける。「隊長、返事をしてください――ん？」

「どうしました？」

「何か云っています。くぐもっていて聞き取れません」

「ちょっと、貸して」

キリイ先生がカナメさんから奪うようにトランシーバーを受け取った。人差し指を口元に当てて、僕たちに静かにするように合図する。それからトランシーバーを耳に当てた。

「……み、ず、う、み……」

キリイ先生が云う。

「湖？」

「そう聞こえますね」

キリイ先生は僕にトランシーバーを回してきた。僕は手の中に収まりそうな小さな機械を見つめた。躊躇しながら、耳に当てる。

「……助けて……助けてくれ……」

「先生！」僕は血の気が引いていくのがわかった。「先生……どうしよう……先生、これ」

「どうしたんですか」

「『助けて』って……！」

頭の中が真っ白になる。

嫌な記憶がスライド式に思い起こされる。雨の日。黒塗りの車。軍人。泣いている女の人。父親からの無線――僕の手が震えていた。ごめんなさい。ごめんなさい。胸が痛い。まるで鋭い刃物に突き刺されたみたいに。息が苦しい。まるで深い海に沈んでいくように。真っ暗な海の底から声が――今でも――

助けて。

「クリス」キリイ先生が僕の肩を揺さぶる。「どうした、大丈夫かい?」

「だ、大丈夫です……」

「本当だ、救援要請です!」

カナメさんは決然と立ち上がった。

「『探偵』が現れたぞ!」

突然夜空に誰かの大声が響き渡る。

自警隊の隊員たちが一斉に動き出した。雨を含んだ空気が一気に掻き乱されるのを感じた。足音があちこちから聞こえ、幾つかの民家で明かりが灯った。僕は息苦しいまま立ち上がり、キリイ先生に手を引かれながら、雑草の中を飛び出し、煉瓦道を走った。涸れた噴水の脇を通り、コンクリートの建物の間を抜けた。頬を打つ雨の冷たさに、僕はちょっとずつ正気を取り戻し、事態を把握し始めていた。

「見ろ! あそこにいるぞ!」

誰かが叫んだ。カナメさんと同じようなベストを着た男たちが、夜空を指していた。

コンクリートの廃墟の屋上だった。

霧雨の降る夜空を背景に、黒い装束のシルエットがぼんやりと浮かび上がっていた。それは幻でも幽霊でもなく、正真正銘の人間に違いなかった。湿った生ぬるい風に黒い裾が揺らめき、時折二本の足が見えた。それもまた真っ黒だった。黒い服の下には人間の形がちゃんとあるのだという事実を思い知らされる。顔は見えない。おそらく、黒い仮面をつけているのだろう。

あれこそが、『探偵』だ。

『探偵』は屋上の端に立ち、僕たちを見下ろしていた。まるで自分の存在が別格であるということを知らしめているかのようだった。コンクリートの建物はさほど高くはない。それでも『探偵』ははるか上空にたたずんでいるように見えた。僕たちは『探偵』に圧倒され、しばらく言葉を失ったまま見上げていた。

自警隊の隊員と思しき人たちの他に、周囲の民家から騒ぎを聞きつけて出てきた人たちが集まり始めていた。

「あれ？　先生は？」

カナメさんが辺りを見回しながら云った。キリイ先生がいない。さっきまで僕のことを引っ張ってくれていたはずなのに。何処かではぐれてしまったのだろうか。

「先生！　いませんか、先生！」

僕は不安になってキリイ先生を探した。すると民衆の中からくたびれた様子でキリイ先生が姿を見せた。顔色が悪い。肺が悪いからあまり走れないのだ。

「心配かけてすまない」

「大丈夫ですか」

「それより、『探偵』は？」

そう云われて、コンクリートの建物の上を見ると、すでにそこには『探偵』が存在していなかった。

「建物を下りたそうです」カナメさんが耳に当てていたトランシーバーを下ろして云った。

「『探偵』は現在森へ向かっているそうです」

「森！」

「僕たちは『探偵』を追います」

カナメさんは走り出した。自警隊の隊員たちは彼を追うように、次々に歩道を走っていってしまう。それについていく民衆は一人もいなかった。

「我々も行こう」

「でも、先生……」

「もう平気だよ」

僕たちは小走りにカナメさんの後を追った。でこぼこの煉瓦道は走りづらく、僕は何度かつまずいて転びそうになるのを、キリイ先生に襟を摑まれて助けられた。

細い煉瓦道を抜けると、突然視界が開けた。野原が広がっている。霧雨はすっかり霧そのものになり、草の海の上に、雲のようにうっすらと広がっていた。その向こうには巨大な、森という名の暗黒が横たわっている。自警隊の隊員たちは、霧の海を越え、果敢にも森へ突入しようとしていた。

「何も装備を持たずに森に入って大丈夫でしょうか」

僕は隣で息を荒くしているキリイ先生を見上げて云った。

「深追いは避けた方がいいかもしれないね」

キリイ先生は諦めよりも疲労の色を濃くしていた。本来ならキリイ先生が僕を心配するのではなく、僕がキリイ先生を心配するべきだったのだ。そのことに思い至らなかった自分が、急に情けなく思えてきた。『探偵』のことよりも、今はキリイ先生の身体の方が大事だ。

カナメさんが僕たちに気づいて、駆け寄ってきた。

「結局来たんですね」

「はい。『探偵』はどうなりました？」

「見失いました……でも、これから『探偵』を追って数人で森の中の湖へ向かいます」

「湖ですか？」

「ええ。さきほどの隊長からの連絡で、何度か湖という単語を聞き取ることができました。これは隊長が自分の居場所の手がかりを僕たちに伝えようとしたのだと思われます。隊長はきっと湖の近くにいるはずです」

「湖の場所はわかっているのですか？」

「大体の位置は把握しています」カナメさんはベストのポケットをぽんぽんと叩く。「コンパスを持っています。携帯食料もありますので、たとえ遭難しても一週間は平気ですよ」

「どうしますか、キリイ先生」

「私がついていっては足手まといになる」キリイ先生は腰を屈めて咳き込んだ。「クリスは自警隊についていくといい。少なくとも私より彼らの方が森に詳しいはずだしね」

「いいえ、先生が行かないなら、僕も行きません」

「本当は行きたいんだろう？　遠慮することないよ。私のことはいい。ただ――」キリイ先生は僕の耳元に囁くように云う。「彼に君を託すのは、ちょっと心配だな」

「え？　何か云いましたか？」カナメさんは落ち着かない様子で云う。「先に行ってもいいですか？　事は一刻を争うんです」

「ちょっと待って」

キリイ先生が引き止める。

どうしようかと考えあぐねていると、何処からか僕を呼ぶ声が聞こえてきた。

「クリス！　こんなところで何やってんだ！」

野太い声が僕の後頭部を殴りつけるように投げかけられる。

驚いて振り返ると、そこにはホテルの主人のアサキさんがいた。

「探したぞ！　夜中に物音がするから何かと思ったら、お前さんが宿を出て行くのが見えたんだ。何やってんだ！　こんな時間に外を出歩いてるんじゃない！　何時だと思ってる。素直な子供かと思えば、うちのユーリよりも手に負えないガキとはな！　心配させるんじゃねえ」

「あ……」

僕は突然のことに声を出せなかった。それよりも、そんな他愛のないことで僕のことを心配してくれていることが、嬉しかった。

「ごめんなさい……」

「さあ、帰るぞ」

「待ってください」

僕は掴まれた腕を振り払って云った。その瞬間、アサキさんは意外そうな顔をした。僕の態度が反抗的に見えたのかもしれない。僕は反射的に、ごめんなさい、と口走っていた。

「このわけのわからん騒ぎに、お前さんも関係してんのか？」アサキさんは僕と、周りの自警隊やキリイ先生のことを訝《いぶか》しげに眺め回した。「あれほど出回るんじゃないと云っておいたのに。どうせ厄介なことになってんだろう？　あ？」

「ちょうどいい」キリイ先生が思いついたように云った。「あなた、クリスを頼みます」

「は？　何云ってんだ」

「森には詳しいですか？」

「まあ、その辺にいるアマちゃんよりは詳しいだろうよ。何しろ十年も森で薪に使う木を調達しているからな」

「自警隊のクロエ隊長が、湖の傍で不測の事態に陥っていると思われます」カナメさんが横から説明する。「湖まで案内していただけますか？」

「何だよ突然。俺はクリスを連れて帰るために……」

「急いでいるんです！　さあ！」

確かにアサキさんが一緒ならば安心だ。僕たちはこれから冒険をしなければならない。病弱なキリイ先生や、明らかに内勤向けなカナメさんに比べれば、何倍も体格のいいアサキさんの方が頼りがいがある。森にも詳しいというので、案内係にもなる。

「案内するだけでいいんだな？　そうしたら帰るんだな？」

「はい」

「わかった。行こう」

「では、湖へ！」

カナメさんが声を上げる。

キリイ先生をその場に残して、僕たちは霧の中を走り出した。アサキさんは事態を把握しきれていないようだったが、頼られて悪い気分ではないみたいだった。僕は森に入る前に、一度だけ振り返った。霧の中にキリイ先生の姿が見えた。キリイ先生と別れるのは心細い。でも無理に連れていくわけにもいかない。

僕たちは森の中に入った。

目に映るすべてのものが僕に敵意を持っているように思える。暗闇の空に伸びた枝の鋭さや、足元をすくうように地面に張っている根は、森を侵す者への威嚇《いかく》のようだ。漂う霧の中、たちまち方向感覚は失われていく。いつの間にか、どちらを向いても太い木の幹ばかりになっていた。どんどん暗くなっていく。僕はカナメさんとアサキさんに置いていかれないように走るのが精一杯だった。怖い。叫び出したい衝動に駆られる。いつ『探偵』に出くわすともわからない恐怖もあり、僕は胸の奥で速まる鼓動をどうすることもできなかった。

カナメさんとアサキさんが立ち止まって、何やら会話を交わし始めた。僕たちの周りでは、自警隊の懐中電灯が、ふらふらと浮いて回る蛍のように見えた。コンクリートやアスファルトの人工的な匂いがしていた霧は、濃密な自然の匂いに変わっている。カナメさんがポケットからコンパスを取り出して、方角を調べ始めた。そこにアサキさんが懐中電灯の灯りを当てて、指示をしている。

「行くぞ、クリス」

アサキさんに肩を叩かれ、僕は押されるように歩き始めた。

森の奥に進むにつれ、僕は現実世界を歩いているという意識を失いつつあった。本当は僕はまだベッドの中にいて、夢を見ているだけなのではないだろうか。

視界を閉ざす霧は、懐中電灯に照らし出されると白く濁ったように見え、周囲を幻じみた光景に変貌させる。それは触れても感触がない。感覚の欠如が現実感を失わせていく。

いつの間にか僕たちが先頭になっていた。振り返ると、灯りがちらほらと見受けられる。

「こう霧がひどくちゃ、なかなか進めない」

アサキさんが焦《じ》れたように云う。

「次第に風が出てきましたから、直に霧も晴れると思います」

「そうだといいんだがな」

そんなやり取りをしているアサキさんとカナメさんの後ろにぴったりとくっついて僕は走る。

木々の黒々とした幹の檻を抜け、僕たちは進んだ。いつまでたっても湖にたどり着かない。同じところをぐるぐると回っているのではないかという不安に陥る。それでも、足元が緩やかな斜面になり始めると、僕たちははっきりと、斜面を下っているという感覚を感じ取ることができた。

「湖が見えてきたぞ」

アサキさんが懐中電灯の灯りを正面に向ける。

視界が開け、冷えた空気が僕たちを掠めた。

広い湖だった。森の中にひっそりと存在しているにしては、広すぎるように思えた。ここのところ続いている雨で、水かさが増しているせいもあるかもしれない。波はほとんどない。湖面を覆うベールのように、霧がうっすらとたなびいていた。対岸は切り立った崖になっているらしく、その巨大な影を湖上に落とし、ただでさえ暗い湖をいっそう暗くしていた。

「隊長を探さなくては！」

カナメさんはトランシーバーで通信を試みる。反応はないようだった。

後からぞろぞろと自警隊の隊員たちが湖畔に到着した。

「手分けして湖畔沿いを捜索しましょう」

カナメさんが云った。

僕は湖を見ていた。それは湖というより、森の中にぽっかりと開いた穴のように見えた。揺れる霧の向こうに、異変があった。

灯りだ。

ぼんやりとして境界のはっきりしない、滲んだ灯りだった。気づいているのは僕だけではなく、自警隊の隊員の中にもそれを指差す者がいた。

「なんだあれは？」

「どうした？」

「灯りが見えます！」

「向こう岸の灯りか？」

「向こう岸は切り立った崖になっている」アサキさんが云った。「人の立てる場所はない。それにあの灯りは岸よりももっとこちらに近いぞ」

「ということは……湖の上？」カナメさんは湖上に懐中電灯を向ける。「ボートに誰か乗っています！」

懐中電灯に照らし出されたそれは、遠目にもボートの形とわかった。ぼんやりとした灯りはちょうどそこを光源にしているようだった。

僕は目を凝らしボートを見た。光の中に、人影が見える。揺らぐボートの上に誰かが立っている。

「誰か乗っています」

「誰だ？」

「わかりません、影しか見えません」

でも、僕は予想がついていた。

そのシルエットは、僕が今夜二度も目の当たりにした『探偵』のそれとまったく一緒だった。

『探偵』だ」

誰かが叫んだ。それに反応する者はいなかった。もはや、そんなことは誰でもわかっていることだと云うように。

「湖を取り囲みましょう！」カナメさんが提案する。「この人数なら、湖畔をカバーできるでしょう」

隊員たちはせいぜい十名弱しかいなかったけれど、それぞれのライトを確認できる程度の距離で立てば、カナメさんの云う通り、向こう岸の崖を除いた湖畔すべてをおさえられるだろう。

隊員たちは早速散らばった。

「あっ」

湖上の灯りを見ていたカナメさんが声を上げた。

ボートの上で『探偵』の影が、何かを振り上げるのが見えた。

「隊長！　返事してください！」

危機を察知したようにカナメさんが必死にトランシーバーに呼びかける。

次の瞬間、振り下ろされる。

それは斧の形をしていた。

「隊長！」

カナメさんの絶望的な悲鳴が上がる。

『探偵』は何度も何度もそれを振り上げては振り下ろし、いつまで経ってもやめる気配がなかった。振り下ろした先にあるであろう何かを、完全に打ちのめそうとする異常なまでの執着心と、まるでそれを楽しんでいるかのような、リズムを感じさせる反復と、そして霧の不気味な舞台効果が、僕の心を凍りつかせた。

気づくと僕はその場にへたり込んでいた。

湖上の惨劇だ。

これは夢よりひどい。僕には何もできなかった。目の前で行なわれていることを止めることなんてできなかった。僕はただ見ていることしかできなかった。

斧の攻撃は続いていた。ボートは揺れ、『探偵』も揺れていた。音は何も聞こえてこなかった。森のざわめきが頭上で渦巻いているだけだった。

これは『ミステリ』で散々語られてきた殺人の瞬間に違いなかった。でもこんなことは現実に起きるべきことではないのだ。『ミステリ』は書物の中でだけ語られるべきものなのだ。だからこそ僕は興味や楽しみを見出すことができた。それなのに、『ミステリ』が現実に持ち込まれると、途端に絶望に変わる。

ああ……これが『ミステリ』なんだ。

でもあれは『探偵』なんかじゃない。

「隊長……」

カナメさんは呆然と呟いていた。

「ボートが動いているぞ」

アサキさんが指を差して云う。

ボートは僕たちのいる岸から右手方向へ流れていっているようだった。

「追いかけましょう！」

カナメさんは走り出した。僕は立ち上がるのもままならなかった。それでも置いていかれるのだけは嫌だったのでほとんど這うような気持ちで走った。

「湖は包囲しているので、『探偵』は逃げられないはずです」

カナメさんが云う。

云われてみればその通りだった。反対岸は切り立った崖でボートから降りられるはずがない。それ以外の岸辺には自警隊の隊員が待ち構えている。

「あっ」カナメさんが声を上げた。「灯りが消えた！」

いつの間にか湖上の灯りが消えていた。

カナメさんは走りながらトランシーバーを取り、何度も通信を試みる。

するとと突然、繋がった。

「隊長の子機と繋がりました！」

カナメさんは立ち止まりトランシーバーを耳に当てる。

「えっ、こちらから発信したのですか？」

「ええ」

ということは、相手はクロエ隊長のトランシーバーに間違いない。その場にいる人間が受信したのだ。

「もしもし——応答してください」カナメさんは切羽詰まった声で呼びかける。「だめだ、無言です——あ、切れた」

「とにかく走れ！」アサキさんが云う。「逃がしてしまうぞ。捕まえたらとっちめてやる！」

途中で何人かの隊員たちと出くわしたけれど、彼らにはそのまま動かないようにという指示がカナメさんから出された。

ボートの動きから、到着が予測される岸の辺りにたどり着いた。

僕たちはそこで息を呑んで待ち構える。

東の空が明るくなり始めていた。

夜明けだ。

霧も次第に晴れてきている。

僕たちは黙ってボートが近づいてくるのを待った。鳥たちが朝を告げるように崖の真上を飛び立った。霧がゆっくりと風に払われ、ボートの全貌が見えてきた。白いペンキ塗りの船体で、せいぜい二人乗りが限度の小さな木製のボートだ。船頭《せんとう》をこちらに向け、ほとんど止まって見えるくらいの速度で、徐々に徐々にこちらに近づいてきていた。

　僕たちはじっとボートを見つめた。

　そこに『探偵』はいなかった。

　岸から見る限り、ボートはまったくの無人であった。

「いないぞ」

「船底に隠れているのかもしれません」

　カナメさんは水際に立って首を伸ばす。それでも船底までは見えないようだった。

「このままじゃ、いつまで経ってもボートは岸に着かないぞ。どうすんだよ、おい」

「ボートを引っ張ってこないと……」

「どうやって！」

「僕が行きます」

　僕は云った。

「おい、やめておけ！　もしかしたらまだ……」

「大丈夫です」

　どう見ても船には誰もいない。

　もちろん生きた人間は、という意味で……

「泳げるのか？」

「はい、泳ぎなら得意です」

「それなら、このロープを持っていってください。船頭にくくりつけて。後は僕らで引きます」

カナメさんはポケットからロープを引っ張り出して、端を輪にすると、僕に渡した。

僕はそれを持って、湖に飛び込んだ。水は刺すように冷たかった。でも慣れないほどの水温ではない。それよりも、この異質な湖の水が僕の身体を包み込んでいるという状態に、僕の胸が圧迫される。いつもとは勝手が違う。僕はなるべく潜らずにすむように、立ち泳ぎでボートまで進んだ。水は少し嫌なにおいがした。

ボートの中に斧を持った『探偵』が隠れているかもしれない。でも水の中なら、きっと僕の方が機敏だろう。そんな自負心もあって、僕はボートへ近づくことを躊躇《ためら》わなかった。

ついにボートにたどり着く。云われた通り、船頭の先端にロープを結びつけた。合図する。

岸にいるカナメさんとアサキさん、それから持ち場が近い自警隊の隊員が一人、彼ら三人でロープを引き始める。みるみるうちに僕のもとからボートが離れていく。僕はボートを追うように泳ぎ進んだ。

「うわあ!」

カナメさんが悲鳴を上げた。

きっとボートが岸に着くより前に、その中身が見えたのだ。

やがてボートが岸に着いた。

「なんだこれは!」

アサキさんが低い声でうめいた。

僕はボートの脇を抜けるようにして岸に上がった。

ボートの中を見る。

そこには頭部のない男の屍体が横たわっていた。

船は血まみれだった。内側は血しぶきに濡れ、底には血だまりができていた。ボートが揺れるのに合わせて、血だまりも揺れていた。切断された箇所からぽたぽたと血が滴っていた。

屍体は何処かで見たことのある服を着ていた。

クロエ隊長のパーカーだ。

屍体の背恰好から見ても、屍体はクロエ隊長としか考えられなかった。

「見ろ……」

アサキさんが指差しながらボートに近づいた。そして屍体の足元の辺りから、手斧を拾い上げた。斧は血で真っ赤になっていた。

「『探偵』の仕業だ……」

カナメさんは口を開いた。視点が定まっていなかった。

「『探偵』は何処に行った?」

「見ていません」

自警隊の隊員が云う。

「『探偵』が消えちまった……」

「やはり『探偵』は……」

僕は自分の足元を見た。岸に上がったばかりで、周囲はびしょびしょに濡れている。小石交じりの砂には、しっかりと僕の足跡が残されている。

もしも『探偵』がボートから湖に飛び込んで、岸に上がって逃げたとすれば、僕が残したような痕跡が残るはずだ。けれど見たところ、周囲には何の痕跡も見受けられない。今さっき、僕が『探偵』の痕跡に上書きするように消してしまったということはない。岸には何の異変もなかったことを、僕はよく知っている。

『探偵』は首なし屍体を残して、まるで魔術のように消えてしまった。

完全に包囲された湖の上で。

間奏　鞄の中の少女

真っ暗な午後だった。正午を過ぎた頃から遠雷が鳴り止まず、空気は雨の匂いがした。それでもまだ雨は一滴も降っておらず、黒い雲が重く垂れ込めていた。鴉の群れが巨大な影になって山の方へ逃げていく。彼らの鳴き声は、小さな町に不吉を告げていた。

タクトは自宅へ帰るために走っていた。夕方まで友だちの家で遊ぶつもりだったが、天候が荒れてきたので、早めに帰ることにした。走りながら遠い空を見上げると、雲間を跳ねる稲光が見えた。閃光の中に、にわかに浮かび上がった鴉たちの影は、もはやささいな空の染みでしかなかった。一瞬世界が静まった。そして遅れて届く雷の音に、タクトは恐怖しながらも、子供らしい高揚感を抱いていた。

自宅へ続く車道は、アスファルトの荒野と化していた。大きなひび割れに雑草が生い茂り、窪みに雨水が溜まっている。もうすでに使われなくなった車道だ。道の先には、大勢の人間が住む『都市』が存在するという話だったが、タクトにはそれがどんな場所か想像することもできなかった。誰も町の外を必要としない。町は孤立し、閉鎖していた。

ひと気のない道路の中央に、白くて、柔らかそうなものが落ちていた。タクトには最初、それが大きな羽毛に見えた。タクトは走る速度を緩め、ゆっくりと警戒するように、それに近づいた。近づいてよく見ると、白くて、柔らかそうで、大きな羽毛に見えたそれは、人間の形をしていることがわかった。

さらに覗き込んでみる。それは少女だった。綺麗な黒髪が、ざらざらとした道路を濡らすように広がっている。少し横に傾いだ身体と、横向きの顔。スカートの裾から、細い足が伸びている。靴を履いていない。どうやってここまで来たのだろう、とタクトは思った。

繊細な形をした少女の腕は、真っ白で、いかにも無防備に、道路に投げ出されていた。タクトは少女の腕を眺め、それから空を眺めた。今にも降り出しそうだ。このままにしておいてはいけない。雷が光った。青白く照らし出された少女の輪郭が、幻のように浮かび上がり、すぐに消える。ねえ、どうしたの。タクトは呼びかけてみたが、少女は反応しない。続いて鳴り響いた雷の音にも、少女はぴくりとも反応しなかった。様子がおかしい。タクトは幼いながらも、ただならない事態であることを認識していた。少女の肩に触れる。体温をまったく感じられなかった。少女は明らかに、あらゆる点で、他の人間とは雰囲気が違った。起きて。何度か呼びかけたが、少女は横たわったままだった。雷が光る度、少女の形が儚《はかな》げな影を作った。

タクトは少女を抱き上げる。驚くほど軽かった。

少女を抱えたまま、歩き出すと、タクトを追うように雨が降り始めた。激しい戦争みたいな雨音だった。ひやりとする独特な空気に包まれたと思った次の瞬間には、タクトはもうびしょ濡れになっていた。地面に強く叩きつけられた雨粒が霧状になって舞い上がる。雷の音が近い。

タクトは少女を雨からかばうように身体を屈めながら、家へ急いだ。

タクトは家に着くなり、少女を抱えたまま自分の部屋に飛び込んだ。背後から親の呼び止める声が聞こえてくる。それをとりあえず無視する。ベッドにそっと少女を寝かせ、シーツをかけてあげて、それからすぐに部屋を出た。

冷たい目をした母親が待ち構えていた。

「廊下が濡れているわ」

「はい」

「あなたがやったのね」

「はい」

「すぐに元通りにしなさい」

「はい」

タクトは雑巾《ぞうきん》を持ってきて廊下を拭った。一通り掃除を終えると、雑巾をタオルに持ち替え、自分の頭を拭いながら部屋に引き返した。

少女のことを気づかれてはいないようだ。もし気づかれたら、何を云われるかわからない。しばらくは黙っておこう。タクトはベッドに横たわる少女を見下ろしながら、そう思った。

少女は道路に倒れていた時と同じ体勢でベッドに横たわっていた。だいぶ濡れてしまったようだ。風邪をひいたりしないだろうか。しかし少女をタオルで拭ったり、着替えさせたりすることはしなかった。幼い少年にはそこまで気が回らなかった。

見たところ、少女はこの町の人間ではない。閉鎖的な町だから、タクトは大抵の子供を知っている。けれど今までその少女を見たことはなかった。もしかしたら『都市』か、あるいは別の町から来たのかもしれない。時折、外の人間が町に来ることはある。少女が外の人間だとすれば、どうして道の真ん中で倒れていたのだろう。なにより、少女の異人的な雰囲気は一体なんなのだろう。

少女の顔を覗き込んで、タクトはびっくりした。

少女の目がなかった。目の周囲は黒ずんでいて、引っ掻き回されたようになっていた。その黒ずみの中に、かつて眼球が収まっていたようには、到底見えなかった。目がないので、眠っているのか起きているのかもわからない。もしかしたら眠ったふりをしているだけなのかもしれない。タクトはそう思い、再び呼びかけてみたが、返事はなかった。

その日からタクトの奇妙な生活が始まった。タクトはまったく反応のない少女に話しかけ続けた。タクトは、少女が眠ったふりをしているのだと思い込んでいた。きっと何かの理由があって、口をきけないのだろう、と。それもおそらく深刻な理由で。目をなくして、道路に倒れていたくらいなのだから、深刻でないわけがない。こんな姿になってしまって——

「君は何処から来たの？」

少女は答えない。朝からずっと横たわったままだ。

「ねえ、わかってるよ。本当は起きているんでしょう？　大丈夫だよ、誰にも話さないから。お母さんにも内緒だよ。だから何か話して」

どんな言葉をかけても少女は口を開かなかった。タクトはだんだん哀しくなっていった。少女はこの世を見るための目だけではなく、言葉を伝えるための口さえ、なくしてしまっているのかもしれない。もしそうなら大変なことだ。少女が気の毒だった。この先、どうやって暮らしていけばよいのだろう。

タクトは夕食の時間を早めに切り上げて、残した食べ物を自室にこっそり運んだ。スプーンでスープをすくい、彼女の口元に持っていく。おいしいスープだよ。そっと彼女の口に当てる。そのまま流し込む。するとスープは、彼女の口には入らず、口の回りを濡らすだけだった。

「ちゃんと飲まなきゃだめじゃないか」

タクトはついに呆れて云った。まったく、いつまで眠ったふりをしているんだろう。せっかくスープを持ってきてあげたのに。もうあげないから。

翌日も、少女はタクトに一切の反応を返さなかった。

「まだ眠っているの？」

タクトは少女の肩を強く揺さぶってみる。まるで手応えがない。ベッドを少女に貸したままなので、タクトは床に寝るはめになっていた。その疲れから、タクトは少女に対し少しだけ苛々していた。肩を強く押し、少女を痛がらせようとした。かなり強く押したつもりだったのに、少女は何の抵抗もしなかった。

「タクト」

その時、部屋の外から母親の声が聞こえてきた。いつものように感情のない声だった。タクトは跳び上がって、すかさず扉に飛びつくと、勝手に開けられないようにノブを押さえた。

「開けなさい。あなた、部屋で何やってるの」

「待ってよ今勉強してたの！」

タクトは勉強用のラジオのイヤホンを引っ張ってきて、耳に当てた。

それより、ベッドの少女をどうにかしなければ。

タクトはとっさにクローゼットを開けた。それから、ベッドのシーツをはがし、そこに寝ていた少女を抱き起こして、ほとんど放り込むようにして、クローゼットに押し込めた。クローゼットの戸をばたんと閉めた瞬間、母親が部屋の扉を無理やり開けて入ってきた。

「ちゃんと勉強してるの」

「してるよ」

タクトはラジオを示す。ラジオでは「あたらしい社会」の授業を流していた。

――戦後の混乱期に施行された『焚書法』から三十一年後――

「ベッドが汚れてるわ」

――『改正焚書法』が制定され、国民は有害な情報からより保護されるようになり――

「あなたがやったのね」

——社会から凶悪な犯罪が消えていきました——

「すぐに元通りにしなさい」

タクトは云われた通りベッドのシーツを元に戻した。母親はそれに満足すると、他に汚れているところがないか、周囲を調べ始めた。タクトも母親の視線に合わせて、落ち度がないかチェックする。ベッド……おもちゃ箱……カーテン……空っぽの水槽……クローゼット……

クローゼット！

クローゼットの戸の隙間から、少女の指がはみ出していた。

無理やり押し込んだ時に挟んでしまったのだ。なんということだろう。三本だけはみ出た指先は、少女が中から助けを求めているようにも見えた。しかし、その指が動くことはまったくなかった。

幸運なことに、先にそれを見つけたのはタクトだった。どうしよう。見つかってしまう。タクトはとっさに機転を利かせ、自分の上着を素早く脱ぐと、それを摑んでクローゼットに駆け寄った。上着をしまうふりをして、少女を隠してしまおう。

母親はおもちゃ箱の方を見ている。

チャンスは今しかない。

タクトはクローゼットの戸を開けた。

その時、戸に挟まっていた三本の指が、少女の手から取れて、床に落ちた。

タクトは声を上げそうになった。

それをなんとか抑え込み、上着とともに少女の身体をクローゼットの奥へと押し込んだ。

母親は空っぽの水槽の方を見ている。

タクトは床に落ちた指をかき集めた。

それらをズボンのポケットに突っ込む。

その瞬間、母親がタクトの方に向き直った。

「勉強を続けなさい」

「はい」

母親はいつもの感情のない顔で部屋を出て行った。

タクトはその場に崩れ落ちるようにして座り込んだ。身体中から嫌な汗が出ている。まさか少女を一人隠しているなんて、親に云えるわけがない。とりあえずはばれずにすんだようだ。汗を拭い、立ち上がる。

ポケットに入っている三つのものを取り出して、タクトは途方に暮れた。幼心に、取り返しのつかないことになったということだけは、はっきりと理解できた。

もはや少女の一部というよりは、何か不気味なものにしか見えない、三つの指。ごめんね、ごめんね。タクトはクローゼットの中へ声をかける。痛くなかった？

少女は当然のように、何の反応も返さない。

どうして反応しないのだろう。

まだ幼いタクトにはそれがよくわからなかった。

今までそれを一度も見たことがなかったからだ。

少女に生じた異変は、すぐに顕著なものになった。

翌日、少女をクローゼットから引っ張り出してみたところ、少女の指先や足などが、黒く変色していた。タクトはぎょっとしてすぐに少女をベッドに寝かせ、他に悪くなっているところがないか調べた。調べれば調べるほど、悪いところだらけだった。少女のいたるところに、奇怪な斑点模様が浮かんでいた。変色した箇所を軽く擦ってみると、少しだけ色が薄くなる気がしたが、元通りの白さになることはなかった。

タクトには何が何だかわからなかった。何が少女をこんなふうにしてしまったのだろう。無理やりスープを飲ませようとしたせい？　それともクローゼットに押し込んで指が取れてしまったせい？　いや、そもそも家に連れて帰ったせい？

他に変わったことと云えば、少女から嫌な臭いがし始めたことと、腕や足が以前より柔らかくなってきたことだった。それから、前に少しだけ乱暴にした肩の辺りが、他の箇所よりひどく黒くなっているようだった。

「何にも食べないからいけないんだよ」

タクトは責めるように云う。けれど本当にそれが原因なのかどうかはわからなかった。

少女は日ごとに悪くなっていった。黒い斑点は少女のすべてを覆い尽くし、スカートの裾まで真っ黒になった。ベッドに寝かせていると、シーツまで黒くなってしまうので、ビニールシートの上に彼女を寝かせ、その状態のままベッドの下に隠した。タクトは少女のことを見るのがだんだん怖くなっていった。誰にも云い出せなかったし、自分ではもはやどうすることもできなくなっていた。少女の異変は、まさに崩壊と呼ぶにふさわしかった。美しかった顔も、今では原形を留めていない。明らかに異臭がし始め、母親までそれを気にし始めた。異臭の原因を知らない母親は気が狂ったように塩素剤を家中に振りまいた。タクトも気が狂いそうだった。

寝ている間は常にベッドの下が気になった。自分の背中の下には、あの少女が横たわっているのだ。想像すると恐ろしく、崩壊していく少女を夢にまで見るようになった。

ある日、ベッドの下から少女を引っ張り出してみると、少女の首が取れかかっていた。頭と胴が離れ離れになろうとしていた。少しでも触れたら、本当に離れてしまいそうだった。時間の問題だ。すでに足は胴体から離れてしまっている。少女は全体的にぐにゃぐにゃになり、タクトの知っている少女ではなくなっていた。一度は、接着剤で指や足の修復を試みたこともあるが、巧くいかなかった。だからタクトは、少女の首が取れてしまいそうになっても、どうすることもできなかった。

しかし、どうにかしなければならない。タクトは真剣に考え始めるようになった。友だちに相談しようかとも考えたが、さすがにできなかった。親に相談するのはもってのほかだ。自分一人で何とかしなければならない。とにかく、少女を元通りにしなければならない。

少女はすっかり柔らかくなっていたので、崩れた部位や、ぼろぼろになった箇所を一まとめにして、強引に折り畳んで、押し込めると、すべてまるごと、簡単にバッグの中に収まった。最後に、結局胴体から離れてしまった頭を押し込むと、少女を小さな立方体の中に封じ込めた気分になった。それは事実であり、タクトはこころなしか誇らしい気分にさえなった。僕のバッグの中には少女が入っている。あの美しい少女が、折り畳まれて、ついにバッグの中に入ったのだ。今までの異変は、すべてこの状況を迎えるための準備だったのではないか。持ち運び可能な少女。きっとそうに決まっている。タクトの思考は徐々に歪んでいった。タクトはバッグを背負って、何度か友だちのところへ遊びに行くという行為に及んだ。誰もバッグの中に少女が詰まっているなどと想像できないだろう。そう考えると快感だった。自分だけの秘密を持つことで、タクトは得意になった。

しかしいつまでもそうしているわけにもいかなかった。バッグの中で、少女の崩壊が続いているであろうことはタクトにも容易に想像できた。

元通りにしなさい。

何処からともなく命令する声が聞こえる。けれど少女を元通りにするにはどうしたらいいのかわからなかった。そもそも、元に戻すことなどできるのだろうか。少女を最初に拾った場所を訪れてみたが、ヒントは落ちていなかった。誰か助けてほしい。大人の力が必要だ。はたして大人たちは、少女を元通りにする方法を知っているのだろうか。

誰に頼ればいいのか。

ふと、ある人物に思い当たった。

本当に存在しているかどうかもわからない人物。

誰も語りたがらない人物。

人間かどうかさえわからない。

――『探偵』。


『探偵』は町の外周を覆う森の何処かに住んでいるという。タクトの住む町において、『探偵』は閉鎖世界の象徴でもあった。それは閉じられた世界を影ながら支配する管理人であり、外と内の境界を監視する看守であり、もはや伝説と呼ぶにふさわしい人物であった。子供たちは単純に、「悪さをするとおしおきに来る」存在として『探偵』を理解していた。正しさの権化《ごんげ》として、あるいは懲罰の権化として、大人たちから語られる存在である。

もしかしたら『探偵』には、少女を元通りにする力があるかもしれない。

タクトは早速森へ行くことにした。少しの食料と、少しの水と、バッグに詰めた少女を持って、夜明け間近の薄明かりを頼りに、少年は家を出た。

大人も森には近寄らない。森に近寄ればろくなことがないとわかっているからだ。森には『探偵』が住んでいる。町の人間にとって『探偵』は単なる想像上の人物ではない。『探偵』に対する畏敬《いけい》は深く根付いており、同時に森は不可侵の場所であった。

しかしタクトはそこまで『探偵』のことも森のことも理解してはいなかった。気軽な気持ちで森に入り、その日のうちに帰るつもりだった。森には背の高い木々がまばらに生えており、足元にも腐葉土《ふようど》が広がるばかりで、さほど鬱蒼とした雰囲気は感じられない。ところがあらゆる音がそこでは消え去っていた。動物の声も、風の音も、森の外から聞こえるばかりで、自分の周囲は常に静寂で包まれていた。腐葉土の上を進むのは、雪を踏みしめて歩くのに似ていた。静寂もまた、雪の世界を思わせた。外の音がどんどん遠ざかっていく。森へ潜るようにして、タクトはゆっくり進んだ。

とにかく『探偵』の居場所を突き止めなければならない。タクトは闇雲に森の中を歩いた。森の出口を常に意識しながら歩いていたつもりだったが、いつの間にか、タクトは自分の居場所さえわからなくなっていた。焦って走り出した方向は森のさらに奥だった。薄曇の空に隠れるようにして真上にあったはずの太陽は、すでに傾いている。どんどん日が暮れていく。ただでさえ冴えない天候にくわえ、森の中ということもあって、周囲は急速に暗くなっていった。

タクトはようやく自分の過ちに気づいた。森に迷い込んで死んでしまった人たちの話は幾らでも聞いたことがある。今は自分がその主人公になっているのだ。その主人公たちは森を延々とさ迷い歩いて死に果てたという。先人の過ちから学ばなければならない。幸い、食料も水もある。

タクトは大きな木の根元に、うずくまるようにして座った。その時、背中に何かが当たった。バッグだ。タクトは焦燥のあまり少女のことをすっかり忘れていた。背中からバッグを下ろして、胸に抱く。大丈夫、一人じゃない。ここには美しい少女がいる。バッグを抱きしめていると、最初の出会いの頃からなかったはずの、少女の体温が、じんわりと伝わってくるかのようだった。聞こえないはずの、少女の息遣いや、心臓の音まで聞こえてくる。それは森の夜があまりにも静謐《せいひつ》だったからかもしれない。タクトはやっと、落ち着いた。

母親は今頃どうしているだろう。タクトは冷たい夜気に震えながら考えた。大人たちはみんな感情に乏しい。それが大人になるということだ。大人たちは他人を傷つけない。誰も苛々しないし、怒鳴り声の一つも上げない。その代わり、特別愉快そうに笑ったり、楽しそうに歌ったりすることもない。そんなことは子供の時代に、ラジオの授業とともに卒業する。母親は今、自分を心配しているだろうか。いなくなったことに気づいてはいるだろうけれど、はたして現状を『元通りにする』以上のことに、気を揉んでいてくれるのだろうか。

「大人にはなりたくないよ……」

少年は少女に語りかけるようにして呟いた。

疲れ果てた少年は、静かに眠りに落ちていった。

目が覚めた時、タクトは見慣れない小屋の中にいた。

奇妙な小屋だった。扉はたった一つで、窓は一つもない。天井が低く、小屋自体狭い。家具らしい家具もなく、タクトは床にそのまま寝ていた。何もない空っぽの空間に放り込まれたような気分だった。まだ夢の続きを見ているのだろうか。タクトは立ち上がって、壁を叩いてみた。音は吸い込まれるようにして消えた。小屋全体が少し揺れた。いかにも粗末な造りではあったが、室内の空気には充分なぬくもりが感じられた。

前触れもなく扉が開いた。

そこに姿を現したのは『探偵』だった。しかしタクトは、その人物をはっきりと『探偵』であると識別できたわけではなかった。それっぽい、というだけの理由で、タクトは『探偵』であると信じた。その人物は、擦り切れて薄くなったような黒い装束ですっぽりと身体を覆っており、また顔には真っ黒な仮面をつけ、明らかに常人とは違う異様な恰好をしていた。目と口の部分には細い切れ目があったが、その奥にあるものを見ることはできなかった。全身が影のような存在で、はっきりとその輪郭を確認できるのだけれど、何一つ捉えどころのない不思議な存在感を有していた。

「あ、あの」

タクトは言葉を失い、しばらくもじもじと後ずさるばかりだった。『探偵』はそれには構わず、小屋の中に入ると、後ろ手に扉を閉めて、タクトの目の前に立った。

こんなところまで、何をしに来た。『探偵』はそう尋ねた。意外にも普通の人間の声だった。少なくとも大人の男の声であることはわかった。

「お願いがあって来たんです」

タクトはバッグの中の少女について、最初から順に話した。今まで誰にも話したことがなかったので、最初は躊躇しながらたどたどしく語ったが、最後まで、すべてを『探偵』に伝えることができた。話している最中、『探偵』は肯きもせず、一言も発さず、ただそこにいるだけだった。その態度はかえってタクトを信頼させた。『探偵』がこの程度の話で動じるわけがない。タクトはそう信じていた。

『探偵』はバッグの中身を見せるように命令した。タクトはバッグを渡した。『探偵』はためらうことなくバッグを開けた。そしてたっぷり五分間はバッグの中身を凝視《ぎょうし》した。仮面をつけているために表情はわからない。この不思議な人物が、折り畳まれた少女について、はたしてどういう答えを出すのか、タクトは緊張しながら見つめた。

『探偵』はあまり感情の込められていない機械的な口調で、バッグの中の少女に起こった不幸について嘆《なげ》いた。しかし、それだけだった。

「どうして彼女はこんなふうになってしまったの」

タクトが尋ねると、『探偵』は説明を始めた。

少女は森に捨てられたのだという。

子供たちの間では、町の外、はるか遠くには、『都市』と呼ばれる富裕な巨大集落があると信じられており、誰もが一度はその地を夢見る。しかし大人が『都市』のことをあまり話さないのは、そんなものが夢に過ぎないと、いつか分別をつけるようになるからだ。はたして『都市』が本当にあるのかどうか、誰も知らない。町の人間は、町で生活しているうちに、外のことに対し興味を失う。町ですべて事足りるからだ。

少女は『都市』を目指して森を越えようとした。しかし森を無断で出ようとした子供は、目をくりぬかれたうえに、悪い魔法をかけられ、捨てられてしまう。森の外は子供が足を踏み入れてはならない場所なのだという。

タクトは森の外について初めて教えられた。外の世界では様々なことが禁止されていると聞いていたけれど、まさか子供の存在まで禁止されているとは。どうりで少女の見た目が他の人間とは違うわけだ。おそらくすべて森が下した罰によるものなのだろう。タクトは恐怖に震えた。

「もう彼女を元に戻すことはできないんですか」

そう尋ねると、『探偵』は僅かに首を横に振った。森の魔法によってこうなった人間を元に戻すことは難しい。一つだけ方法があるが、確実とは云えない。もし失敗した時にどんなひどい目に遭わないとも限らないし、もし成功したとしても少女が完全に元に戻るとは限らない。

『探偵』は低い声で淡々と云う。

それでもやるかね?

少年は即座に肯いた。

『探偵』から教えられた儀式はこうだった。

まず三日月の夜にすべてを行なわなければならない。

偶然にも、その日は三日月で、まさに儀式にふさわしい夜だった。三日月の光が森の魔力を打ち消してくれるのだと、『探偵』は説明した。

次に、儀式を行なう場所は、三日月の形をしたものの傍でなければならない。その三日月の形をしたものは、巨大であればあるほど効果的。

森の奥には、三日月形をした湖があるという。

タクトはその夜、『探偵』によって、そのいかにも魔力に満ち溢れていそうな、大きな湖まで案内された。頭上では三日月が皓々《こうこう》と輝いており、神秘的な光の筋が、湖面に落ちていた。神聖な場所を守るかのように、霧がうっすらと漂っていた。

『探偵』は足元に湖水が打ち寄せる場所に立つと、タクトに儀式の続きを説明した。

少女のバラバラに崩壊した身体をすべて集めて、なるべく元の形に近いように置かなければならない。欠損があると復活の際に失敗する可能性が高いという。

タクトは云われた通り、少女をバッグから出して湖のほとりに並べた。あまり触れたくなかったが、月の魔力が消えてしまわないうちにやらなければならないという使命感が少年を急《せ》かした。

バラバラの少女はすぐに並べられた。青白い月光がそれを照らし出していた。青い光の中の少女は、雷光によって照らし出される姿を、タクトに思い出させた。

どうして少女を救おうとするのか。

『探偵』は尋ねた。

「——初めて見た時、とても綺麗だと思ったから」

ずっと一緒にいたいと思った。

だから——

残された儀式は、少女のために祈ることだけだった。少女の復活を強く心に想う。『探偵』

はそう説明すると、自分のやることはすべてやり終えたとでも云うように、タクトに背を向け、黙って森の中へ引き返してしまった。

タクトは云われた通り、少女の傍に座り、手を組んで強く祈った。夜気の肌寒さも気にせずに祈り続けた。どうか、僕の好きな、元通りの少女に戻ってください――


湖面が眩しくきらめいているのに気づき、タクトは目を覚ました。夜は晴れ、三日月も消えていた。周囲を覆っていた霧も、今ではすっかり消えて、見渡しのよい湖が眼前に広がっていた。湖の色は濃い碧《あお》だった。

タクトは立ち上がると、少女の姿を探した。

少女は、昨日タクトが寝かせたところに、依然横たわっていた。しかし昨日とは違っていた。少女はすっかり元に戻っていた。綺麗な黒髪が、水辺を濡らすように広がっている。少し横に傾いだ身体と、横向きの顔。スカートの裾から、細い足が伸びている。タクトが初めて少女を見つけた時のまま、少女はそこにいた。本当に戻っている。しかも、なかったはずの目まで、ちゃんと元通りになっていた。

『探偵』の云っていたことは正しかった。儀式は成功したのだ。

タクトは少女を抱き起こそうとした。

その時、にわかに風が吹き、少女は突然、むっくりと起き上がった。

あっ。

タクトは思わず声に出し、少女の腕を摑もうとする。

けれど少女はタクトの手をするりと逃れた。

そのまま飛翔するように、湖に飛び込んだ。

「ありがとう」

そんな少女の声が聞こえるようだった。

湖面上で少女を包んだ水紋が音もなく広がった。

「待って！」

タクトは水際で呼び止める。

しかし少女は振り返りもせず、水に溶け込んでいってしまった。

最後まで湖面近くに残された少女の手は、指が三本だけ、失われていた。

第四章　少年検閲官、登場

夜明けを過ぎて、再び強い雨が降り始めた。

僕はホテルの食堂から、テラスに落ちる雨だれを窓越しに眺めていた。空は暗く、その下に見える森もまた暗かった。風のない雨で、雨粒は垂直に激しく降った。フランス窓に流れる水滴が、僕の心を惑わすように歪んだ線を描いていく。

食堂に集まった人々は思い思いの方角を向いて座っていた。自警隊の隊員カナメさん、ホテルの主人のアサキさん、彼の息子のユーリ。そして僕と、キリイ先生。特に森の湖で凄惨な殺人光景を目撃したカナメさんとアサキさんは、動作の一つ一つが重たく、喋るのもだるそうだった。彼らは疲弊《ひへい》していた。きっと、僕も他の人から見ればそんな状態なのだろう。

「湖上のボートでクロエ隊長が殺害され、犯人は何処へともなく消え去ったというわけですか」

キリイ先生が誰にともなく尋ねる。アサキさんが睨むようにしてキリイ先生に顔を向け、肯いた。

「俺ははっきり見たぜ。船底に向けて奴は斧を振り下ろしていた」

「灯りが消えたんです」カナメさんが脈絡に構わず補足する。「そして僕たちはボートを追いました。僕たちの前にボートが姿を現した時、もう『探偵』は消えていました」

「本当に『探偵』だったんですか？」

「それ以外に誰がいるというんです！」

カナメさんは興奮したように大声になった。

「落ち着いて」キリイ先生が片手を上げてカナメさんを制した。「ボートで殺人を実行した『探偵』が――あくまで仮に犯人を『探偵』と呼ぶことにしておきますが――君たちの存在に気づいて灯りを消した。そして凶器と屍体を残し……何故か頭部だけを持って何処かへ消えた。こういうわけですね」

「事実だけを並べればそういうことになる」

「では『探偵』は何処へ消えたのです？」キリイ先生は何度か咳払いをする。「普通に考えれば、泳いで岸に渡ったのでしょうけど……」

「もちろん確かめましたよ。湖畔をぐるりと巡って、何者かが湖から岸に上がった痕跡がないか調べました」

「で？」

「そんな痕跡は何処にもありませんでした」

「湖の周囲をすべて調べることができたのですか？」

「湖は三日月の形をしているんです」今度は僕が付け加える。「内に窪んでいる側の岸は、ほとんどが切り立った崖で、人がそこに登ることはおろか、崖の上に立つのも難しい状態です。外に孤を描いている側の岸は、小石と砂の岸辺になっています。つまり、人が岸に上がれるのは湖の外周全体のうち、半分だけなんです」

「なるほど。だから痕跡の捜索もそれほど手がかからなかったというわけだね」

「はい。僕たちはちょうど岸辺の中央辺りで、ボートと『探偵』の犯行を目撃しました。屍体を乗せたボートは、岸へ向けてゆっくりと流れてきました。最初にボートを目撃した時点から、屍体を見つけるまでの間に、自警隊の皆さんが湖を取り囲んでいます。そのため、湖は『衆人環視』の巨大な『密室』状況だったと云えます」

「何です？『みっしつ』？」

カナメさんが首を傾げる。

「あ、いえ……」

迂闊《うかつ》だった。下手に『ミステリ』用語を使うべきではない。

「つまり『探偵』は何処にも逃げ場はなかったはずだ、ということです」

「ええ、そうです。僕たちは先程まで、湖の周辺を調査し、見張っていました。でも『探偵』は姿を現しませんでした」

「湖も調べましたか？」

「え？」

『探偵』がボートからいなくなったのは事実です。そして岸に上がっていないというのも、おそらく事実でしょう。それなら、『探偵』はまだ湖にいたことになりませんか？　用意しておいた別のボートに乗り移ったとも考えられます。あるいは水中で君たちがいなくなるのを辛抱強く待っていたのかもしれません」

キリイ先生は的確に指摘してみせる。

「湖もしっかり調べました」カナメさんが云った。「何処にも怪しい影はありませんでした。夜明けとともに、雨も霧も一時的に晴れたので、見落としはありません。湖上には何もありませんでした」

仮に『探偵』が潜水用具一式を用意していたとしても、何処にも逃げ場はない。現在も数名の自警隊員が湖を見張っている。今のところ『探偵』が浮かんできたという情報は入ってきていない。湖底が他の川や池と繋がっているということもない。水中から逃げるということも不可能だという。

崖の方に縄梯子でもくくりつけておいて、そこから逃げたのではないかとも推測されたが、それはあり得そうになかった。崖は人が乗り越えるにはあまりに不適切な場所だった。縄梯子をかけることすら難しいのではないだろうか。一応自警隊員が崖の周囲を捜索しているらしい。もしかしたら何らかの証拠が見つかる可能性もないではないけれど……

「『探偵』は消えたんです」

カナメさんは断言する。彼にとってその発言は、本当に『消えた』ということを意味するに違いなかった。合理的解決も真実も彼らの心は求めない。

「ああ、消えたんだ」

アサキさんも同意する。

「やはり『探偵』は人間ではないのですよ。この町を……この世界を統《す》べる巨大な存在なのです。幽霊とも化物とも違います。それら以上に完璧な『何か』です。そうでなければ、一体どうやって湖から姿を消すことができるんですか。どうやっても不可能です」

カナメさんは興奮したように云う。

「斧を振り回し、人間の生首を探し求める『何か』……ね」

キリイ先生は腕組みして考え込む。

その横でユーリは何か云いたげな顔をしていたが、何も云わなかった。

「『探偵』の行ないに我々は口出しできません。それは奇妙で複雑で不可思議なことでしたが……すべてもう終わったことです」

「クロエ隊長のことは、このままでいいのですか？」

「先生、死んだ人間は帰って来ません。そうでしょう？」

カナメさんはあっさりと云う。表情は凍りついたように動かなかった。それはこの町の人たちに特有な、まるで生きながら死んでいるような、人間らしさの乏しい顔だった。僕は今さらながら思い知らされた。カナメさんもまた、この町の人間だ。『探偵』という名の『何か』に常に脅かされながら、死という現実から逃げ続け、それでも何処にも逃げ場のない閉塞した日常を繰り返す人々。

「今後は副隊長の僕が自警隊の隊長になります。今後ともよろしくお願いします」

「さて、お前さん方、朝食はどうする？　何か食うか？」

アサキさんが場を取り持つように云う。

「僕は結構です。森にいる仲間に連絡しないと」カナメさんは立ち上がり、椅子を戻す。「先生、クリス君、お疲れ様でした。また次の機会があれば、協力お願いします」

「ちょっと、ちょっと待ってよ。隊長さん死んじゃったんでしょ？　どうして死んじゃったのか教えてくれないの？」

ユーリが口を挟んだ。

「うるさいぞ」すかさずアサキさんがたしなめる。「すべて『探偵』の行ないなんだ。事故や災害と同じことだ。これ以上何を話し合うというんだ。おい、ユーリ」

「父さん、ほんとにそう考えてるの？」

「ああ」

「嘘だ！」ユーリは珍しく怒鳴った。「どうしたっていうんだよ、父さん。父さんはそんな人じゃなかったでしょ？　いつだってわからないことは父さんが教えてくれたのに。ねえ？　ほんとは……」

「うるさいと云ってるのがわからないのか！」

口論が次第に親子げんかに移っていった。僕はいたたまれなくなって俯《うつむ》き、襟のほつれを気にしているふうを装った。彼らの仲介に入ったのはカナメさんだった。

「まあまあ、考え方は人それぞれです。今回はいろいろありましたが、アサキさんは自警隊に協力してくれました。感謝しています。君も、父親を誇った方がいいですよ」

カナメさんにたしなめられ、ユーリはすねたように口をつぐんでしまった。

「では、僕はそろそろ」

カナメさんが一礼をして食堂を出て行く。

僕はとっさに席を立って彼を追った。

ロビーで彼に追いつき、呼び止める。

「どうしました？　クリス君」

「カナメさん……クロエさんの死をどう処理するのですか？」

「自然死、ということで処理します」

「冗談ですよね？」

「人の死について冗談は云いません」カナメさんは真剣な表情で云った。「僕たちにはそう判断する以外ないんです」

カナメさんの姿と、クロエ隊長の姿が重なって見える。

クロエ隊長が『探偵』に対し不干渉を貫きながらも、真実の面影を何処かに探していたように、きっとカナメさんも、本当は事件の真実を知りたいはずなのだ。でも彼らはそれを理解することも解き明かすこともできないから、諦めている。諦めて、この町に、この世界に取り込まれていく。そうして立派な大人になり、一生をまっとうする。

「この町を守りたいって、云っていたのに……」

僕は俯いて云った。

「ええ、守りたいです」カナメさんは振り返った。「だから精一杯やったじゃないですか。それなのに隊長は死んでしまった。どうしてだと思います？　僕にはわかりません。わからないんです。仕方ないでしょう？　僕たちは何も知らない。『探偵』って、何なんですか！」

「僕にもわかりません。でも一つだけ云えるのは、『探偵』は幽霊でも化物でも、それら以外の『何か』でもないはずです」

「クリス君……」カナメさんは強く目を閉じた後、奥歯を噛み締めるように顔を歪めた。「隊長は『探偵』の存在を暴こうとしていました。それを表に出さず、隠していたのは、僕たちを混乱させないためです。隊長は『探偵』に近づきすぎたのかもしれない。だから……だから……ころ……殺されたんです」

カナメさんの身体が小刻みに震えていた。何かに耐えているようでもあったし、何かに恐怖しているようでもあった。

「カナメさん」

「僕は悔しいんです」

きつく閉じた目から、涙が零れることはなかった。涙はもう出なくなってしまっているのかもしれない。あるいは、必死に我慢したのかもしれない。

「何もわからないって、さっき云いましたけど、僕には一つだけわかったことがあるんです」

僕は云った。

「それは？」

「『探偵』は――殺人犯です」

カナメさんはしばらく考え込むように沈黙したあとで、強く肯いた。

「そうか――」

「『探偵』をこのままにしておいていいんですか？」

「クリス君。やっと僕にも、悪というものがわかった気がします」カナメさんは僕の手を無理やり取って、握手した。「まだこの町には悪が存在します。けれど君はもともとこの町の人間ではありません。去るのも残るのも自由です。ともかく、君がこの町を離れるまでの間、危機を感じたなら自警隊を頼ってください」

「ありがとうございます」

「いえいえ」

カナメさんは微笑んで首を軽く振った。町の人間が――彼が――そんなふうに笑うことができるのを、初めて知った。

「もし何か新しいことがわかったら、君にも報告します」

「はい」

「じゃあ、また」

カナメさんはホテルを去っていった。

食堂では依然としてアサキさんとユーリのけんかが続いていて、間に挟まれたキリイ先生が迷惑そうに必死に仲を取り持っていた。

「クリス、何処に行ってたんだい」

キリイ先生が僕を見つけるなり云った。親子の話題を逸らすにはちょうどいい材料だったのかもしれない。

「ちょっとカナメさんと話を……」

「ともかく、君の部屋に戻ろう。また楽器を忘れてしまうところだった。それに、話したいこともある」

「はい」

僕たちは食堂を出た。

「やれやれ、仲がいい親子だね」

「うらやましいです」僕はなるべく自分の親のことを思い出さないようにする。「アサキさんは本当にユーリのことを大切に思っているんです」

「私には親の気持ちはわからないね」

「……じゃあ先生は僕のことをどう思っているんですか？」

「君は私の子ではないだろう」キリイ先生は怪訝《けげん》そうに云った。「歳はそれだけ離れていても、友だちだろ？　それとも、そういう願望でもあるのかい」

「ありません」

「ホームシックかい？」

「ホームなんて、もうありません」

　僕たちは部屋に入った。久しぶりに戻ってきたような気がするけれど、実際は半日も時間は経っていない。思い返せば、『探偵』らしき怪人物が窓を叩いて僕を起こしたところから始まっている。あれは何だったのだろう。どうして『探偵』が僕の部屋にやってきたのだろうか。赤い印を描くためにやってきて、中に人がいるかどうか確かめただけなのかもしれない。『探偵』は屋内にも赤い印を残すのだから、そうやって事前にチェックをしているとも考えられる。

　全部夢だったらよかったのに。

　でもこれは現実の続きだ。

「座りなさい、クリス。疲れただろう？」

「ええ……ちょっと。先生は具合はどうですか？」

「問題ないよ」

　そうは云うものの、キリイ先生の顔は真っ青だった。

「森の前で別れてから、先生はずっとその場にいたんですか？」

「君たちが戻ってくるまで、そこに一人でいたよ——というのは少し嘘になるけど、雨や霧から逃れるために近くの建物に避難していたんだ。次に風邪をひいたら、私もいよいよ最後かもしれないからね」

「そんな……」

「いい機会なのかもしれない」キリイ先生は呟くように云う。「詩や音楽を語り継ぐことができるのは我々人間だけだ。失われていくものを、かろうじて手のひらの中に残し続けるために、後世に伝えるということを、けしてやめてはならない。少なくとも私はそう思う。クリス、君になら伝えてもいいと思うし、伝えなければならないと思う」

「何を云っているんですか、先生？　まるで遺言でも残すような……」

「それに近いかもしれないね」キリイ先生は苦笑する。「クリス、これから君に、あることについて教えよう。でも、それを知ると、君のこれからの人生が大きく変わってしまうかもしれない。もしかしたら危険な目にも遭うかもしれない」

「えっ」

「その存在を知ることで、世界の見方も変わるだろう。でも君ならば、正しい目で見ることができるような気もする。そうであってもらわなければ困る。君にそれを教える私にも、重大な責任が伴うからね」

「深刻な話ですね」

「そう、深刻な話だよ」

「大丈夫です。心の準備は英国を出る時に済ませてきました」

「偉いね。いい子だ。でも、君は優等生すぎる」キリイ先生はいつの間にかビスケットをかじっていた。「そこがいいところでもあり、心配なところでもある」

「じゃあ教えてくれなくたっていいです」

「すねるなよ」キリイ先生は笑った。「教えるよ。君の好きな『ミステリ』に関係することなんだけどね」

「『ミステリ』ですか？」

「この町で起きている数々の事件を通して、私はある一つの結論に至ったんだ。それはすべてが『ミステリ』に関係が深いということ」

「前にも云っていましたね」

「うん。そして、おそらく――『ガジェット』が関係している」

「『ガジェット』？」

「やっぱり知らなかったね。とりあえず安心したよ。壮大な前振りが空振りに終わるところだった」

「『ガジェット』って何ですか？」

「『ミステリ』の結晶だよ。この国の探偵小説家たちが、失われていく『ミステリ』を残そうとして作ったものなんだ」

「書物とは違うんですか？」

「違う」キリイ先生は静かに首を振って、僕の方を向いた。「書物よりももっと小さく、濃密で、偽装的だ」

「はあ……」

「君も知ってるように、この国の『ミステリ』は、閉鎖的かつ絶望的な境遇の中で独自の発展を遂げて、もうこれ以上先はないというところまで到達したんだ。まさに洗練という言葉がふさわしい。カンブリア期のような進化の過渡期を経て、『ミステリ』はもっとも美しい形へと生まれ変わっていった」

「でも、法律が厳しくなるとともに衰退して――」

「うん。でも作家たちはそれで終わらなかった。彼らは糾弾と迫害を受ける中、最後の仕事として、『ミステリ』を細かな要素へと還元した。つまり『ミステリ』を根本から見直し、そして『ミステリ』を構成している要素、文脈、記号、単語、それらを把握し、分類した」

「データベース化したんですね」

「まあ、簡単に云えばそういうことだね。そして次に、彼らはそれらのデータを小分けにして、様々な個体へ封じ込めた。その『ミステリ』の要素を内部に記録した不思議な個体は、その外観や内容から『小道具《ガジェット》』と呼ばれ、この世のいろいろな場所に隠された」

「個体って何ですか」

「例えば宝石によく似た硝子質のものが多く用いられているらしい。その硝子の中に、マイクロフィルムのように、直接判読可能な状態でデータが書き込まれている。私は実物を見たことが一度だけあるが、とても中身を読み取ることはできなかった。三次元の空間に特殊なプリント方式で文字が描き込まれているんだ。慣れれば誰でも読むことは可能だというが、それなりにコツを身に付けるまで時間がかかるだろう。ましてそこに書き込まれていることをすべて読み取ろうとすれば、相当時間がかかると思われる」

「デジタル・データではないのですか?」

「きわめてアナログだよ。だからわざわざ再生するためにコンピューターを必要としない。これは後世に残すという点ではもっとも重要なことなんだ。石版に書かれた文字は五千年残っても、再生するための装置が五十年そのままの形をしているとは限らない」

「『ガジェット』は、見た目はどんなふうなんですか?」

「ほとんどの場合が小さな硝子球か宝石のようだという。それをペンダントやブレスレットにさりげなくはめ込んでいるそうだ。他にもぬいぐるみや模型など、外見上はいろんな形に偽装されていて、一見したところで素人にはわからないそうだ」

特殊な形をした記録媒体と考えればいいのだろうか。偽装的というのはつまり、『ガジェット』の本体を様々な装飾品や道具に埋め込むことで、一見しただけではわからないようにしているということなのだろう。

「しかし『ガジェット』なんてものを作ってしまったせいで、いろいろと厄介事が増えてしまったんだ。所有者の中には、それを悪用しようとする人間が少なからずいる。闇で売買したり、詐欺の道具に使ったりする程度ならまだいい。もっとも邪悪なのは、『ガジェット』に書かれている内容を現実に用いることだ。それぞれの『ガジェット』には、殺人の方法や、人の目を欺くトリックが書き込まれている。これを用いることは、我々の時代においては非常に危険だ。

もともと『ミステリ』の要素であるだけに、どれも死に関わるものばかりだからね」

「もしも悪い人が『ガジェット』を持ったら……」

「だから政府は書物以上に、『ガジェット』に対して監視の目を厳しく光らせているんだ。政府がこの周辺を捜査しているというのも、もしかすると本当のことなのかもしれない」

「この町で起きていることに、『ガジェット』が関係しているんでしょうか？」

「おそらくね」

『ガジェット』を持った者が、そこに書かれていることを密かに実行したのだろうか。

「さっきも云ったように、『ガジェット』は一種類ではない。中身も形状も様々だ。だからこの町に隠れているであろう『ガジェット』所有者が、はたしてどんな『ガジェット』を持っているのかはわからない。『消失』か『密室』か、それとももっと別の何かか……？」

「え？　え？　『消失』とか『密室』とかって何ですか？」

「『ガジェット』の種類だよ。私が聞いた限りでは、他にも『鏡』『山荘』『双子』『糸』『アリバイ』……つまり『ミステリ』にありがちな小道具、状況、舞台、といったいろいろなデータが小分けにされて、それぞれ別個に、それぞれ異なった形状のものに封じ込められているというわけだよ。『鏡』とか『山荘』というのは、分類記号だと思えばいい」

「『鏡』……『山荘』……そんな『ガジェット』もあるんですね」

僕の知らない『ガジェット』がこの世にはたくさんあるのだろう。僕が父から知った『ミステリ』はほんの一部だ。まして、それを細かい要素に分けたとしたら、僕の知らないものがまだまだたくさんあるはずだ。

「『ガジェット』はすべて固有の内容になってるんですね」

「そう。まあおそらく重複もあるだろうね。その方が、残すという意味では安全だし、有効だ。『ガジェット』が全部で幾つくらい作られたのかはわからない」

「『消失』の『ガジェット』を持っていれば、そこに書かれている内容を読み取って、利用することができるわけですね。たとえば、湖の上から消えたり……」

「その通りだよ」

『ガジェット』を手に入れることで、僕たちにとってはまったく未知の犯罪を行なうことができる。僕たちはただ、理解不能な状況に巻き込まれるしかない。僕たちの推理力程度では、絶対に太刀打ちできないだろう。

僕の知らないところで、『ガジェット』による『犯罪』が今も行なわれているのかもしれない――

「一昔前は、どんな種類の『ガジェット』にしろ、裏でかなり高額な取引がされていたらしい。もっとも一般庶民に手の出せる値段ではなかったようだけどね。でも今は監視も厳しくなって、流通は皆無だそうだよ」

「随分と詳しいんですね、先生」

「『ガジェット』は楽器に似ているからね。実は楽器を探しているうちに、私も『ガジェット』の存在を知ったんだ」

楽器は音符をなぞることでどんな音楽でも奏でることができる。

『ガジェット』はデータをなぞることでどんな『犯罪』でも再現できる――

けれどそう簡単に再現できるものだろうか。楽器を演奏するにはそれなりの技術が必要であるように、『ガジェット』を利用するには、それなりの知識が必要なはずだ。きっと再現性は低い。それでも『ガジェット』の存在が危険視されるのは理解できる。現物より設計図の方が時に重要なのは当然だから。それに、現に僕たちにはとうてい理解できない犯罪が目の前で起こっているのだ。一度知識を身に付けてしまえば、応用だって利くのかもしれない。

「いろいろ教えてくれて、ありがとうございます」

僕は立ち上がって頭を下げた。

「礼なんかいらないよ。友だちだからね」キリイ先生は僕の頭をぽんぽんと叩いて云った。

「それより、君に『ガジェット』のことを教えてよかったのかどうか、私は今後ずっと悩むことになりそうだね。きっと君は『ガジェット』を探し出そうとするだろう？」

「先生に迷惑はかけません」

「私はクリスのことを心配しているんだよ。もちろん止めはしないし、止めたって無駄だろう。わざわざ『ミステリ』を追って英国から来たくらいだから。いずれにしろ、僕から君に教えておいて正解だったかもしれない。君はいずれ『ガジェット』のことを知るだろうから」

キリイ先生は立ち上がると、ベッドの下に隠しておいた楽器を手に取った。

「そろそろ私も戻ることにしよう。寝不足だよ。何かあったら西通りの角に来なさい。パン屋の看板が出ているからわかりやすいと思う」

「パン屋？」

「昨日までは洗濯屋だったけどね」キリイ先生は冗談っぽく云うと、僕と視線を合わせるように、前屈みになった。「もしかすると、いよいよ政府の捜査が本格的になるかもしれない。今さら云うまでもないと思うけど、役人と話をする時は、『ミステリ』のことをすべて忘れるように」

僕は肯く。一般の人間は『ミステリ』のことを知らない。ゆえに、それを知っているだけで、疑惑の目を向けられることになる。いかにも『ミステリ』的な事件が起こっているとすれば、容疑者はそれを知る者に限られるのだから。焚書にはそういったメリットもあるというわけだ。

「今からすぐに町を去るのも手だ。でも君は、もう少し残るつもりだろうね？」

「はい」

「私も付き合うよ。役人は苦手だけどね。彼らは音楽家とみるなり、反政府主義者と決めつけてくるから……まあ事実かもしれないけど」

「そうなんですか？」

「音楽は権力を倒す。たぶんね」

キリイ先生は穏やかに笑った。

歩き出そうとして、何かを思い出したように、ふと立ち止まる。

「重要なことを云うのを忘れてた」

「何ですか？」

『ガジェット』絡みの事件には、特殊な捜査官が派遣されるんだ。僅か数人しかいないと云われる『ガジェット』専門の検閲官たちだ。そこらへんの警察や検閲官とは全然別物らしい」

「そんなすごい人たちがいるんですか」

『ガジェット』専門の検閲官は、何故かみんなクリスくらいの年齢の少年たちなんだ。そのため彼らは少年検閲官と呼ばれている。少年だからといって侮《あなど》ってはいけない。内務省直属の検閲局に籍を置いているくらいだからね。なるべく関わらない方がいい。特徴のある制服を着ているから、たぶんすぐにわかるだろう」

キリイ先生はそう云うと、部屋の扉を開けた。

僕たちは手を振って別れた。


僕はあてもなく外に出た。さすがにひどい雨だったのでユーリから傘を借りることにした。ユーリに連れていってほしいと頼まれたけれどやんわりと断った。アサキさんに何を云われるかわからないし、ユーリの体調もあまりよさそうではない。それに僕は一人で町を歩いてみたかった。

雨によって濃い灰色に変色したコンクリートの町並みを抜け、僕はいつの間にか森を目指していた。町の端までたどり着くと、そこから先は雑草の生い茂る野原になっている。さらに奥が森だ。森は昨日よりも黒々としているように見えた。

僕は廃墟の軒先に座って、傘を閉じ、森を眺めた。

『探偵』はあの森の奥の湖で消えた。

一体何処に消えたのだろう。まさか本当に『消えた』はずはない。きっと今も何処かにいるはずだ。けれども、『探偵』が湖上から逃げることは不可能だったはずだ。岸は包囲されていた。それに湖から岸へ誰かが上がってきたような痕跡はなかった。自警隊員の誰かを疑ったところでその事実は揺るがない。

もしかすると『探偵』はついに観念して、入水自殺をしたのかもしれない。

今も『探偵』の亡骸《なきがら》は水の底で……

探したって見つかるはずはない。水底の屍体には誰も触れることができない。

『探偵』のことを考えると、僕はどうしても自分の父のことを思い出してしまう。僕の父は、未だに海の何処かに沈んだままだ。

父は僕に『ミステリ』の世界を教えてくれた人でもある。『ミステリ』は『探偵』という名の英雄たちの物語だった。僕はいつしか、そんな物語を幾つも知る父のことまで、英雄の一人だと思い込むようになっていたのかもしれない。実際に父は英国海軍の英雄として死んだ。本当に英雄だったのだ。

僕は『ミステリ』や『探偵』に、父の面影を探しているのだろうか。僕は過去に浸るためだけに、こうして旅を続けているのだろうか。僕にはもっと何か他にやるべきことがあるのではないだろうか。英国を出る時に、僕はいろいろなものを捨てた。家も、わずかな友だちも、弱気な心も。僕は強くならなければならない。僕は強い使命感と決意で英国を離れたはずだった。

それなのに今こうして、僕はとても戸惑っている。

神様——僕はどうしたらよいのでしょう。

不安で胸が苦しくなる。

僕は何をするために来たのか。

僕は『ミステリ』を探すために英国を出た。

そのつもりだった。

でも今は、僕は何をしたくて、何をしているのか、自分でもわからない。

『探偵』——すべて『探偵』のせいだ。僕を惑わす『探偵』。僕が描いていた理想をすべて壊してくれた『探偵』。もう『探偵』は英雄なんかじゃない。犯人だ。『探偵』という言葉には、もはや犯人の意味しかない。だからそいつは父でも何でもない。

『探偵』はこの町に——この世界に——対する悪意だ。

そう考えると、気持ちが楽になる。父のことと、僕の大切な『ミステリ』の記憶と、そしてそこにかつて存在していた『探偵』が、密接に繋がり合っていたから、僕は混乱してばかりいた。でももう迷う必要はないはずだ。僕が目の当たりにした『探偵』は、僕の知っている『探偵』とは違うのだ。

真実を見つけなければならない。

そうすればきっと、迷う僕の心も、少しは正しい形を見つけられるかもしれない。

きっとキリイ先生の云うように、『探偵』は『ガジェット』を所有しているのだろう。『消失』の『ガジェット』ならば、湖上から消える方法を知ることもできるのかもしれない。いっそのこと消えたままもう二度と出てこなければ、この町も平和になるだろう。たぶんそうもいかないだろうけれど……

僕は立ち上がり、再び歩き始めた。傘をさして雨の中を進む。

途中で何度か、例の赤い印を見つけた。何度見ても意味はわからない。首なし殺人との関係はあるのだろうか。

そもそもどうして首なし屍体なのだろう？

湖上の屍体もそうだ。どうしてクロエ隊長の頭部はなくなっていたのだろう？　理由があるのだろうか。

首なし屍体の理由……

町の人たちは、『ミステリ』における首なし屍体の存在理由など知らない。まして普通の殺人事件にさえ触れずに生きてきたのだから、屍体の頭部がないということにどんな意味があるのかさえ、考えてみないだろう。屍体や殺害現場の検証すら充分になされない可能性もある。やはり警察を呼んで、現場検証や証拠保全をしてもらうべきではないだろうか……でも、警察の捜査には期待できない。まともに機能している捜査機関は、政府の内務省や公安調査庁しかない。けれども政府はこちらからの要請で来てくれることはない。政府が必要だと判断した時にだけ、彼らはやってくる。

結局、頼れるものは何もない。

ホテルに戻ると、アサキさんとコックのナギノさんを含め、数人の男たちが何やら深刻な顔で話をしていた。事件のことについて話し合っているのだろう。彼らによってホテルの入り口が塞がれていた。僕は傘を畳み、彼らと目を合わせないようにした。

「おい、何処に行ってたんだ」主人が僕を立ち止まらせて云った。「あまり出歩くなと云っただろ」

「はい、あの……すみません」

僕は首を竦めながら、ポーチを上がって玄関をくぐった。

その時、背後から自動車の音が近づいてきた。僕は立ち止まり、煉瓦道の先を眺めた。暗い場所から闇を引きずってきたかのような黒い塊《かたまり》が見える。それは疾走する自動車だった。水たまりを蹴散らす際に、飛び散る飛沫は、自らの影を周囲に振りまいているみたいに見えた。

自動車はあっという間にホテルの前まで来て、派手なブレーキ音とともに停車した。

扉が開き、黒いスーツの男が二人出てくる。二人とも長身で、身体の造作に無駄がない。片方の男は頭髪がほとんど白髪になっており、眉間に刻まれた皺が年齢を感じさせた。そのわりに足腰にはまったく衰えている様子が見られず、むしろ頑丈そうだ。もう片方の男は、それよりだいぶ若く、さほど筋肉質でない代わりに、しなやかそうな印象だった。彼の方はサングラスをかけているため表情は窺えないが、口元はどこかにやけている。二人とも身なりと身のこなしが洗練されていて、隙がなく、仕草も格式ばっていた。

白髪の男が、傘を開いてから、自動車の後部に回って扉を開けた。

そこからもう一人、姿を現した。

深夜の森の色に似たジャケットの少年――それは以前僕が焚書の現場で見た、例の人形のような小柄な少年だった。小柄とはいっても、僕よりは少し背が高い。けれど見たところ年齢は僕とそう変わりないようだ。彼は片手に革の小さなトランクケース、もう片手に黒いステッキのようなものを持っていた。自動車を降りると彼は、つんと澄ましたような顔をホテルの方へ向け、ステッキを持った方の手で、目元にかかった髪をさりげなく払った。

少年が白髪の男のさした傘に入ると、三人は一固まりになってホテルのポーチを上がった。彼らの中心にいるのは少年だった。歩幅も歩く速度も少年に合わせられており、彼を挟むように並んだ二人の男の存在はもはや、彼のための歩く盾だった。

傍らで成り行きを見守っていたアサキさんたちは、沈黙して微動だにせず、悪い魔法にでもかけられたかのように硬直していた。

僕は脇に避けて、少年たちを中に通した。

僕の横を通り過ぎる時、一瞬だけ少年と目が合った。

僕たちはすれ違う。

彼の瞳にはどんな意味も込められてはいなかった。

ただ黒い硝子のような瞳がそこにあるだけ――

僕は様子を見守るため近くのソファに座った。

三人はロビーの中央付近で足を止めた。

「エノ様、こちらでお待ちください」白髪の男がそう云って、ロビーカウンターの前に立ち、ベルを鳴らした。「誰もいないのか？」

男はカウンターの裏に回って、黒板を手に取る。黒板には部屋割りが書き込まれている。

「部屋は充分空いているようだな」

「何だ、泊まりか？」

外からアサキさんが億劫そうに戻ってきた。

「空いている部屋をすべて貸していただきたい」

男が厳《おごそ》かな声で云う。

「何日だ」

「――エノ様、何日必要ですか？」

男は少年の方を振り返って尋ねた。

「一日でいい」

「了解しました――」男はスーツの内側からパスケースのようなものを取り出して、アサキさんに見せつけた。「周知とは思うが、我々は内務省検閲局の検閲官だ。検閲調査のために派遣されてきた。君たち国民は我々に従う義務がある。理解したかね？」

アサキさんの表情が凍りついた。

検閲局！

やはり三人の存在感は普通ではない。内務省検閲局といえば、事実上この時代を統べている組織だ。あらゆる情報が検閲局のもとに集まり、選り分けられる。焚書を先導したのも検閲局であり、現在においても、焚書権と、違法な書物類を捜索するための絶対的な捜査権を有している。けれどそれさえ表向きに告知されている役割に過ぎず、実体についてはほとんど知られていない。あまりにも不透明な点が多い組織だ。

「……わかりました」

アサキさんはほとんど項垂れるようにして肯く。

「協力を感謝する」

男は慇懃無礼に云った。

「さて、どうします？」少年の隣に立っていたサングラスの男が相変わらずにやにや笑いを浮かべながら尋ねる。「今回も大人しく向こうから降参の白旗を振ってくれると楽なんですけどね」

「もう白旗は間に合わん」男はちらりと少年の方を見る。「その前にエノ様が終わらせる」

「ではボクがエノ様と一緒にここに残ります。マズさんは捜査の方をよろしくお願いします」

「待て。お前一人にエノ様を任せられない。お前が町に出るんだ」

「僻地の捜査は苦手なんです。こんなにも閉鎖的な町だとは思いませんでしたよ。まったく、カルチャーショックです」

「捜査など云うほど大したものではない。我々は情報を集めるだけだ。勘違いするな。捜査するのは常にエノ様だ」

「しかしですね……」

云い合いをしている二人の男たちに少年は背を向けて、一人でロビーの奥に歩いていってしまった。

「エノ様？」

「私は一人でも平気だ」

振り返らずに云う。

「それはいけません。我々はエノ様に付き従い、保護するという使命があり――」そう云いかけたが、白髪の男はすぐに殊勝に引き下がった。「わかりました。十八時までに戻って詳細を報告いたします。シオマ、出るぞ。二人で手分けした方が、事は早い」

白髪の男はそれだけ云うと、すぐに外へ出て行った。

「了解です。ああ、嬉しいなあ。殺人事件だ。やっぱこうでなくっちゃな」

サングラスの男は軽口を叩きながら宿を出て行った。

しばらくして自動車の走り去る音が聞こえる。

ロビーには少年が一人残された。

彼は特徴的な、切れ長の大きな目をしばたたかせながら、ぐるりとロビーを見回した。特に感慨も不満も抱いた様子はなかった。

彼が少年検閲官と呼ばれる人間なのだろうか。彼の着ている服は、さきほどまで彼に付き添っていた二人の男たちとはまた異なっており、何処となく軍服を思わせる。キリイ先生が云っていた『特徴のある制服』とはこれのことだろうか。

それにしても、まさか彼が検閲局の検閲官だとは思わなかった。なにしろ見た目にもまだ子供で、身体の線は到底大人になりきれておらず、いかにも脆弱ですぐにでも折れてしまいそうなほどだ。検閲局というところは、子供でも役職に就くことができるのだろうか。

アサキさんとナギノさんと、そして仲間の男たちは、少年の周りから強そうな二人の検閲官が消えたことで、いつもの調子を取り戻したようだった。アサキさんが少年に詰め寄り、彼を見下ろすように立つ。ナギノさんも主人に続き、少年を今にも小突きそうな勢いで、彼の傍に立ちはだかった。

「面倒はごめんだぞ?」アサキさんが云う。「ここにはあんたらが燃やすもんは何もない。できることなら用事をとっとと済ませて、帰ってくれ」

アサキさんの言葉には威嚇と哀願が半々に含まれていた。しかし少年はくだらないことには取り合わないとでも云うかのようにそっぽを向くと、彼らの横を素通りして、無言で歩き出した。その態度にアサキさんたちはますます鼻息を荒くしたが、自制心が彼らを押しとどめたようだった。幾ら相手が少年でも、さすがに検閲局の人間を敵に回したくはないようだ。

少年はカウンター越しに手を伸ばして、黒板の脇にあった白いチョークを一つ取り、無言で食堂の方へ消えた。一方アサキさんたちは、思い思いに呪いの言葉を吐きながら、ロビーを後にした。

僕はしばらくソファに座ったまま、喧騒の過ぎ去った静かなロビーを眺めた。

僕はこのままホテルにいてもいいのだろうか。むしろ、よく追い出されなかったものだと思う。僕の借りている部屋以外が検閲官たちによって貸し切り状態になった今、一人部外者として居続けるのは気まずい。けれど事件のことも気になる。検閲官には関わらない方がいいとは云われたけれど——

僕はこっそり扉を開けて、食堂を覗いてみた。

少年は食卓の上にトランクを置いて、さらにその上に両手を揃えて置き、大人しく椅子に座っていた。特に何をするでもなく、食卓の何処か一点を見つめている。朝から続いている土砂降りのせいか、食堂の中は薄暗かった。時計がかちかち音を立てている。少年は同じ姿勢のまま、まったく動かなかった。目が開いているので眠っているようには見えないけれど、僕には呼吸さえしていないようにも見えた。僕はしばらくその場に留まり、彼の様子を窺った。

突然、彼の瞳が、こちらを向いた。

僕は驚いて思わず扉を閉じてしまった。派手な音が鳴る。

どうしよう。確実に気づかれた。そのまま走り出して自分の部屋に逃げ込もうかとも考えたけれど、さすがにそれはまずいと思い、僕は決意して、再び扉を開けた。

少年の目はこちらを向いたままだった。

僕は仄暗《ほのぐら》い食堂に入って、後ろ手に扉を閉めた。

「こ、こんにちは」

僕が頭を下げて云うと、少年は初めて頭を少し動かした。

「ごきげんよう」

少年は意外にも普通に——何処かうやうやしい様子で——挨拶した。けれど、そう云ってすぐに僕の存在をどうでもいいものとみなしたかのように、視線を逸らすと、目の前のトランクの上に頬杖をついて、物憂げに顔を背けた。ロビーから零れる微かな光が、彼の横顔に当たると、その頬は蠟か石膏でできているみたいに、美しくも無機質な質感を露にした。トランクの上に置いた指先は、繊細な陶器の作り物みたいだった。

「君に会えるとは思っていなかった」

彼は唐突に云った。

「えっ」

表情は変わらない。視線だけがこちらに向けられる。

「足——」彼は僕の両足を指差した。「本物か？」

「本物です」

意味もわからず答える。

「君は海で泳いでいた」

……覚えていたんだ。

「は、はい」

「海はすべての汚染が最後に行き着く場所だ。私たちの生活を脅かす死の世界なのに――君は自由に泳いでいた」

「はい」

「普通、ひとはあんなところに潜らない」

「そ、そうですか？」

「僕の推理が正しければ君は――人魚なんだ」

少年は無邪気そうな表情で云う。

けれどすぐに、小さなため息をついて、何もかもがつまらなそうな元の表情に戻った。

「でも、違ったみたいだ」

「人魚……？」

「足、本物なんだろう？」

「はい、本物です」

「つまり、君は何処にでもいる普通の人間ということだ」

少年はそう云うと口を閉ざしてしまった。

僕は引き下がるタイミングを失って、戸口で固まっていた。戸惑いと沈黙には、ひどい雨音がせめてもの救いだった。それでもやはり無言は気まずい。僕は言葉を探す。

「あの……事件の捜査に来たんですか？」

僕が尋ねると、少年はわずかに目を丸くしてこちらを見た。それは彼なりの意外そうな顔だったのかもしれない。けれど彼は何も答えなかった。

「僕はここにいても邪魔になりませんか？」

「邪魔？」彼は今度はちゃんと答えた。「どうして？」

「部屋を借りているんです。もしかしたら捜査の邪魔になったりしないかな……って……」

「私は何も迷惑しない」

「それならよかった……」

「部外者が宿泊していることだけは覚えておこう。ここを燃やす際には、事前に告知する。水は好きでも、火は嫌いだろう？」

「燃やす？」

僕はびっくりして尋ねる。

「私も火は好きじゃない」少年は興味なさそうに呟く。「もしもの話だ」

焚書活動が即座に始まるというわけではなさそうだ。僕はとりあえず安心する。

けれど彼らの調査次第では、町が丸ごと燃やし尽くされる結果にもなるかもしれないのだ。その結果を左右するのが、目の前にいる、まだ子供っぽい顔をした少年だ。表情に乏しいので、彼が何を考えているのか推し量ることはできない。彼の取り澄ました顔は、世の中のすべてを見下しているようにも見えたし、あるいは世の中から取り残された孤独な人間のようにも見えた。そうした見た目や素振りから感じる、人を寄せつけない印象のわりに、敵意や悪意がまったく感じられない。

彼ともっと話ができればいいのに。

僕はそんな希望を抱いていた。本来なら、彼と僕は一生交わることもないであろう二つの線だ。彼は政府に属する検閲官であり、それは同時に高貴な身分でもあるという証左だ。大人二人の保護がつくくらいの重要人物でもあるらしいし、きっと僕とは相容れないほどの存在なのだ。そう思うと、少し哀しい。はるか英国から訪れた旅人と交わる線ではない。でも、二つの線は、交わることはできなくても、もう少し近づくことはできないだろうか。

僕は勇気を持って、彼に一歩近づいていた。

「僕の名前はクリスティアナと云います」

僕が名乗ると、彼はこちらを向いて微かに首を傾げた。

「クリスティアナ――女性名だ」

「ええ」久々にちゃんと名前を聞いてもらえた気がする。「戦争に志願させないためだそうです。女性名なら、軍隊に入るのに僕がためらうだろうって……父は軍人なのに、僕を戦争に行かせたくなかったみたいです」

「戦争」彼は呟いた。「前世紀に終止符が打たれたはずなのに、まだ続いている」

暴力や犯罪、ひいては戦争をなくし平和な世界を作るための情報統制が、すなわち焚書だったはずだ。それなのに戦争は今も何処かで続いている。何処でどんな戦争が続けられているかは、ほとんどの人が知らない。それについて、焚書の最前線に立つ検閲官はどう考えているのだろう。少年の表情は何も考えていないようにも見える。

「クリスと呼んでください」

僕は沈黙を避けるため云った。

「クリス」

「はい」

「一つ訊きたいことがある」

「はい」

僕は緊張する。

「君の名は、クリスチアナ・ブランドとは関係ないのか」

「はい、関係ありません」

僕は即座に答えた。

クリスチアナ・ブランドは英国の『ミステリ』作家だ。ちゃんと否定しておかなければ、怪しまれてしまう。これだけはっきりと否定すれば大丈夫なはず……

「ふうん――クリスチアナ・ブランドが何者なのか知っているんだな」

「あ！　えっと、あの」

『ミステリ』について知っている素振りを見せてはならない。これは政府の人間に相対する時の鉄則だ。僕は最初から知らないふりをしなければならなかったのだ。

「そういうことか」

「あの、あのっ」

僕は思わずうろたえた。

「君のことを詳しく調べる必要があるな」

彼はステッキを持ち、立ち上がる気配を見せた。

何をされるんだろう？

僕は思わず後ずさった。

けれど少年は、立ち上がるふりだけで終わらせた。

「やめた」と、彼はしれっとした顔で云った。「『ミステリ』を知る程度のことは罪ではない。まさか書物の一冊や二冊、隠し持っているわけでもないんだろう？」

僕はぶるぶると首を振った。

彼は軽く目を閉じると、再び頬杖をついた。

「君は私にではなく、『ミステリ』に興味があるんだろう。どうして君が私に話しかけてきたのか理解できなかったが、これで納得できた」

「そんな……」

「普通、私に対する民衆の反応は、宿の主人たちがとったような行動になって表れる。検閲官に挨拶する人間なんていない。これも覚えておくといいかもしれない。気安く話しかけない方がいい。君のためにもならない」

彼の言葉は非難めいていたけれど、どこか寂しげだった。

彼を取り巻く孤独が一瞬垣間見えた気がする。

『ミステリ』に興味があるのは事実だけど、それだけじゃない。

「違うんです」僕は少し照れながら云った。「君のことが、気になったから……」

「みんな私のことを少なからず気にかけている。もちろん、敵対的な意味で」

彼はさりげなく襟を正す。検閲官の制服を示すことで、彼と僕の立場の差をはっきりとさせるように。そうして不可侵な線を僕らの間に引くように。

「ねえ、君の名前は？」

僕が尋ねると、彼は少し目を伏せてから、再びこちらを見上げて、口を開いた。

「エノ」

「エノ——君は本当に検閲官なの？」

彼は肯いた。隠す様子はない。

「検閲官ってどんなことするの？」

「調べ、検《あらた》める。名前の通りだ。そして禁止されているものを捜索、発見し、処分を促す。検閲官には、優れた捜索能力、探偵能力が要求される。たいていの書物は、巧みに隠されているから。おそらく民衆が考えている以上に、検閲官は行動的な仕事だ」

検閲といえば、一般的には人の目に触れる前にチェックを入れるものだけれど、前時代から存在する書物や闇市場に流れた活字は、どうしても後から検《あらた》めざるをえない。禁止された書物などは、当然所有者も隠しているので、それを発見する能力が問われることになるのだろう。検閲官には探偵の能力が必要なのだ。もともと検閲官といえば、禁止された語句や文章を塗りつぶす程度の机仕事しかしていなかったらしいけれど、エノたちは違うようだ。

「でも、まだ子供なのに……」

「私は特別なんだ」

「特別？」

――少年検閲官。

特別な存在。

彼と僕の間には、とても越えられそうにない線が見える。

失われた『ミステリ』を検閲するというのは、誰にでもできることではない。特別というのは、つまりそういう点においてなのだろう。

僕は彼に憧憬《しょうけい》に近いものを感じていた。彼こそが、本来僕の知っている探偵能力者だ。この町の闇を跳梁《ちょうりょう》している『探偵』とは違う。もし『探偵』に対抗し得る人間がいるならば、それは彼だけなのではないだろうか。

少年検閲官という立場が、どれだけ特別なのか、それ以上訊くことはできなかった。訊くのが憚《はばか》られると云った方が正しいかもしれない。キリイ先生の話によれば、少年検閲官は『ガジェット』専門の検閲官だという。はたして本当なのだろうか。

「黒いスーツを着てた二人の男も、検閲官なの？」

「彼らが振りかざすことのできる身分証には、そう書かれているはずだ」

「でも……まるで君に従う執事のようだったね」

「どうかな」エノは視線を落とした。「私は政府に管理される道具に過ぎない。その道具を扱うのが彼らと考えるといい。従者のように見えて、実は彼らこそ主なのかもしれない……正しい主従関係はどちらだろう。私にはどちらでもいいことだ。いずれにしろ、私はただの——検閲する機械なのだから」

検閲する機械……それが少年検閲官？

僕は戸惑う。もうこれ以上彼に歩み寄ることは、してはならないのではないか……

「検閲局というのは、どんなところなの？」

「検閲局は内務省の所属で、警察組織とはまた別のものだが、実質上位に位置する。捜査のために警察の管轄に踏み込むことも少なくない。しかし捜査権はあるが逮捕権はない。業務執行のために容疑者を拘束しなければならない事例は、よくあるけれど」

「焚書権は？」

「それこそ検閲局の唯一にして絶対の権利だ。検閲局に属する人間には誰でも火を使う権利がある。しかし、基本的に焚書を担当するのは検閲官ではなく、焚書官たちだ。灰色の耐火スーツを着た集団を見かけたら、せいぜい巻き添えを食わないように逃げるといい」

エノの言葉には誇らしさの一端も垣間見えない。政府の焚書活動といえば、それなりに名誉ある仕事なのだけれど。

「エノはあんまり政府の人間って感じがしないね。焚書や書物の捜索に携《たずさ》わっている役人って、もっと難しい人たちなのかと思ってた。でもエノは少し違うみたい」

「そうかな。私にはわからない」

「何でも教えてくれるし……」

「君が訊くから」

「訊いたら教えてくれるの？」

「私の心は機械なんだ。単純な弁別能力と条件的な反応があるだけ。教えろと云われれば教えるし、やれと云われたことはやる。従順なんだ。そのように教育されたから」

「すごいね……」

よくわからないけれど、とにかく普通の世界に住む男の子ではないようだ。

こうして出会えたことも、普通のことではないのかもしれない。

「ところで……実は僕も、事件に関係していないわけでもないんだよ。森の湖で起きた事件なんて、目の前で殺害の光景を見てしまったんだ。事件のことはよく覚えているよ。僕に協力できることがある？」

「必要な情報はマズたちが集めてくる」

「そっか……」

「しかし参考にはなるかもしれない」

「本当？　よかった」僕は単純に嬉しくなった。「一日で事件を解決できるの？」

「そんなにかからない」

「えっ。一体何処まで捜査は進んでいるの？」

「もうチェックメイトの一手前だ。あとは確認作業だけ」エノはそう云うと、唐突にトランクを開け、中に手を突っ込んだ。「クリス、地図を持っていないか？」

「ちょっと待ってて、アサキさんに訊いてくる」

僕は食堂を飛び出して、ロビーに戻った。アサキさんは玄関ポーチに出て空模様を窺っていた。背後から呼びかけると、彼は驚いたように振り返った。

「何だ、クリス」

「あの……この辺りの地図って、ありませんか？」

「そんなもんあるわけねぇだろ！」

「は、はいっすみません」

僕はすぐさま食堂まで戻って、エノに告げた。

「怒られちゃった」

「地元で使っている地図と照らし合わせてみたかったのだが。まあいい」

彼はトランクの中から高価そうな端末機械や着替えなどを取り出しては放り、さんざん周囲を散らかした後で、最後に四角いパネルのようなものを底から引っ張り出した。何重かに折り畳まれた大きな写真パネルだった。彼はそれを置くスペースを確保するため、食卓の上に散らかったものをさらにあちこちに払いのけた。

「この町の衛星写真だ」

「わっすごい」

深い緑に囲まれた町。宇宙にある衛星から見れば、この町がどれだけ閉鎖された町かはっきりと見て取れる。ちょうど緑の中をくりぬいたような場所に町が存在している。写真は鮮明で、一つ一つの建物の形がわかるくらいだ。彼らはすでにこんなものまで入手しているのだ。さすが内務省直属の検閲局だ。

パネルには、あちこちに赤いピンのようなものが打ち込まれていた。訊かずとも、それが例の赤い印をつけられた家々を示しているのが予測できた。上空から見てみると、意外にもコロニーのように一部に密集していることがわかる。僕はもっと町全体に、無作為な形で散在しているものかと思っていたけれど、実際は違ったようだ。印は全部で三十以上はありそうだった。

「これ、僕が見てもいいの？」

僕が尋ねると、エノは意味がわからないと云うように首を傾げる。質問に答えられない時はそんな仕草をするようだ。

「えっと、だから捜査上の秘密とか……」

「クリスが見たくないのなら見なければいい」

「じゃあ……見る。この赤いピンは、扉や室内に赤い印をつけられた民家を示しているんでしょう？」

「よくわかったな。その通り」

「赤い印をつけられた家は、写真上にすべてマーキングされてるの？」

「一つ残らず」エノはそう云うと、赤いピンを一つ抜いて、机の上に無造作に捨てた。「しかし意味はない」

「どういうこと？」

「犯人は地図的な主張を持ち合わせていなかった。赤い点をたどっても、何も見えてはこない」

エノは云いながら、もはや地図には興味をなくしたように、それを脇に追いやった。

「印をつけられた場所には、特に意味がないということ？」

「ほとんどね」

「でも、ところどころ群になっている気がするけど……」

「もちろん、それには理由がある。いずれマズたちが、私の推測が正しいことを証明する情報を運んできてくれるだろう」

「どんな理由だろう……」

「クリス、今回の件について、真相を知りたいと思うか？」

エノは突然僕の方を見つめて尋ねた。

「それはもちろん」

「それなら、今回の事件の顚末を君に見てほしい」

僕は一瞬、何を云われたのかわからなかった。

それはあまりにも唐突な提案だった。

「でも……いいの？　どうして僕が？」

「君は今回の事件に少なからず関係し、様々なものを見てきたと思う。そしてこれから、終幕の舞台で、さらに多くのものを見るだろう。同時に君は、いろいろなことを考えると思う。人の死や、それをもてあそんだ人間たちについて。あるいは君自身のこと。我々の時代のこと。世界のこと。それから——私のこと」

「うん……」

「その時に、君が何を考えたか私に教えてくれ」

「そんなことでいいなら、協力するよ」

エノは窓辺を見た。テラスはまだ雨の中にあった。

「私は完璧な検閲官だが——心は失われている」エノは軽く胸に手を当てた。「ここもすでに検閲済みというわけだ。それはすべてにおいて都合のいい、よりよい形であるはずなんだ。しかし、君の目を通して見た時、まだ私の心の何処かに失われていない何かが見つかるかもしれない。それを削除すべきかどうかを、その時にまた決めなければならない」

心が失われている——

それが一体どんな状態なのか、僕には見当もつかなかった。こうして会話ができるというのは、心があるからではないのだろうか。確かにエノは、他人とは違う不思議な雰囲気があるけれど、完全に心を失っているようには見えない。

「その役目は僕でいいのかな？　どうして僕なの？」

僕はおずおずと尋ねた。

「君が海で泳いでいたからだ」

それは——答えになっているのかな。

僕はこの町に来てから見聞きしたものを、すべてエノに話した。僕が『ミステリ』に詳しいことはすでに感づかれているので、素直に思ったことも考えたこともすべて話した。『ガジェット』について知っていることも隠さなかった。とはいえ、僕もさっき知ったばかりのことなので、むしろエノに訊くことの方が多かった。

「エノは『ガジェット』専門の検閲官なの？」

「そうだ」エノは肯く。「『ガジェット』を識別できるのは私の他、数人の検閲官だけだ」

「みんな子供なの？」

「十四歳が子供だというのなら」

「でも『ガジェット』を読むだけなら、誰にでもできるんでしょう？」

「できる。この国の文字を読める人間なら、誰でも。ただし、書かれていることのすべてを読み取ることは、まずできないだろう。小さな三次元空間に、文字がびっしりと書き込まれている状態を想像してみるといい。見る方向によって字面が様変わりするから、立体的な暗号解読の感覚も必要になってくる」

「エノは『ガジェット』の中身を全部読み取れるんだね？」

「もちろん。でもそれだけなら、時間さえかければ誰にでもできる。我々は『ガジェット』の内容を、一字一句違いがないか精査することができる」

「すごい……でもそれって、つまり……」

「そう、私の頭の中には、比較元になるデータがすべて詰まっているということだ。正確に『ガジェット』を見抜かないと、偽物を摑まされて、本物を処分し損ねるということになりかねない」

頭の中に『ミステリ』の要素すべてが詰まっているということか……

僕はエノのことが、一際偉大な人間に見えてきた。同時に、気の毒にも思えた。人殺しや犯罪に関する情報が頭の中に詰まっているなんて。

「この町で起きていることには、やっぱり『ガジェット』が関係あるんだね」

「だからこそ私が来た」

「じゃあ事件に関係している『ガジェット』の種類まで判明しているの？」

「している」

「それは？」

「『首切り』だ」

——『首切り』の『ガジェット』！

「それ自体が、この町にあるらしいということは、かなり前から判明していたことだ。数年前にブラックマーケットで、この町の何者かが、『ガジェット』を売ろうとしていたことが発覚している。具体的な住所や名前までは判明していないが、犯人がこの町にいることは断定できた。その後情報は途絶えていたので当局は静観していたが、ここに来て、連続殺人事件の噂が聞こえてきた。事実、この町では一月に数人の人間が、首を切り取られて死んでいる。このことから、連続殺人犯が『首切り』の『ガジェット』を所有していることは、ほぼ間違いない」

連続殺人犯、あるいは犯人という単語が、新鮮に思える。この町で行なわれた異様な事件の数々は、事故でも災害でもなく、犯罪であるということが、僕の頭の中でもはっきりと形を伴って見えてきた。すべては犯罪者による、狂気の行動なのだ。

この町を訪れてから、不可解なことばかりだった。赤い印の謎、首なし屍体の話、森に住む『探偵』の存在。森には女の幽霊が現れると云われ、夜には僕の部屋の窓越しに『探偵』が現れる。それから、湖上の惨劇。自警隊に取り囲まれた湖の上から、『探偵』はクロエ隊長の首なし屍体を残して消えてしまった。

謎だらけだ。他にもまだ、僕が知らないだけで、この町には異常な事件が起きているのかもしれない。それらについては、黒スーツの検閲官たちが情報を集めてくることだろう。

「犯人が『探偵』を名乗っているというのも、変な話だね」

「命名される犯人は、『ミステリ』には少なくない。『九尾の猫』にしても、『魔術師』や『蜘《く》蛛《も》男』や『影男』にしても。今回は、その名前がたまたま『探偵』だったというだけのことだ。ややこしいことには違いないが。だからこそ、事件の輪郭がぼやけてしまうという効果も、少なからずあったかもしれない」

『探偵』なのか？　犯人なのか？

ずっとそう思いながら、僕は『探偵』の影を追っていたような気がする。

でも今でははっきりしている。

『探偵』は犯人だ。

「犯人が『首切り』を持っていて、それを悪用しているのは、この町で起きた事件の数々を見た限り、想像に難くない」エノは静かに云うと、眠そうな子供みたいに目を擦った。「赤い印も、幽霊騒ぎも、湖上の屍体も、密接に関わり合っている。無関係なことは何一つない」

「赤い印には、何の意味があるの？」僕は衛星写真のパネルをぼんやりと見下ろして云った。

「これだけは、事件とは無関係な気がするんだけど、違うのかな？　だって、赤い印をつけられた家の人が必ず殺されているとか、首なし屍体として発見されるとか、そういう殺人事件との関連もないみたいだし……それに、赤い印をつけられるだけで、何かを盗まれたり壊されたりすることもないみたいだし……もしかしたら『探偵』ではなく、『探偵』に似た恰好をした別の誰かがやっていることではないのかな」

「いや。赤い印は、一連の事件に深い関わりがある。もっとも象徴的な件と云える」

「でも……ただ印をつけていくだけの行為に、一体どんな意味が……」

「君の目には見えているはずだ」

「僕の目に？」

「そうだ。犯人が赤い印を描いて回るという行為には、重大な意味がある。その目的となるものを、君はすでに見ているはずだ」

僕は今まで何を見てきただろう？

「赤い印には法則性がない。それが描かれる日付、曜日、天候、場所……いずれも法則性は見出せない。家人が留守の家を狙って描かれるだけ。何も盗まれていない。何も傷つけられていない。では何を取っ掛かりにして謎を解くべきだろう。何に目をつけたらいいと思う？」

「印の形……とか」

「悪くない。クリスは赤い印を見て、どう思った？」

「僕は十字架だと思ったんだけど……それに、壁の四方に幾何的《きかてき》に描いたり、町のあちこちに描いたりすることからみて、宗教的な背景があるのではないかと思った」

「間違ってはいない」

「ほんと？」

「正しくもないが」

エノは机の上に転がっていたチョークを手に取ると、いきなり目の前の食卓からテーブルクロスを盛大に剝ぎ取った。

「突然何するの。こんなことしたら、コックさんに怒られるよ」

「怒られる？」エノは目をくりくりさせながら首を傾げると、その件についてはすぐに忘れたらしく、剝き出しになった食卓の板に、チョークで何かを描き始めた。「十字架と云ったな。君は赤い印がどんな形をしていたか、正確に覚えているか？」

「ううん……左右の棒が下向きに垂れていて、上下がちょっと膨らんでいたような」

「うん。それで間違っていない」

エノは板の上に十字架を描いた。

確かにそれは、僕が町で見た赤い印と同じだった。

「これはキリスト教の異端派の一つ、カトーグ派の十字架を模して描かれたものだ」

「カトーグ派……そんなの聞いたことないよ」

「表立って活動することのない異端派だから」エノは指先についたチョークの粉を気にしながら云った。「カトーグ派が興ったのは十六世紀半ば。創始者は『奇跡の樹』という予言書を記したウーリッヒ・ド・マイヤンスという神秘家だ。医学、科学、占星学、そして予言に精通した人物で、その特別な能力のおかげで教会からは異端視されていた。同じカトーグ派に属したヘルナンデス・アマルフィによる『異端の年代記』には、ウーリッヒはサタンに勝る恐怖の大王であり、人類の新しいメシアであると書かれている。事実、ウーリッヒは神秘めいた予知能力を持ち、腐敗した貴族社会や教会に対する破壊者として、あるいは新しい世界の創造主として迎えられていた。ちなみに彼が記した予言書『奇跡の樹』は焚書の起こる以前から失われている。それには現在私たちの世界に起こっているカタストロフィを克明に予言してあったという。彼は自分の終末予言を伝え続けるためにカトーグ派を興した。それは今も続いている」

「終末予言？」

「カトーグ派はそれを信仰にしていた側面もあり、云わば終末思想団体だった。教会が彼らをもっとも危険な団体とみなしたのも、当時のキリスト教の厳格さから云えば当然だろう」

終末思想なんて、もう嫌というほど聞かされてきたけれど、今よりまだ平和だった世界には、それが一種の信仰になり得る時代もあったのかもしれない。確かに今の時代でも、信仰に迷いの生じた人々が、怪しい終末思想の宗教に染められてしまうことはよくある。破滅や終末を恐れる心は、常に誰もが持っていることだし、それを信仰にすり替えるのは、あまり正しいことのようには思えない。

「十六世紀といえば、ヨーロッパ全土を黒死病と魔女狩りが襲った暗黒時代だ。魔女狩りに関して、カトーグ派の始祖であるウーリッヒは反体制の立場をとっていたようだけど、当時は教会こそ正義だったのだから、やはり異端でしかなかった」

エノの口から黒死病という言葉が出たので、僕は驚いて思わず声を上げた。

「どうした？」

「以前、先生と……友人と赤い印の謎について話し合った時、黒死病の話が出たから、それを思い出したの。黒死病対策のために、病人を隔離する際に、扉に印をつけたって聞いた。この町で伝染病が発生したかも、って冗談ぽく話していたんだけど……」

「伝染病はない。これは断言できる。不審な急病者がないか、すでに調査済みだ」

「じゃあカトーグ派と黒死病と扉の赤い印の関係は？」

「終末思想という一本の線で結ばれる」

「カトーグ派の人間がこの町に潜んでいて、『終末が近い』ということを町の人に知らせるために、赤い印をつけて回ったということ？」

「演繹的《えんえきてき》に云えば、そういう結論になる」

「でも今さら終末を告げられても……そもそも町の人たちが、十字架を見ても終末思想に気づくはずもないし……」

「そう――クリスの云う通りだ。町の人間に向けたメッセージとしては弱い。現に誰もそれを理解してはいない。もしかしたら、謎の赤い印が出現するという現象だけでも、中には終末的な共鳴を感じる人間はいるかもしれないが」

「それなら、町の中に何人かカトーグ派の人が潜んでいて、暗号のやり取りみたいに、仲間内だけで合図を送っていたとか？」

「他人の家に印を残すという合図の方法では、あまりに効率が悪い」

「それなら犯人のただの自己満足？」

「自己満足？」エノは繰り返して云う。「ああ――それにしては行動が抑制されすぎている。顕示性《けんじせい》とはまた別物だ」

「うーん……」

「難しく考えることはない。犯人が『ミステリ』を知っている側の人間だということを思い出せばいい。つまり――カトーグ派の十字架は、その意味を探ろうとした人間たちに向けられた印ということ」

「えっ」

「つまりこの私を含めた、捜査側の人間に向けられたものということだ。多くの人間は印の意味すら調べようとはしない。しかし私たちは違う。捜査すれば、いずれその印がカトーグ派の十字架であると判明する。そして私たちは、その十字架に終末思想を見出し、犯人の行動を、狂信的な終末観念に囚《とら》われた人間の、精神病的犯行とみなす——」

「それが真相なの？」

エノは首を振って否定した。

「犯人の考えたシナリオはそうだった。でも犯人は一つ大きな勘違いをしていた。おそらく、少ない資料から知識を得た結果なのだろうけれど。こういう勘違いは、今の時代では少なくない」

「勘違い？」

「クリス、立って、こちらに」

エノに云われるまま、僕は食卓をぐるりと回ってエノの方へ向かう。

「十字架を見て」

「うん——これが何？」

「今、君が見ている形が、正しいカトーグ派の十字架なんだ」

「でもこれ、さかさまだよ」

「そう、逆。本来カトーグ派の十字架は逆十字架の形が正しい。縦木の下の方が短く、上の方が長いんだ。ところが犯人は勘違いして、一般的な十字架と同じように、上が短く下が長い形を描き続けてきた。中途半端な知識があだになる。よくあることだ」

「ねえ、これはどういうことなの？」

「犯人はシンボルの正確さに執着していない。つまり犯人にとって印の形には何の意味もないということ」

「そんな……でも、十字架を引っ繰り返すことで背信を示しているのかも……」

「さっきも云ったように、カトーグ派はもともと背信的な異端派だ。だからこそ逆十字架なんだ。最初から逆になってるものを、また引っ繰り返す意味などない」

そうか……おそらく犯人は書物か伝聞を参考にしてカトーグ派の十字架を選んだのだろうけれど、深い知識を持たないため、それを最初から勘違いして覚えてしまったのだ。それがさかさまであると気づきもせずに。検閲官を欺くには、知識が足りなさすぎた。

「印の形に意味がないとしたら、犯人はどうして十字架を描くの？」

「十字架はあくまで私たちの目をごまかすものでしかない。ミスリード、レッドへリング、ミスディレクション——実際のところ犯人にとって、印は十字架だろうと髑髏《どくろ》だろうと双頭の鷲だろうと、何だってよかったんだ。これはつまり、犯人の目的が宗教的な、あるいは哲学的な信念とは無関係な、もっと直接的なものであるということになる」

「ということは、やっぱり犯人は何か印を描く他に何かの目的を持って家に侵入しているんだね」

印そのものよりも、印をつけるという行為に意味があるとすれば——犯人は何故、印をつける？　ペンキを塗ることで、何かを塗りつぶして隠してしまったのだろうか。たとえば、拭いようのない指紋とか血液とか……たった一度、自分がやらかした失敗を隠すために、赤ペンキで痕跡を塗りつぶす。けれど一箇所だけ塗りつぶしても怪しまれるだけなので、町じゅうの家家に同様の赤ペンキをつけて回る——ダメだ。それではますます人目につくし、本来の隠蔽という目的からどんどん遠ざかってしまう。余計痕跡を残すことになりかねないのだから。

エノには赤い印が何を意味するのかわかっているのだろうか？

「エノは、犯人の目的がわかっているの？」

「もちろん——答えは、盗むためだ」

盗む？

現実には何も盗まれてはいない。それに、盗むことと印をつけることが、どうしても繋がらない。

僕が尋ねようとした時、エノは口を開いた。

「赤い印の件は、マズとシオマの報告を待つことにしよう。まだ考えなければならないことがある。何しろ、人がたくさん死んでいるんだから。しかも首なし屍体と化して」

そうだ、人間が殺害されている。僕は湖上での殺人を、理解できないものとして、頭の中で処理し、記憶の片隅に追いやろうとしていた。でも簡単に忘れられるような出来事ではなかった。

「屍体を見た？」

「うん」僕はクロエ隊長の首なし屍体を思い出して、今になって恐怖感が湧いてきた。「ボートの底に無造作に置かれていて……辺りには血が飛び散っていて……頭部は何処にもなかった」

「どうやって湖上から消えたのか。よりによって、どうして首を切断するのか。そして何故首を持ち去るのか。よく考えるといい、クリス。犯人は、ある意味では、首なし屍体泥棒だ。殺人も一種の盗みと考えれば、赤い印の件と繋がってくるだろう？」

「全然繋がらないよ……首なし屍体泥棒って何のこと？　それに赤い印の件では盗まれたものは何もないっていうし……」

「君はそれに気づいていないだけだ」

気づいていない？

一体僕は何を見逃しているというのだろう。

「クリス、今日の夜の予定は？」

エノは唐突に尋ねた。

「予定なんかいつもないよ」

「それならいい」

「夜に何かあるの？」

「続きは夜にしよう。それまで、休んでいるといい」

エノは思わせぶりな云い方で口を閉ざした。意地悪をして真相を教えないというわけではないだろうけれど、核心に触れずに論理の長い道のりを歩かせるのは、いかにも探偵的だ。僕は焦れるよりも胸を躍らせた。

やっぱりそうでなくちゃ。

「うん、わかった。夕食の時間になったらまたここに戻るね」僕はエノが散らかしたテーブルクロスや衛星写真のパネルやトランクの中身を元通りに綺麗に直してから、食堂の出口へ向かった。「散らかさないようにね」

エノは何も云わず肯いた。


僕はユーリの部屋に向かった。朝からあまり具合がよくなさそうな様子だったので、僕は彼のことが気になっていた。今日は宿の手伝いも休んでいるみたいだ。

扉をノックしても返事がなかった。扉はかすかに開いていて、部屋の中を見ることができた。ユーリは寝ているみたいだった。僕はそっと扉を開け、様子を窺った。特にひどい状態というわけではなさそうだ。僕は安心して、引き返そうとした。

「クリス?」

目を擦りながらユーリが目覚めた。少し高くした枕の脇に、ラジオが転がっていた。イヤホンから漏れる音は、雨音に似ていた。ユーリの顔色は健康的とは云えないけれど、悪くはなかった。

「具合どう?」

「心配して来てくれたの? ありがとう」

ユーリはイヤホンを外しながら、ベッドの上で姿勢を直した。

「さっきまで誰かに看病されてる気がしたけど……クリスだったのか。ありがとう」

ベッドの脇の机には、タオルをひたしたボウルがあった。

「僕じゃないよ」

「え、それじゃあ……」

おそらくアサキさんだろう。ああ見えて彼は息子のことが、とても大切なのだ。もし僕がアサキさんの立場だったら、と考えると胸が痛い。ユーリの病気は、おそらく僕が思っている以上に深刻だ。

「何もできなくてごめん。もし必要だったら、薬とかもらってくるよ。頭痛薬とか風邪薬程度なら、僕のバッグにも入っているし……」

「大丈夫だからいいよ」ユーリは微笑んで云った。「それより、ラジオでは全然事件の報道をしないけれど、一体どうなっているの？」

「ううん……わからないけど、政府が動いているから、報道規制されているのかもしれないね」

「そう……」ユーリは釈然としない表情で呟いた。「実は僕、将来クロエ隊長の自警隊に入るのも悪くないかと思ってたんだ」

「残念だったね……」

「一つ訊いていい？」

「うん」

「どうしてわざわざ、人が人を殺すの？　待っていれば病気や寿命でいつか死ぬのだし、それより早く洪水や津波で死ぬことだってあるのに」

「僕にはわからないよ」

「クリスにもわからないのか」ユーリは何故かそれで安心したような顔をした。「クリスがわからないなら、僕が考えたってわからない」

はたして焚書は正しいことだったのだろうか。

目障りな暴力描写が駆逐されて、確かに一部の人間たちは『聞き分けのいい民間人』になったし、目立った事件もなくなり、表面上はきわめて平和になったような気もする。けれど僕とユーリは同じ人間でありながら、確実に何処か違いつつあるのではないだろうか。単に共通言語を有しているかいないかの問題だけではなく。

それからしばらくの間、僕とユーリは焚書や『ミステリ』について話した。『ミステリ』の話も好きだけれど、純粋な人々の語る話も好きだ。僕たちは夏が終わることや、この辺りの植物のこと、北国の雪のことなどを話した。話しているうちに、いつの間にか時間が過ぎていった。

「それじゃあ、僕はそろそろ部屋に戻るね」

「また来てね」

ユーリは手を振るとラジオのイヤホンを耳につけ直した。

第五章　終末的

部屋で休んでいると、コックのナギノさんから電話があり、夕食の時間を知らされた。

食堂の扉を開けた途端、僕は目を疑った。食卓の上が散らかされ、無残な状態になっていた。僕が戻したはずのクロスは疲れ果てた幽霊のように床に横たわり、並べられていたはずの燭台《しょくだい》は蠟燭を失ったうえ、壁際に追いやられて、転がっていた。クロスが剝ぎ取られた場所には、チョークによる文字や図形が書き込まれている。それらの文字は、意外にも整然と並んでいて、全体の雑然とした様子とは矛盾した印象であった。食卓の上には、見覚えのある端末類が散らばり、やはり見覚えのあるトランクは開けっ放しで放り出されていた。

すっかり散らかった部屋の真ん中で、エノが椅子に座っていた。何故か椅子は窓の方に向けられ、エノは雨降りをじっと眺めていた。

「エノ」

「ああ、クリス」エノは僕に気づいて顔を向けた。「まだ予定の時間には早い」

「ううん、夕食の時間だよ」

「そうか」

「この散らかしようは何……？」

僕が問うとエノは黙ってしまった。

「アサキさんやナギノさんが来たら怒られるよ」

「知らない」

「もう……仕方ないなあ」

僕はエノが散らかしたものを片付け始めた。片付けるのは好きだ。混沌がほどけていく感覚が、『ミステリ』の楽しさに似ている。きちんと並べ、きちんと説明され、きちんと収まり、きちんと終わる……ともかく、

「エノも手伝って」

「……わかった」

エノは素直に身の回りを片付け始めた。本当に従順なようだ。

その時、お皿を手に持ったナギノさんが部屋に入ってきた。

「なんじゃこりゃあ！」

部屋を見るなりナギノさんは叫んだ。

「あっ、あ、何でもないんです」僕は慌てて云った。「すぐ片付けますから」

「俺の食堂をどうするつもりだ！」

「あの……えっと」

「片付けるまで食わせてやらんからな！」

「はい！」

僕は急いで片付けを続けた。

「客に対して失礼だな。この町の風習か？」

エノが云った。ナギノさんには聞こえていないようなので助かった。僕はエノを黙らせて、間もなくして、食卓の上に料理が四人分並べられた。検閲局の三人の分と、残りは僕の分だろう。大きな皿に盛られた山菜のパスタで、また分量を間違えたのではないかと思うほど山盛りになっていた。

なんとか部屋の片付けを終わらせた。

時刻はちょうど十八時だ。

僕は皿を持って、エノから遠い席に座った。もしエノの近くに座って彼と話しているところを、検閲官たちに見られたらまずいことになるのではないかと考えたからだ。エノは特に何かを気にする様子もなく、黙々とパスタを食べ始めた。

やがて外へ捜査に出ていた二人の検閲官が戻ってきた。

「首なし屍体っていいですよね」

サングラスの検閲官がにやにや笑いながら食堂に入ってきて、踊るような足取りでエノのところまで歩いていった。彼のすぐ後ろから、老齢の検閲官が固く口を結んだままやってくる。

彼らの真っ黒なスーツは、いかにも陰鬱で、それを見た相手の気を滅入らせる効果がありそうだった。彼らは手に小さな液晶端末機械を持っていた。どうやらそれに捜査情報を保存しているようだ。確かエノのトランクの中にも同じような機械が入っていたのを思い出す。

「街角を曲がるたび、ロックが聞こえてきましたよ。ま、ボクの頭の中だけですけどね」

「口をつぐめ、シオマ。くだらないことばかり喋るな」白髪の男がうんざりしたように云い捨てた。「若いやつは場をわきまえない。エノ様の前だぞ」

「すみませんね。へへ」

彼らは食卓の椅子を無遠慮に引くと、エノの前に座った。どうやらサングラスの男がシオマという名で、もう一人の白髪の男がマズらしい。双方のエノに対する態度には多少の温度差があり、それはエノに対する敬い方の差にもなっているようだ。

「エノ様、ただいま戻りました」

マズが頭を深く下げて云う。

「何ですこれは」シオマはサングラスを軽く押し上げると、目の前のパスタを見下ろした。

「まずそうな代物《しろもの》ですね……エノ様、食べない方がいいですよ。規定でも、チェックの入っていない食い物は食べちゃいけないはずです」

「毒見なら私がしておいた」

エノはフォークをくわえながら云った。

「エノ様がすることではありません」

白髪の男が諫めるように云う。

「ま、たとえまずくても毒ではなさそうですね。食べましょう」

「そんな余裕はないぞ。報告の時間だ」

「食べながらでいいじゃないですか、マズさん」

「ふん……」

「食べないんですか」

「エノ様の前では食べん」

マズは目の前の皿を押しのけた。

「で、報告を始めていいですか？」

シオマが端末を片手で操作しながら云う。

「部屋に移動した方がいいだろう」

「いや」エノが云う。「始めていい」

「了解です」シオマは手元の端末からイヤホンを伸ばして耳に当てた。「あ、そうだ。一つ気になるんですが、あの小さいガイジンは何です？」

彼は顎でしゃくって、僕を示した。

僕はどきりとして、何も聞こえていない素振りで、手元のパスタを食べ続けた。

「ここの宿泊者の一人だな」

マズが云う。

「追い出しますか？」

「時間の無駄だ」

すかさずエノが云った。

「しかし職務上差し障りが……」

反論するマズに対し、シオマはエノに賛同する姿勢を見せる。

「ま、我々の言葉を理解しているようにも見えませんしね。検閲局の調査でもガイジンが今回の事件に関わっているという情報はありませんよ」

「町の人間たちが噂していた金髪の少年というのが、彼のことか」

マズは思い出したように云う。

「数日前に町に来たよそ者が、数年前から続いている事件と関わりあるはずはありません。いずれにしろ、ボクたちに情報漏洩《ろうえい》という言葉はありません。ねえ？」

どうやらこの場は無事に済みそうだ。僕はほっと胸を撫でおろしながら、それを悟られまいと必死に無表情を装う。

「都合の悪いものは削除すればよいのですから」

最後に付け加えられたシオマの言葉にどきりとする。

やっぱり検閲官は怖い……

「本当にここで進めてよろしいのですか、エノ様」

「構わない」

「では、まず殺人事件について、お話ししましょう」シオマはそう云ってにやりと笑った。「検閲局が把握している殺人事件は、七件だけです。実際にはもっと膨大な数になると思われますが、確定的なのはせいぜいその程度です。すべて首が切断された屍体として発見されており、胴体だけが発見されたケースと、または生首だけが発見されたケースとに分かれます。死因はいずれも不明。七件のうち五件の被害者が男性、二件が女性。年齢もばらばらで共通項は見当たりません」

「共通項はある。全員大人だ」エノが口を挟む。「未成年者は被害者にはならない」

「む……その通りです。よくご存知ですね。まあ、あとは全員首を切断されているということが、特徴といえば特徴でしょうか。あ、それから、彼らが幽霊の目撃者であるという話もあります。殺される数日前に、幽霊を目撃したと騒いでいる被害者が多い。この幽霊については、まったく正体は摑めていません。ま、犯人の悪戯でしょうけどね」

「幽霊については私があとで補足する」

マズが云う。

「わかりました。では続けます。検閲局の方で、一つだけ屍体を確保しております。四ヶ月ほど前のことですが、警察に通報した町民がおり、検閲官が警官を装って屍体を回収しに行きました。ちなみに、屍体と云いましたが、回収されたのは頭部だけです。もともと生首だけの状態で発見されました。その気の毒な男は、今年で二十五歳、うだつのあがらない工場で小さな部品を作っていました。首が鋭利な刃物で切断され、胴体部分は行方不明。死因は不明。後頭部に殴られた形跡があり、それが致命傷になった可能性が高いそうです。殺害現場は不明。発見現場は川原です。どうやら川の上流から流れてきたものと推測されます。上流には森があります。被害者の名前は……クシエダ」

「赤い印との関連は？」

「ありませんね。他に把握している六件においては、一件だけ、家屋に赤い印をつけられています。赤い印と、殺人事件のはっきりとした関連は見受けられません」

「クシエダという男に関する情報は、他には？」

「クシエダの関係者に奇妙な出来事を体験している人間がいたようです」シオマは端末を操作する。「これは被害者であるクシエダという男が、自警隊を名乗るグループの一員や、職場の仲間に話したことなのですが……」

シオマはクシエダという男の話を始めた。

とある女性が両目を傷つけられた状態で、森の傍で発見された。その女性はクシエダとは幼馴染みの関係に当たる。クシエダは、彼女が森で体験した話として、自警隊員や同僚に不思議な話を語ったという。

女性は、森の中で首なし屍体を発見する。その屍体が隠されていた小屋が、屍体だけを残して、一瞬で消失してしまう。そしてそこに、黒い恰好をした怪人物が現れ、女性は目を傷つけられる。女性は逃げ出す際に、森の果てで、壁にぶち当たったという。

両目を失った女性の消息は不明。クシエダの話の通りであるとすれば、彼女は森で死亡しているとみられる。また、クシエダ自身も、おそらくは森で殺害され、頭部だけに成り果て、川を下ることになった。

僕はふと、ユーリの話を思い出した。森で遭難した子供が、目覚めると小屋にいて、『探偵』と会話を交わしたというあの話だ。目を失った女性が、最後に目撃した小屋というのは、少年が『探偵』と出会った小屋と同じなのだろうか。

女性が森の果てで触れたという壁とは、一体何のことだろう。森を囲う壁。そのようなものがあるのだろうか。あるとすれば、何のために？　またしても、感染症の隔離という考えが浮かんでくる。町全体が、隔離政策によって作られたものだとしたらすべての辻褄が合うのではないだろうか。

「さて、もう一件重要な事件があります。自警隊を名乗る自警団のリーダーが殺害されたとみられる事件です。ま、この事件のおかげで我々もいよいよおおっぴらに動けることになったわけですがね。この事件では、唯一殺害の現場が目撃されています。目撃者は多数いますが、そのほとんどは自警隊の隊員です。自警隊全員を疑うのもありですね」

話が湖上での事件に移り、僕は緊張した。僕は事件の目撃者の一人だ。もしかしたら、矛先《ほこさき》がこちらに向けられる可能性もある。

けれど彼らは僕のことには触れずに、話を進めた。もしかすると、自警隊のカナメさんが、僕のことを口に出さないでくれたのかもしれない。

「犯人は湖上で消えています。犯人が残したものは、ボート一艘に、首なし屍体一つ、そして凶器と見られる斧です。ただし、犯人のものと思われる指紋は残されていません。ということは、まあ相手は『ガジェット』持ちであると見て構わないでしょう」

殺人現場の検証において、指紋を採取するということを、ほとんどの人は知らない。これを知っていて、あらかじめ対策を講じているということは、少なからず『ミステリ』の知識を有することになる。今回の事件においては『ガジェット』所有者であるという推測も間違いではないだろう。

「ボートの血痕と、斧の血痕、そして被害者の血液型は一致しています」

「他の遺留品は？」

「トランシーバーですね。これは周波数の設定から、自警隊の隊長を名乗るクロエが使用していたものに間違いありません。それ以外の遺留品は特に発見されていません。湖の水底を漁れば何か見つかる可能性もありますが、さすがに無理ですね」

「では犯人は湖上から何処に消えたのだ？」

マズが尋ねる。

「不明です」シオマは食卓の隅に置かれていた衛星写真のパネルを手元に引き寄せた。「湖はここにありますね」

シオマの指差したところに、三日月の形をした湖があった。僕たちが最初に目撃した『探偵』のボートはちょうど三日月の中央辺りに浮いていたのだろう。

「岸辺には自警隊が配置されていました。霧で視界が悪かったものの、目撃者数名は確実に、湖上での殺人風景を肉眼で確認しています」

「暗いのに目撃できたのか」

エノが云う。

「湖上がぼんやりと灯りで照らし出されていたということです。懐中電灯か、あるいはランプか……」

「それは発見されたのか？」

「いいえ」

「その夜のクロエの行動は？」

エノに代わってマズが尋ねる。

「自警隊のメンバーとは別行動をとっていたようです。何度か隊員とトランシーバーでやり取りしていますね」

「それで……重要なことだが」マズが云う。「屍体はクロエ本人なのか？」

「断定はできませんね。しかし、トランシーバーはクロエのものでした」

「指紋は？　血液型は？」

「検証は不可能ですね」

「どうしてだ」

「まず、もともとのクロエの血液型が不明です。指紋に関しては、クロエの部屋から採取することは可能ですが、それが必ずしもクロエの指紋だとは限りませんからね」

「クロエの身体的特徴で判別できる人間はいないのか？」

「自警隊の副隊長であるカナメという人物が、屍体はクロエであると断言しています。根拠を尋ねると、答えられないようでしたが」

「もう決まったようなものだな」マズは呟くように云った。「今回関わっている『ガジェット』が『首切り』であることから見ても――ボートの首なし屍体はクロエではない」

もちろん僕もその可能性を考えなかったわけではない。

でも本当にそんな『ミステリ』のようなことがあるのだろうか。

首なし屍体のすり替え――だとすれば、僕たちが見た屍体は一体誰のものだったのだろう。当のクロエ隊長は何処に行ってしまったのだろう。

「クロエが犯人と見て間違いないだろう」

マズは云った。

クロエ隊長が犯人？

僕は思わず反応しそうになるけれど、何も聞こえないふりをする。

「湖上での消失も、自警隊が大いに関わっている。もしもクロエが犯人ならば、自警隊の行動も思いのままだっただろう」

「自警隊もグルだったということですかね？」

「いや、全員がそうだとは云わないが」

「君たちの推測はいい」エノは頬杖をついて、退屈そうに云う。「事実だけを報告してくれ」

「すみません、エノ様」

「先を続けます。これがボクたちにとってもっとも重要な件ですが……被害者たちの周囲に、『ガジェット』の痕跡は見受けられませんでした。証拠、噂、そしてもちろん本体そのものも見つかっていません。また被害者たちの全生活史において、書物や『ガジェット』が重要な役割を担った形跡もなし。『ミステリ』との関連も見受けられません」シオマは端末を置くと、イヤホンを外した。「問題の『ガジェット』は、依然犯人の手にあり――ボクからの報告は以上です」

「次は私の報告ですな」

マズはエノに向き合って云った。

「まずは度々森の近くで目撃されている幽霊についてです」

「幽霊なんているわけないじゃないですか」

自分の報告を終えたシオマは気楽そうに云う。

「しかし目撃は多い。町の人間の中には幽霊の存在を信じている者も多く、幽霊こそが事件を起こしている張本人であると確信している者がほとんどです。目撃される幽霊は女性で、白い。そしてその幽霊を目撃した者は、殺されると云われております。赤い印の件より、よほどこちらの方が、殺人事件の犯人と密接に関わっておるようです。湖上の事件があった日にも、町の人間が女の幽霊を目撃し、騒ぎになるということがありました。これを利用して、自警隊は『探偵』に接触しようと試みたのです」

「返り討ちに遭いましたがね」

シオマはパスタを食べながら呟く。

「ところが幽霊が直接殺人を犯すわけではない。森の傍に出現し、人を誘い込むと云われております……このことから、幽霊は殺害犯とは別に、誘導を主に担当していると考えられます。幽霊のふりをした共犯者の可能性を考えるべきでしょう。ただ、目の前で突然消えるということは、人間には不可能です。『ミステリ』を利用したトリックでないとすれば……」

「やっぱり幽霊ですかね」

シオマは手を叩いて嬉しそうに云った。

「いちいちうるさいぞ。お前は少し口をつつしめ」

マズがたしなめる。

「先を続けて」

「はい、失礼しました」マズはエノに従う。「赤い印の件です。我々が把握しているだけで、赤い印をつけられた家は六十五軒。調査可能範囲内の数字ですので、実際はもっと多いかもしれません。印をつけられた後もそのまま生活している家は四十八軒。そのうち二軒が全部建替え、他は簡単な清掃と改築で済ませております。ペンキが落ちにくいため、扉を全部塗り替えるケースが多いようです。また、壁紙を全部はがし、二度と入られないようセキュリティを強化しておるようです。せいぜいその程度で、住民たちに特別奇妙な行動は見受けられません」

「結局、盗まれたものはなかったんですか？」

シオマが尋ねた。

「その点に関しては、しつこく訊いた」マズはその時初めて手元の端末を操作した。「連中は絶対に、盗まれたものはないと云います。これでも私は尋問は得意な方ですが。彼らは私に嘘をついてはいないでしょう。誓って連中に何もやましいところはありません」

「ボクの方も、聞いた限りじゃ、盗まれたものは判明しませんでした」

シオマがサングラスを押し上げて云う。

盗まれたものはない……

けれどエノは、何かが盗まれたのだと云う。

「犯人は一体何が目的だったのでしょうね」

「我々にはまったく興味のないものかもしれない」

マズは難しそうな顔で云う。

「ま、そうですね。それじゃ、家人も見逃すような、小さなヘアピンだとか、小銭だとか、雨樋の留め具だとか、そういったものを盗んで集める変態野郎が犯人かもしれませんね。それはそれで、なかなか興味深い犯人だとは思いますけど。それにしたって、よく誰にも目撃されずに家宅侵入を繰り返してきましたね。いや、目撃者はもしかして一人残らず、すでに――」

束の間、沈黙が訪れた。

雨音にかき消されないように、マズが続ける。

「次に、赤い印をつけられた家の共通点についてですが――我々が事前に確認していたように、七〇年代から八〇年代くらいの若干古めの家がほとんどです。印をつけられた家の九十パーセント以上が平屋で、印をつけられた部屋はそれぞれ一室のみ。壁はほとんど白色で、そのため赤いペンキがよく目立ちます。印をつけられた家の家族構成には特に顕著な特徴はなく、犯人が狙いやすい家——老人の一人暮らしの家などを集中的にターゲットに選んでいたという傾向もありません」

　地図上で赤い点が密集しているのは、単純に住宅地が開発された年代が地域ごとに分かれるからなのかもしれない。これは重要なことのように思える。赤い印がつけられるのは、古い家に限られているのだ。

「さて次に、我々の愛すべき犯人——『探偵』についてですが」マズはわざとらしい前置きをする。「『探偵』という存在は、古くからこの町に根付いているものかと思われましたが、実際はそうではないようです。赤い印の出現とほとんど時を同じくして、『探偵』という怪人物の存在が噂されるようになりました。真っ黒なマントのようなもので全身を隠し、顔には黒い仮面までつけています。最初は都市伝説のようなものとして噂されていたのでしょう」

「赤い印を残していく真っ黒な怪人……なるほど都市伝説めいてますね」

「それが徐々にエスカレートしていき、もはや『探偵』の存在はこの町にとって必然となっていきました。『探偵』が化物の一種だと信じている愚かな人間も少なくありません。しかし、誰も『探偵』が何の目的で赤い印を残しているのか、そもそも『探偵』という存在は何なのか、知りません。『探偵』は次第にこの町の支配的な偶像となっていきますが、『探偵』自身はそれを利用するようなことはなかったようです。町の人間も、特別崇《あが》め奉るという傾向はありませんでした。子供のしつけに『探偵』の名を利用するくらいですね」

「しかしボクたちの知っている『探偵』とは趣《おもむき》が異なるにもほどがありますね」

「所詮偽物だ。そもそも、『探偵』という『ガジェット』はない。『名探偵』なら存在すると云われているがね」

「いずれにせよ、この町の『探偵』とやらは、連続殺人鬼のサイコ野郎ですよ」

「最近では自警隊がかなり『探偵』の動向に注目していたようです。特に隊長であるクロエは、『探偵』を捕まえるためにいろいろと手段を講じていました。湖上での殺人事件も、そもそもクロエが『探偵』を追跡しようとしたために発生しています。しかし、これにはいささか疑問を抱かざるを得ません。本当にクロエは『探偵』を捕まえようとしていたのでしょうかね。『探偵』を追い込むというのは、この町の他の誰も思いつかないような行為です。町の人間は、少なからず『探偵』の恐怖の影響下にありましたからね」

それ以上の発言をマズは避けた。けれど彼が何を云いたいのかは予測できる。

クロエ隊長が『探偵』であるとするならば、森での『探偵』追跡も、湖上での『探偵』消失も、すべてクロエ隊長の自作自演だったということになる。ボートの屍体も、自分の身代わりに誰かの屍体を用いればいい。まさに『首切り』にふさわしいトリックだ。しかも、『ミステリ』も殺人事件さえも知らない町の人間たちにとって、屍体が身代わりであるということは、まったく思いつかないだろう。

はたして『探偵』の正体は、本当にクロエ隊長なのだろうか。

「最後に――」マズは端末を置いた。「エノ様の指示通り、町の廃品処理のシステムについて調べておきました。基本的に燃焼ゴミは毎週水曜日、不燃ゴミは第二木曜日、町の川沿いにある廃棄物処理場から出る回収車によって、特定の集積場から回収されます。廃棄物処理場は小規模ながら、火力発電も兼ねているようです。職員を問いただしましたが、『ガジェット』や、書物を回収したという過去は一度もないようです」

エノは報告を受けて、小さく肯いた。

「以上です」

マズは一仕事終えたように、息を吐いた。

「本当に今回の『ガジェット』は『首切り』だけなんでしょうかね？　他に『消失』や『盗難』も隠し持っているかもしれませんよ」

「他に『ガジェット』があろうとなかろうと、『ミステリ』を知っている人間なら、何か創造的な犯罪をやってのけるかもしれない」

「そういうもんですかね。ま、これだけ大量に人を殺せる人間ですから、相当いかれてるんでしょうけどねえ。ボクが今まで担当した事件の中でも、おそらく一番多く殺してますよ」

「そのうちもっとひどいものを知るだろう」

マズは年長者らしさを見せて静かに云った。

「ま、誰が何人殺そうと、殺されようと、ボクたちはとにかく『ガジェット』を見つけ出して削除するだけですからね」

サングラスの捜査官は、食べ終えた皿を押しやると、スーツの内側からハンカチを取り出して口元を拭った。

「エノ様、この後はどうなさいますか」

「少し休む」

「お疲れですね。ぜひ明日に備えてお休みください」

「んじゃ、今日の仕事は終わりですね」シオマが云う。「部屋で休むことにしましょう」

「ちなみに――明日は捕り物になりそうですか？」

マズは尋ねた。

エノは静かに首を横に振った。

「そう願います」マズは立ち上がって云った。「エノ様の身の安全が、我々にとって第一です」

検閲官たちは解散することになった。エノはマズたちに囲まれるようにして、食堂を出て行ってしまった。さすがに彼を呼び止めることはできなかった。僕はまだ、ちびちびとパスタを食べ続けていた。サングラスの男は僕の横を通り抜ける際に、「ハロー、ベリーキュート」と云ってにやにやした。僕は馬鹿にされた気がして、もうその男とは目も合わさない決意をした。相手はサングラスだから視線がわからないけれど……

僕はパスタを食べてしまうと、検閲官たちが置いていった皿を片付け、キッチンに運んだ。キッチンではナギノさんが葉巻をくわえていた。彼は僕に気づくと、すぐに火を消して、皿を洗い始めた。

「あいつら、何の話してた？」

ナギノさんが尋ねる。

「『探偵』のこととか、クロエ隊長の事件のこととか……」

「そうか」

「ナギノさんは、『探偵』のこと、どう思いますか？」

「実は俺さ、もともとよそ者なんだよな。遠い町のホテルでコックやってたんだが、こんな時代だ、案の定潰れちまってな。流れるうちに、この町にたどり着いた。はっきり云っちゃ、この町の連中はおかしいぜ。最初は嫌で、すぐにでも出ようと思っていた。関わるのは面倒くせえし、何か異常なことを目の当たりにしても、とりあえず無関心を装うようにしていたんだ。でもな、そうしているうちに俺はここに馴染んでいった。アサキさんもよくしてくれたしな。いつしか俺はこの町の人間になっていた。はっは……その代わり、俺は何か大事なものを失っている気がするよ。わかるか？」

「ええ……」

「俺の料理はどうだ？」

「おいしいです」

「当然だろ」ナギノさんは満足そうに笑う。「明日の朝食は、特別大盛りにしてやるよ。ありがたく食べるんだぞ」

「いえっ、普通の量で結構です」

僕は慌てて云った。普通でも多いくらいだ。

食堂に戻ると、出て行ったはずのエノがいた。

「エノ、どうしたの？」

「君に話がある」

「僕に？」

「うん」

エノは食卓の上でトランクを開け、またしても中身を散らかしてから、衛星写真のパネルを取り出した。

「君は森に入ったことがあるね？」

僕が肯くと、エノは写真の一点を指した。そこは森の中だった。一見すると何もないように見える。しかしよく見ると、灰色の小さな建物のようなものが見つかった。どう考えても普通の民家ではない。周囲は完全な森だ。

「こういう建物を見なかったか？」

「ううん、見てない。もしかしてこれって……『探偵』の住処《すみか》？」

「どうかな」エノはそっけなく返す。「近くには、小さな農園のようなものまである」

エノが指差した場所は、森が開けていて、整然と緑が並んでいた。無造作に生えている森の様子とは違い、人工的な緑だ。

「何だろう、これ」

「確認しよう」

「確認って……」

「森に行く」

「明日検閲官たちと行くの？　大変だね……気をつけてね？」

「違う、君と行くんだ」

「──僕と？」

「そうだ」

「どうして僕と？」

「云っただろ。この事件は君と解決するんだ」

「いいのかな……そんなこと……検閲官に怒られないかな。さっきだって、僕は君たちの話を聞いてしまったし……疑われてないかな？」

「どうかな。あれでも優秀な検閲官だから、君のこともお見通しかもしれないな」

エノは気がなさそうに云う。

「こ、困るよ」

「気にするな」

「なんか怖いね、あの人たち」

「そういう感情はよくわからないな」

「森に行って、写真の建物を確認するだけだね？　すぐ帰って来られるよね？」

「途中で幽霊にでも遭わなければね」

「幽霊！」

「なにしろ幽霊のいる森だから」

僕が抗議しようとすると、エノはトランクを開けて、中から黒い棒状の物体を取り出し、僕の手に載せた。それはずしりと重く、冷たい感触がした。

懐中電灯だ。しかも強力なビームライト。

「皆が寝静まるのを待ってから行こう」

「本当に行くの？」

「そうだ。しかも君が私に命令するんだ」

「……僕が？」

エノは期待するような目で僕を見る。

「じゃ、じゃあ零時になったらここに集合。僕たちは一緒に森へ調査に行く」僕は渋々云った。

「これでいい？」

エノは肯くと、トランクとステッキを手に、食堂を出て行ってしまった。僕は呆然としながら、しばらく手元の懐中電灯を眺めた。

約束の時刻になるまで僕はベッドに横になって、眠ろうとした。けれど目が冴えて眠るどころか、頭がますます明瞭になっていった。そうすると、壁や天井の軋る音がいつもよりはっきり聞こえて、窓の外の、遠い森から、唸り声のようなものまで耳に届いてくるかのように感じられた。僕はベッドを出るのにも勇気を必要とした。ホテルの人たちや検閲官たちもすでに眠ったようだ。僕は一応何かあった時のために、いろいろと荷物を詰め込んであるランドセル・バッグを背負うと、なるべく音を立てないように部屋を出た。

懐中電灯をつけて暗い廊下を進む。やけに青白い灯だ。誰もいないのを確認して、僕は小走りに食堂へ急いだ。

エノは昼間と変わらない服装で、真っ暗な部屋の中に、ステッキを持って立っていた。

「エノ」

「早いな」

エノは少し意外そうに云った。暗闇の中で目を凝らすようにして腕時計を見る。彼は懐中電灯すら持っていない。

「じっとしていられなくって――」

「早く行こう」

エノは僕の言葉を聞き流して、一人で歩き始めた。

「待って、そんなに急がなくても」

エノの後を追って、ロビーに出る。僕たちは急ぎ足で玄関の扉の前に立った。

はたして僕とエノの二人だけで、森の捜索なんてできるのだろうか。幽霊は怖いけれど、遭難だって怖い。それに、首切り殺人鬼の『探偵』も森には潜んでいるのだ。今度は僕たちがクロエ隊長のようになりかねない。

外へ出ようとした時、エノが唐突に振り返った。

「外に出る前に、一つ云っておかなければならないことがある」

「何？」

「私は」

「うん」

「一人では外に出られない」

「え？」

「開放された空間に出られない」

「どうして？」

「……一人で外に出ようとすると身体が動かなくなる」

僕は冗談かと思った。けれどエノの真顔を見れば冗談ではないことは一目瞭然だ。閉所恐怖症ならぬ開所恐怖症みたいなものだろうか。けれど心がないのに恐怖感を抱くというのも変な話だ。過去に何か嫌なことでもあったのかもしれない。

「じゃあ、どうするの？」

「一人では外に出られないけど、近くに人間がいれば問題ない。だから、クリス、君は常に私の手の届く範囲にいてほしい」

「いいけど……」

僕を深夜の探検に誘ったのには、そんな理由もあるのかもしれない。エノは黒服の検閲官たちを完全には信頼していないようだし、一緒に外に出られる人間がほしかっただけなのだ。それでも、必要とされていることに変わりはない。どんな形であれ、必要とされるのは嬉しい。

「うん、わかった」

僕たちは一緒に外に出た。外では音もなく小雨が降っていた。その雨粒は、温度も重量も感じさせないほど弱く、夜の闇にその姿かたちを見せることすらなく、煉瓦敷きの歩道を静かに濡らしていた。懐中電灯の光を受けて、ほんの一瞬光る雨の、あまりの細さに、僕はそれが糸ではないかと疑った。その雨は、ほとんど気にならない程度だったので、僕らはそのまま進んだ。

「もし僕が、今日は帰ろうって云ったら、エノはどうする？」

僕はすぐ隣を歩いているエノに尋ねた。エノは何処か緊張したような、ぎくしゃくした歩き方で、真っ直ぐ前を向いたまま、口を開いた。

「君がそう云うのなら、従う。私は従順だから。行きたくないのか？」

「ううん、ごめん——やっぱり行こう」

エノは他人の存在を意に介さない一方で、他人に対し服従的だ。黒服の検閲官たちにも反論することはないし、まったくの他人である僕の質問にも逆らわず答える。しかも外を歩く時は誰かに依存しないといけない。検閲官としてはともかく、探偵としての能力に、僕は少し不安を抱いた。本来なら探偵役が僕を引っ張ってくれなきゃ……

夜の町は海底に沈んだ都市のように静かだ。僕たちは街路灯の頼りない灯りを逸れて、暗い方へ暗い方へと進む。エノは相変わらず僕のすぐ隣にいて、ゆっくりとした動作で足を運んでいた。僕たちの間の距離が少し開く度、エノは小走りで慌てて僕に近づく。

道を逸れていくに従い、辺りはいっそう暗くなり、やがて森の輪郭が見えてきた。まだ紅葉には早いため、森は雨に濡れてより黒々としていた。身体に感じることのない微風で、足元の雑草が不吉にざわめいて、僕たちはふいに足を止めた。と、いうよりは僕が立ち止まったために、エノも従って立ち止まった。

「幽霊というのは、本当にいるのかな?」

僕が尋ねると、エノは冷たい表情で、横目で僕を見た。

「いる。少なくとも町の人間が幽霊と呼ぶものはね」

「い、いたら困るよ」

「困る?」エノは首を傾げた。「――いずれにしても、幽霊の存在は、森と町の境界線において、町の人間を困らせるのに成功していたみたいだ。幽霊は防人《さきもり》であり案内人だった。森の中へ人を近づけないための恐怖であり、森の中へ誘い込むための神秘だった。とにかく、ここで雨に打たれていてもどうにもならない。先へ進もう」

エノは森の方を指差した。もちろん僕が動き出すまで彼は立ち止まったままだ。僕はしぶしぶ――おそるおそる歩き出した。小雨に濡れた髪が額にかかる。雨がひどくならないうちに、すべてが終わればいいけれど――

僕たちはとうとう森の中へ入っていった。ここから先は街路灯も届かない陸地の深海だ。ざわめく木々の枝葉は、もはや遠い存在ではなく、僕らのすぐ頭上で、僕らを眺め下ろしている。風も空気も変わった。その一方で雨は気にならなくなった。反響し合う雨音以外は。

「エノ、森の中は平気？」

「傍に木があるだけましだが、十全とは云えない」エノは云う。「それより私は灯りを持っていないから、クリスの傍を離れるわけにはいかない」

僕たちはじめじめする地面をゆっくり歩きながら森の奥へ向かった。

僕は灯りをあちこちに投げかけた。薄気味悪い木々のうろが、僕らを睨む目のように、ところどころに開いていた。もちろん幽霊の姿はない。

「幽霊はいないよね？」

「今はいないだろう」

「帰り道、わからなくならないかな」

僕は不安になって振り返った。もうすでに森の入り口が闇の中だ。

「まさか闇雲に歩くわけじゃない」エノは内ポケットから小さな端末機械を取り出した。「衛星で現在地を特定できる装置だ」

「すごいね……そんなものがあるんだ。検閲官はさすがに高価な機械をたくさん持ってるね」

「こんなものは大したものじゃない」

僕たちは並んで森の中を歩いた。以前のような霧はないが、とにかく暗い。濃い暗闇に溺れそうになる。エノと一緒でなければ、僕はあまりの暗さに正気を失っていたかもしれない。

エノの歩き方はぎこちない。森の中でも、やはり屋外であるため苦手なようだ。彼はステッキを持っているので、普通に歩いているだけならば、いかにも紳士的に見えるかもしれない。けれど何処か警戒したような態度は、紳士というよりは臆病な子供だった。エノはステッキをついて歩くわけではなく、小脇に抱えるようにして持っていた。

「『探偵』は……本当にクロエ隊長なのかな?」

僕は云った。

「クリスはどう思う? 生前のクロエと、死後のクロエを見ているだろう?」

「わからないよ」首なし屍体を思い出すと気分が悪くなる。「頭がないせいで、屍体はまるで別人に見えるし……」

「仮に屍体がクロエでなかったとしても、湖上から『探偵』が消えたのは事実だろう? それについてはどう説明する?」

「うーん……やっぱり自警隊の中に、クロエ隊長の協力者がいるのかな……」

「クロエは死ぬ必要があっただろうか?」

「どういうこと?」

「クロエが犯人であるとすれば、彼はこの世から自分を抹殺したことになる。別人の屍体を用意し、自分の屍体に見せかけ、湖上の舞台演出までやってみせた。そこまでして彼は、自分が死ぬ場面を見せ付ける必要があっただろうか？」

「エノたちの捜査が間近に迫っていたからじゃない？　容疑者になる前に、被害者になったのかもしれないよ」

「うん、動機としては、それ以外ないだろう。むしろ首なし屍体にはふさわしい動機と云える。『首切り』の『ガジェット』を持った人間ならではの殺人といったところか」

「じゃあやっぱりクロエ隊長が……」

「マズとシオマはそう考えたようだ。しかし私はごまかされない。それこそ、検閲官の目を欺くためのトリックなのだ」

「え……？」

「『首切り』の『ガジェット』を持っているから屍体のすり替えを行なった、という推測は、すべて犯人による誤誘導だということだ。実際に犯人は別にいる。そして犯人はクロエを殺害し、頭部を持ち去った。これは、クロエが犯人であるという誤った推理に導くためのトリックだ。どうやら『探偵』は、先回りして、我々捜査側の人間の目を誤った方へ向けるのが、得意らしい。赤い印に用いられた十字架にしてもそうだし、ボートの首なし屍体にしてもそうだ」

「じゃあやっぱり『探偵』はクロエ隊長とは別に……？」

「うん」

僕たちは森を進む。エノは時折立ち止まり、衛星端末で位置を確認した。

「エノは……どうして検閲官になったの？」

「なりたくてなったわけじゃない。気づいた時には検閲官だった」

「そういうものなの？」

「私たちのような検閲官はね」エノは顔を上げて、こちらを向いた。「幼い頃から、『ガジェット』専門の検閲官として育てられてきた。私の頭の中には、ほとんど『ミステリ』に関する情報しかない」

「そうなんだ……」

「クリスは？」

「え？」

「どうしてこの国に来た？」

「うん……」さすがに検閲官にすべてを話すわけにはいかない、でも……「英国で僕の住んでいた土地が沈んで……行き場がなくなったから、旅に出ることにしたんだ。ここは両親に馴染みが深い国だったから……」

『『ミステリ』については英国で知ったのか？」

「父が……よく話してくれた」

「君は『ミステリ』に何を期待しているんだ？」

「期待……？」

期待か。そうか、僕は『ミステリ』に何かを期待しているのかもしれない。けれど一体何を期待しているのだろう。『ミステリ』はただの殺人物語だ。この世から排除されて然《しか》るべき物語だ。暴力、犯罪、流血、殺人……僕はどうして『ミステリ』に憧れに似た感情を抱いているのだろう。僕は何のために『ミステリ』を追い求めているのだろう。もはや失われたはずの『ミステリ』を……

「私は『ミステリ』に関わる様々な人間を見てきた」エノは僕に背を向けて歩き出す。「みんな、ろくな死に方をしなかった。『ミステリ』と無関係な世界で生きていれば、無残な殺され方をせずに済んだ人間もいただろう。その世界を知るということは、君もまたその世界に知られるということでもある」

「うん」

「あまり深入りしないことだ」

「……もう遅いよ」

「……そうだな」エノは立ち止まって振り返る。「行こう」

それから三十分ほども、僕たちは森の中を歩き続けた。足場は最悪で、何度も転びそうになりながら、僕たちは見えない何かを求めて歩いた。

突然視界が開けて、僕らは立ち止まった。

そこは木々が切り拓《ひら》かれ、広場のようになっていた。まるで森の奥に隠された聖域のように、ひっそりと、その静寂の広場は僕たちを迎えた。これが衛星写真から見えた農園のような場所だろう。雨が少し強くなっていた。僕は息を呑んで、聖域へと足を踏み入れた。闇夜から、あるいは天上から、それとも僕の心の中からか、入るな、という声が聞こえてくるようだった。

それでも、僕は足を止めなかった。エノも僕についてくる。開けた場所なので、エノは一人では動けないようだ。

四角く区切られた畑のような土地があり、そこには見慣れない幼木が植えられていた。懐中電灯で照らして、その木を観察する。

「野菜を作ってるわけではなさそうだね」僕は云った。「まさか、大麻？」

「違う」エノは僕の隣でしゃがみ込んで、地面の葉に触れた。「大麻はこんなふうに木にはならない」

「見たところただの木だけど……」

「そう、ただの木だ。普通、何処の山にも自生している。これはコウゾという木で、こっちはミツマタだ」

毒物や麻薬の原料を作っているわけではないようだ。けれど、どうしてこんなところで栽培しているのだろう。木の実を食料にでもしているのだろうか。

「クリス」

エノが僕に呼びかけ、広場の奥を指差した。

そこにはトタン屋根の小さな小屋があった。小屋というには少し大きすぎるかもしれないけれど、家と呼ぶには外観が雑すぎる。煙突のようなものも立っていて、どちらかといえば工場という言葉が似合いそうだった。次第に強くなっていく雨に、トタン屋根がバタバタと音を立てている。

「あれが……」

「写真にあったのと同じだな」

「消える小屋というのは、あれのこと？」

「いや、それとはまた別だ」エノは一歩踏み出す。「行ってみよう」

僕たちの冒険がいよいよ佳境に入ろうとしている。それは、黙りこくったエノの様子や、大袈裟な雨音、そして僕の胸の激しい鼓動を聞けば、当然のように肌で感じられることだった。

エノはこの町に来た時から、あの陰気な場所を目指していたのだろう。その場所へ僕たちは今、たどり着いたのだ。僕とエノは一緒にトタン屋根の建物に近づいていった。

入り口には、扉の代わりなのか、ベニヤ板が立て置かれていた。僕はそこへ灯りを向けた。特に何もない。僕とエノはとうとう入り口の前に立ち、ベニヤ板を二人で持ち上げて、横にずらした。

その瞬間、異様な臭気が僕たちを包んだ。生理的嫌悪をもたらすような、明らかに尋常ではない臭い——もう嫌だ。僕はエノがいなければ、確実にその場を逃げ出していただろう。けれどエノの傍を離れるわけにはいかなかった。

僕は震える手で、建物の中に灯りを射《さ》し入れた。

ああ……

僕の脳細胞が一斉にそれを拒否する。

それは見てはいけないものだった。

壁から壁へ伝わる一本の鉄棒。そこに、まるで洗濯物でもかけるみたいに、無造作にかけ並べられた、肌色のそれ……

そして二つ並んだ巨大なズンドウに入れられている、赤黒い細切れの物体……

露出して見える白い何か……

ここは聖域などではなく、地獄だった。

エノが一人で建物の中に入っていく。

「エノ」僕はすぐにエノを追う。「これは……」

「無数の被害者たちだな」

彼はいつもと変わらない平然とした口調で云った。

「こんなの異常だよ！」

人間がバラバラにされて、

鍋の中に入れられて、

皮はがされて、

鉄棒にかけられて……

さしずめ殺人工場だ。見たこともない木製の水槽や、機織機《はたおり》のようなものが置かれていて、ぼろぼろの布が隅で丸まっている。血を拭いたためか、赤黒く染まっている。中央には大きなテーブルがあり、そこで遺体が解体されたのを示すかのように、表面が黒く変色していた。ズンドウで煮られる寸前だった細切れの遺体は、何かの液体と一緒にされて、この世でもっとも不浄な食べ物のように料理されていた。そして、鉄棒にかけられた人間の皮。そんなものを見るのは初めてだけれど、それが人間のものであるというのは、形を見てわかった。これが、これこそが、『ミステリ』の殺人鬼の所業だ。僕は甘かった。本当の犯罪は、こういうものなのだ。ああ――僕にはとても理解できない。

雨が強まったり弱まったり、波のように屋根を叩く。屋根から零れ落ちる雫が、水たまりで威勢良く跳ねている。僕は戸口に立ったまま、その飛沫が足元にかかるのも気にせず、信じ難い惨状を眺め続けた。犯人が終末予言のモチーフを用いたのなら、この光景こそ終末だ。予言の自己成就――そんな言葉が頭の中をよぎる。

結局『探偵』はただの狂人だったのではないか。論理も推理も寄せつけない純粋な殺人鬼だったのではないだろうか。

「エノ、もう……もう戻ろうよ」

僕は云った。エノは屋内のかなり奥まで侵入していて、壁際に並んだロッカーを開けようとしているところだった。

僕の声に、エノは振り返った。彼は他人の言葉に逆らわない。肯くと、素直に僕のところへ戻ってくる。

その時、風もないのに、ロッカーの戸が、静かに、開いていく――

中で黒い大きな影が蠢《うごめ》く。

影それ自体が、意思を持った生き物みたいに動く。

やがて影は輪郭を持ち、即座に実体となって、姿を見せる。

真っ黒な装束に、黒い仮面。

『探偵』

『探偵』がそこに潜んでいたのだ。

エノは背を向けているので気づいていない。

「エノ！」

僕が声を上げるのと同時に、黒い影が太い腕を振り上げた。手には大きな手斧が握られている。紛れもなくそれはエノの頭を割るために振り上げられたものだった。

振り下ろされるまで一秒もかからない。

たった一秒。

一秒の死。

僕は驚きのあまり、手に持っていた懐中電灯を気づかぬ間に地面に落としていた。

エノが殺される！

一瞬だった。目測で捉えることもできないくらいの、ほんのわずかな時間の中で、エノは光の中をくるりと舞って、ステッキを大きく払った。

次の瞬間には、黒い影が派手な音を立てて、その場に転倒した。

僕は急いで懐中電灯を拾い上げ、引っ繰り返っている黒い影に光を当てた。

光芒《こうぼう》の中に映し出された黒い仮面。

ぽっかりと空いた二つの眼窩《がんか》……そこに血走った目があった。

明らかな殺意を持って、二つの目が、エノに向けられた。『探偵』は手斧を持ったまま、再び立ち上がった。戦意は失われていないどころか、ますます燃え上がったようだった。いまや鬼の目で、エノを見据えている。『探偵』の巨大な体軀《たいく》は、荒い呼吸のために全身が震えているように見えた。

それに対しエノは、波のさざめき一つない澄みきった泉のように、一切の乱れもなく、落ち着いて構えていた。エノはステッキを軽く振るうと、細身の身体をゆっくりと後ろに下げた。そして胸ポケットから銀縁の眼鏡をそっと抜いて、片手でかける。眼鏡をかけている姿を見せるのは、初めてだ。

手斧を持った『探偵』と、エノの距離は、ほんの数メートル。

エノは云った。

「クリス、光を常に相手に」

光——僕の懐中電灯のことだ。

その時、『探偵』は手斧を振り回して、エノに襲い掛かった。僕は震える手で光を操り、『探偵』の狂気じみた動きを追った。

エノはステッキを振り上げると、そのまま相手の手斧に絡めた。次の瞬間には、ステッキが不思議な動き方をして、手斧が絡め取られ、『探偵』の手から奪い取られた。手斧は宙を舞って壁に当たり、床に落ちて突き刺さった。

手斧を奪われた『探偵』は呆然としていた。そこへさらにエノが一歩だけ近づいて、必要最低限の動作だけでステッキを振るい、『探偵』の足を絡めるようにして払った。『探偵』は再びその場に転倒する。『探偵』は身体を激しく床に打ちつけた。エノはもう一歩近づく。そしてステッキの先を『探偵』の腕に絡めて、捻《ひね》るようにして背後に回し、固定した。関節を捻《ね》じ曲げられた『探偵』は呻き声を上げ、その場に組み伏せられた。

「私を殺せると思ったか？」エノは息一つ乱れのない声で云った。「私の中に刻まれている三千の犯人の行動パターンに、お前も例外ではない」

「エノ！　大丈夫？」

「私は平気だ。それよりそこにあるロープを取ってくれ」

エノは机の上を指差す。細切れの肉片に交じって、細いロープがあった。僕はなるべく顔を背けながら、ロープを取った。それを持ってエノのところへ近づく。

エノにロープを手渡そうとした瞬間、僕の足ががっちりと掴まれた。

見ると、『探偵』の手が僕の足を鷲づかみにしていた。

「ぎゃ」

そのまま足をぐいっと引っ張られ、僕は転倒していた。

「クリス！」

エノがひるんだ瞬間、『探偵』は狂った狼のような声を上げて立ち上がった。エノは吹っ飛ばされるようにして床に転んだ。

「逃げろ、クリス！」

エノの声に引っ張り上げられるように、僕は立ち上がり、『探偵』とエノを交互に見た。『探偵』は標的をエノから僕に変えていた。僕は震える足をどうにか後ろに運んだ。そして走り出した。すぐに足音が追いかけてくる。体格も足の長さも、どう考えても僕の方が劣っていた。

僕は外へ飛び出した。雨が僕の顔を叩いてくる。耳鳴りに雨音が混じって、最悪の音楽となった。そこに付け加えられる、僕のたどたどしい足音と、『探偵』の狂想的な追跡音。

もう追いつかれる。

そう思った瞬間、僕は背中を突き飛ばされていた。

派手に地面に身体を打つ。雑草の中に倒れ、僕はたちまちびしょ濡れになった。

どうにか身体を起こし、振り返ると、そこに『探偵』が立っていた。

表情はない。

ただ真っ暗な闇があるだけ……

『探偵』が動いた。

殺される。

目を閉じて僕は神に祈った。

しかし死は訪れなかった。『探偵』が僕の横を走り抜けていく音が聞こえた。目を開けて、音のする方を見ると、森へ消えていく黒い影があった。

「クリス、クリス」

エノが小屋の戸口に立って僕を呼んでいる。戸口から僕が倒れているところまでの距離は、ほんの数歩分しかなかった。ものすごく遠くまで逃げたような気がするのに、たったこれだけの距離しかなかったなんて。

エノは戸口から出られない。僕は立ち上がって、濡れた服を払いながら、エノのところへ戻った。

「無事か？」

「うん……」

自分でも助かったことが信じられない。

「犯人は子供を殺さない。検閲官は例外のようだが」

「でも……悪い子供は首を切られて……」

「切られなかったということは、悪い子ではなかったということだな」

「そんなはずないよ……」

真っ先に首を切られたっておかしくないのに。僕は誰も助けられない。エノを危険な目に遭わせてしまった。

「エノの方は、大丈夫？」

「問題ない」

エノは眼鏡を外して胸ポケットに戻した。

「エノ、さっきのすごかったね。あれって、ホームズ流の剣術？」

「さあ？」エノは首を傾げる。「相手の行動に身体が反応しているだけだから」

「でもやっぱり本物の探偵は逮捕術にも長《た》けているんだね！」

「私は探偵ではなく検閲官だ」

エノは訝しそうに僕を見つめる。どうして興奮しているのかわからない、といった様子だった。

そうだ、興奮している場合じゃなかった。

「『探偵』を逃がしてしまったね」

「まさかここにいるとは思わなかった」

エノは呟きながら、右腕を気にかけるようにして持ち上げた。手首の表側が切れて流血していた。真っ赤な傷口から、血が溢れて流れ落ちていく。

「怪我してる！」

「最初の一振りが掠ったんだ」

「ああ、どうしよう、痛い？　ねえ、大丈夫？　腕をそうやって上げたままにしていて」僕はバッグを下ろして中からガーゼと包帯を取り出す。「応急処置してあげるから。鎮痛剤もあるよ？　痛くない？」

「手当てが必要なほどじゃない」

「でも血が一杯出てるよ」

僕はエノの細い手首を持ち上げて、ガーゼを当てて、そのまましばらく傷口を押さえた。血が止まってきたところで、包帯を巻く。

「動かないで、もう終わるから」

「予想外だった。確認しておいたのに。先回りされたようだ」

「え？」

エノが云っていることがよくわからなかったけれど、僕はとりあえず処置に専念する。

エノは包帯のおさまりを確かめるように、手首を回した。

「もう何が何だかわからないよ。こんな残酷なこと……」僕は呟いた。「この不気味な小屋は何なの？」

『『探偵』の希望の庭だ。私には、絶望の庭にしか見えないけれどね」

エノはロッカーの中に置かれていた手提げ金庫を手に取った。数字錠がぶらさげられていて、開きそうにない。

「それは？」

『『探偵』の大切なもの」

エノはそう云うと、再び胸ポケットから眼鏡を抜いて、顔にかけた。

「四桁の数字錠……番号はわかるの？」

「番号は必要ない」

エノは立ち上がると、ステッキを手に取った。手提げ金庫を床に置き、僕にその場から離れるようにと片手を振る。僕はエノの後ろに回った。

エノはステッキの柄《え》をくるくると回し始めた。すると柄がすっぽりと抜け、ステッキは二つに分割された。エノの右手に残された柄は、ちょうど銃のような形をしていた。

「わ、仕込杖だ」

「離れた方がいい、クリス」

柄の方を持って、エノは手提げ金庫に近寄る。

「銃？」

「この国では書物と同様に、銃の所持も禁止されているんだよ、クリス。検閲官にも、所持は許可されていない」

「じゃあそれは？」

「バーナー」

分割された柄の先端から、青白い炎が放出された。それはまるで実体のないナイフのように見えた。炎の刃が、数字錠の金具部分に当てられると、すさまじい火花が散った。僕は思わずエノの背後に隠れた。

まもなく数字錠は焼き切られた。ごとりと音を立ててダイヤル部分が床に落ちる。

エノは手提げ金庫を開けた。

中には中身を保護するためのものと思われる細かい木屑が一杯に詰め込まれていた。それを掻き分けて、内部を探る。するとエノは、中から美しい装飾ナイフを取り出した。刃は十二センチ程度で、かなり肉厚で研磨《けんま》はされておらず、表面のエングレーブからみても、本来のナイフとしての性能は備えてなさそうだった。

「それは……？」

「『ガジェット』だよ」

「え！　それが？」

「刃の付け根に赤い宝石みたいなものがついているだろう？　これが『ガジェット』本体。『ガジェット』だけをここから抜き取ることはできない。小道具に付随している『ガジェット』を抜き取ると、たちまち透明度が失われて、中身が読めなくなるんだ」

エノは宝石を覗き込んだ。

「間違いない。『首切り』だ」

僕たちは宿に戻ると、僕の部屋に移動した。僕はバスルームからタオルを持ってきて、エノに渡した。二人とも雨でひどく濡れていた。僕は少しくらい雨に濡れていても気にならないけれど、エノは外に出るのが怖いというくらいなので、濡れそぼる経験もあまりないだろう。彼は濡れた上着を無造作に床に投げ出して、白いシャツ姿になると、頭からタオルを被って髪を拭った。そうしてベッドの上に座り、頭に被ったタオルの隙間から覗き込むように、目の前に掲げた『ガジェット』を見つめていた。

「どうして昔の人たちは、『ガジェット』なんて作ったんだろう？」

僕が疑問を口にすると、エノはこちらをゆっくりと向いた。

「残すことに意味があるからだろう」

「残す？」

「不思議と、人は失われていくものに価値を見出すものだ。時に美しいと感じたりもする。一部の人間にとって、『ミステリ』の洗練された技術というのは、残さなければならないものだったのだろう。その感情については、私にはわからない。しかしわかる人間が今の世にはたしてどれだけいるのかな。この赤い宝石も、『ミステリ』の愛好家にとってさえ、もはや見映えがいいだけの単なる形骸《けいがい》にしか見えないかもしれない」

「でも……『探偵』は森の奥の小屋で、あんなひどいことをしていたんだよ？　きっと『ガジェット』なんかに囚われて、頭がおかしくなってしまったんだ。きっとそれだけの力を持ったものなんだよ。暴力や殺人の結晶なんだ。そんなものを覗き込んだりするから……」

「『ガジェット』に人の心は変えられない。それはやり方を教えてくれるだけだ」

「『ガジェット』なんて……『ミステリ』なんて、この世にあっちゃいけないものなのかな……」

そんなものがなければ、誰も傷つかず、誰も死なずにすんだはずだ。『ミステリ』の欠片《かけら》である『ガジェット』には、あらゆる殺人の方法が書き込まれている。だからこそ検閲官たちはそれを排除する。それはとても正しいことのように思える。『ガジェット』を残そうとすることが、一体何のためになるのだろう。

『ミステリ』を探し求めるということは、前時代の墓場から血と狂気と犯罪を掘り返すことになりかねない。僕は今まで、そんなことをしていたのだ。

僕はただ、懐かしい面影に引き寄せられるように、『ミステリ』を探してきただけだ。それは旅の目的だった。英国ですべてを失ったから、僕には何か目的が必要だった。生きるための理由が必要だった。『ミステリ』のことなんて、本当は何も知らないのに、それを探し求めることが、何か重要なことだと思っていた。

僕は大きな勘違いをしていたのだろうか。

僕は何のためにここまで来たのだろう。

僕は何のために『ミステリ』を探して来たのだろう。

「覗いてみたいか?」エノは『ガジェット』をこちらに差し出す。「許可しよう」

「……やめとくよ」

「君の考えているような害はない」

「僕なんかが見てもいいものなの?」

「私が構わないと云っているんだ」

エノは装飾ナイフをぞんざいに放って寄越した。僕は慌ててそれを受け止める。

案外重量感があり、氷のように冷たかった。触れるだけで壊れてしまわないか心配になる。

「こんな小さなものに、たくさんの情報が入れられてるんだね」

刃と柄を隔てる金属部分に赤色の宝石がはめ込まれている。それはおそらく純粋な宝石ではないのだろう。硝子によく似た物質だ。

覗き込むと、中に無数の細かい文字が見えた。縦、横、斜め、奥、手前、上下左右、とにかく硝子の中一杯に文字がある。混じりけのない透明な空間に、まるで文字が雪のように降っている印象だ。けれど、それら文字の一つ一つを拾い集めてみても、何を意味しているのか、即座にはわからなかった。僕が文字を読む能力に疎《うと》いということもあるだろう。何度か宝石を傾けて覗いていると、やっと単語を幾つか拾い読むことができる。ちょっと角度を変えるだけで、見えてくる文字が全然異なるようだ。

「これが『ガジェット』なんだね」

僕はため息混じりに云った。

「自分の目で覗き込むまでは、『ガジェット』であるかどうかは判別できない。覗き込んでも、文言《もんごん》が一致しなければそれは偽物だ。もちろん偽物も重要な削除対象だが」

「削除——これ、燃やしちゃうの？」

「当然だ」

もったいない……

それは口には出さずに心の中で呟いた。僕はエノに装飾ナイフを返す。

「それにしても、この町で起きている事件は一体何だったの？」

「単純な渇望《かつぼう》が招いた事件だ」

エノは時々髪を拭いながら、『ガジェット』を片手でもてあそんだ。

窓の外では雨が降り続いている。

「人が犯罪を起こす原因は大きく分けると二種類しかない。不足か過剰か、だ。足りないものはどうにかして補うしかないし、過剰な場合は手に負えなくなって破綻《はたん》する。今回の事件では、常に不足が原因だった。この国で不足し、この町で不足し、そして犯人に不足したもの。それを考えれば真相に近づくことができる」

「足りないもの？　あまりに足りないものだらけで見当がつかないよ」

僕は考えるのを諦めて首を振った。

「自分で考えてみなよ」

エノは侮蔑《ぶべつ》とも提案ともとり難い口調でそっけなく云うと、軽く目を閉じた。それからしばらく濡れた髪を乾かしていた。僕は彼の、何とも表現しづらい、そっけないくせに何処か人懐っこい感じのする澄ました態度を、何も考えずにぼんやりと観察していた。

「考えたか？」

「あ、えっと……ううん」

「やはり説明が必要だな」エノはベッドに座ったまま、壁に寄りかかった。「この事件の本質は、たった一つのものに集約されるんだ。それにさえ気づけば、ほとんどの謎が明快に解けていく。手っ取り早く、その重要なものへたどり着くには、やはり『探偵』が四年も前から執着的に繰り返してきた赤い印の謎を解くのが一番だ」

「町に赤い印をつけて回ることに、本当に意味があったの？」

「あるとも」

「みんなが一生懸命考えてわからないのに、エノにはわかるの？」

「もちろん」

「そういえば、赤い印は、結局盗みをごまかすためのものだ、っていうようなことを前にエノが云っていたね」

「それだけ覚えていれば、充分じゃないか」

「でも盗まれたものはないって、検閲官の二人も念を押していたし……彼らが云っていたように、盗まれた側も気づかないような細かいものが盗まれたのだったら、僕にわかるわけがないよ」

「盗まれたことに気づかない――それはなかなかいい方向性だ、クリス」

「うーん……」

「赤い印を描くという行為そのものを忘れてはならない。『探偵』はこれをすることで、目的のものを盗んでいた。では赤い印を描く意味は何だと思う？」

「わからないよ」

「では別の方向から考えよう。『探偵』は何を求めていたと思う？」

「……何だろう？」

「『探偵』に不足していたものだよ」

「んん……」

「君は何もわからないんだな」エノは呆れるというより驚きに近い声で云った。「書物が存在しないということは、つまりどういうことだと思う？」

「『ミステリ』が存在しない？」

「そう、その通りではある。だがそれは本質ではない。君は特に、そちらが本質だと思い込んでいる」

「違うの……？」

「不足、それについて考えてみることだな。それがまた、首なし殺人にも繋がっている」

エノはそう云うと、一度伸びをしてから、ベッドの上を移動して、部屋の角にうずくまった。

そうしてエノは口を閉ざし、急に動かなくなった。雨は次第に弱まり、雨だれの音も、長い時間をかけて溶暗していく。僕はエノとは反対側の壁に背中を預けて、床に座り込んだ。

「クリス——」

「どうしたの？」

「ここで寝ていいか」

エノは『ガジェット』を膝の上に置くと、両目を擦った。

「いいけど、風邪ひかない？」

「平気だ」

「『探偵』はどうするの？　放っておくの？」

「続きは……明日だ……」

エノはいつの間にか眠っていた。よほど疲れていたのだろうか。安らかな寝息を立てて、丸まって眠っている。機械の心でも眠る必要があるみたいだ。僕には、彼自身が云うほど、機械のようには見えないのだけれど。

僕は『探偵』のことが気がかりだった。『探偵』は一度、僕の部屋の外に現れている。つまり『探偵』は僕がここにいることを知っているのだ。もしかしたら『探偵』は僕たちを追って再びここに現れるかもしれない。今度は黙って去ってくれるとは思えない。

もし今『探偵』が襲ってきたら、無防備なエノを守れるのは僕しかいない。

僕は床に座ったまま、じっと周囲の音に耳を傾け、神経を研ぎ澄ました。戸締りは完璧だ。それでも、『探偵』は窓硝子を割って押し入ってくるかもしれない。その時は僕が身を投げ出してエノを守るんだ。

ゆっくりと夜が明けていく。まぶたが重くなるたび、僕は眠っているエノの横顔を見つめた。僕が守らなきゃ。僕がエノを守らなきゃ。

僕が……


気づいた時には、部屋が明るかった。

僕は飛び起きて、部屋を見回した。エノがいなくなっていた。部屋の隅で眠っていたはずだけれど、姿がない。かろうじて、誰かがそこにいたであろう痕跡は残されている。シーツが乱れ、タオルが床に放り出されていた。けれどエノは何処にもいない。

おそるおそる窓に近づいてカーテンを開けてみる。変わった様子はない。窓の外では、灰色の重たい雲が強い風に流されて千切れ、その背景に、ごく薄い青色の空を覗かせていた。雨はやみ、代わりに柔らかい陽射しが帯となって地上に降っている。

「エノ……何処……？」

エノがいない。

僕はおかしな夢でも見ていたのだろうか。

まだはっきりとしない頭で今までのことを思い出す。僕とエノは、森の中で『探偵』を追い詰め、逃がしたのだ。あの奇怪な小屋での出来事。夢ではない。だとすると、エノは一体何処へ……

ロビーの方から声がする。僕は誘い出されるように、ロビーへ向かった。

ロビーにはたくさんの人が集まっていた。いつもは閑散としている空間が嘘のように密度を濃くしている。ほとんど僕の知っている顔ぶれだ。どうやら『探偵』の事件に関わりのある人たちが集まっているようだ。

僕がロビーに入ると、彼らは一瞬会話を止めてこちらを向いたが、すぐに興味を失ったようにお互いの会話に戻っていった。

「やあクリス」

キリイ先生だ。キリイ先生は窓辺に寄りかかるようにして一人で立っていた。足元にはバイオリンケースが置かれている。相変わらず額にうっすらと汗をかいており、顔色が青ざめていて、声も掠れていた。見ていて痛々しいほどなのに、表情は暗くない。夜の暗さを好むキリイ先生にとっては、早朝の溢れるような光が、身体を弱らせる毒のようなものなのかもしれない。

「クリス、おはよう」

ユーリもいる。カウンターの脇で、車椅子に座っている。ひざ掛けがしっかりとかけられていて、厚手のセーターを着ていた。キリイ先生とは対照的に、具合は悪くなさそうだった。

他にロビーにいるのは、アサキさんとナギノさん、自警隊の現隊長であるカナメさんと、他に数名の自警隊員。また、一昨日の夜に、女の幽霊を目撃したと騒いでいた男の人もいる。その他に数人だけ、見覚えのない男の人たちも紛れている。

黒スーツの検閲官たちもいる。彼らは不遜《ふそん》な態度でロビーの中央に陣取っている。白髪のマズの方は、政府の役人であるという威厳を示すかのように、格式ばった直立不動の状態で、ロビーに集まった人々と対峙《たいじ》していた。一方サングラスのシオマは腕を後ろに組み、うろうろと狭い範囲を歩き回っている。長い足がコンパスのように、回っては返す軌道を描く。

二人の検閲官の間に挟まれるようにして、美しい深緑色をした制服の少年が立っていた。

エノだ。

よかった、彼は無事だった。僕はエノのところへ走っていきたい衝動に駆られた。けれど僕の理性と、今の状況がそうさせなかった。黒服の検閲官たちのいる前で怪しまれるような行動をとるわけにはいかない。エノにも迷惑がかかってしまう。

エノはやはりステッキを片手に持っていた。彼はそれを床につくのではなく、手に持った方の脇に挟んでいる。それが彼の持ち方だ。例のトランクはというと、口を開けて足元に転がっていた。中身はすでに方々に散らかされている。エノがいつものように、何かを取り出そうとして中身をあちこちへ放り出したのだろう。壮絶な散らかりようだ。

僕はとりあえずキリイ先生の傍に向かった。

「先生、これは一体どういうことですか?」

耳打ちする。

「私もわけもわからずに検閲官に呼び出されて、朝も早くからこうして集まっているんだ。今のところ、あの少年がトランクの中身を散らかしただけで、話は進んでいない。しかしどうやら、いよいよ検閲官たちによる事件の幕引きが行なわれるようだよ」

「幕引き――」

そうか、エノだ。

エノがいよいよ、この町で起きた事件を終わらせるつもりなのだ。

その時、僕の存在に初めて気づいたのか、シオマがサングラスを押し上げながら僕の方を向いた。

「おや、英国少年が来ましたね」

すべてを知り得ているぞ、とでも云うような笑みをシオマが浮かべる。

僕はキリイ先生の背後に隠れるようにして、視線から逃れた。

「エノ様、どうぞ続けてください」

マズが厳かに云う。

エノは小さく肯いた。

「さて、これより――」エノは一歩だけ前に踏み出す。「この町で発生した幾多の事件について検《あらた》め、『探偵』を名乗る犯人を我々の庇護する歴史より削除する」

聴衆がざわざわと騒ぎ始めた。

エノは無表情でゆっくりと周囲を見回す。そして一度だけくるりとステッキを回した。

ロビーが静まるのを待つ。

「『探偵』はこの中にいる」

エノは宣言した。

「『探偵』が……この中に？」

誰かが云う。お互いに顔を見合わせ、無言で何かを確認し合う。彼らの視線が、ほとんど僕とキリイ先生に集中しているのは、気のせいだろうか。

「説明しよう」エノはそう云って数秒目を閉じてから、続けた。「『探偵』がこの町に姿を現し始めたのは約四年前。その頃、時を同じくして、町の家々に赤い十字架のような印が描かれるという事件が始まる。その印を描き残していく人物こそが『探偵』であると噂され、事実黒い装束に黒い仮面をつけた『探偵』と呼ばれる人物が、家屋に印を描いているところを町の人間によって目撃されている。以来、『探偵』は家々に赤い印を描き続けてきた。その目的を理解する者は誰もいなかった。『探偵』が残していく謎の印は、不気味ではあるが、それ以外に実害もなく、町の人間たちは次第に不干渉の態度をとるようになっていった」

ロビーに集まった人々はエノの声に耳を傾けている。

エノの声は夜の空気みたいに冷たかった。

「『探偵』の行為を妨《さまた》げるものは何もなかった。こうして『探偵』は四年にも亙り精力的に家宅侵入を繰り返し、六十軒以上の家に赤い印を残していった。これは確かに狂人的な、あるいは狂信的な想像を掻き立てられるかもしれないが、実際はもっと深い計略に満ちた行為だった。正確に云えば、『探偵』はその行為によって確実にあるものを盗むことに成功していた。しかし、町の人間は、誰も盗まれたことに気づいていない。盗まれた本人たちでさえ、何も盗まれていないと主張する。この奇妙な齟齬《そご》は何故生じたのか。それを突き詰めていけば、一連の事件の中心に存在するあるものの正体が見えてくる」

盗まれているのに、誰もそのことに気づかない——それこそ、最大の謎だろう。やはり住人も気づかないようなごく小さなものが、盗まれ続けたということだろうか。

「盗まれたものはありません」カナメさんが発言する。「失礼ながら云わせていただきます。自警隊も何度か調査しましたが、赤い印の描かれた家からなくなっているものは何一つありませんでした」

「意見は認める」エノは首だけをわずかにカナメさんの方に向けた。「盗まれているのに、盗まれていないと住人は云う。調べてみると、実際になくなったものはない」

「そんな状況があり得るのでしょうか」

「やはりボクが云った通りなわけですね」シオマが得意そうに口を挟んだ。「ヘアピンとか、小銭だとか——『探偵』ってやつはそんなくだらないものを集めるために、四年も赤い印をつけるという行為を続けてきた異常者なんですよ。まるで巣づくりするリスやカワウソみたいにね」

「いや。仮に『探偵』がヘアピンに異常な執着を持ち、収集していたとしても、赤い印の謎が残る。住人も盗まれたことに気づかないものならば、わざわざ盗んだことを知らしめるような行為はしない」

「あ、そうですね」

エノの反論にシオマはあっさりと納得する。

「赤い印をつけるという行為に何の意味があったのか——根本的なところから考えていくしかない」

「やはり『探偵』の存在を町の人間に広めるというか……」

カナメさんが云う。

「違う」エノは即座に否定した。「印はもっと実際的な意味を持つ」

「実際的な意味……ですか？」

「余計なことを考える必要はない。赤い印はただの落書きだと思えばいい。家の扉と、室内の壁に、ペンキで悪戯描きされた場合、大抵の住人は決まった行動に出る」

「え……何でしょうか」

カナメさんは首を傾げる。

「削除だ」

「ああ、印を消そうとするわけですね」

カナメが大きく肯きながら云った。

「この時、印を描かれた住民たちの行動は二つに分かれる。不気味だといってそのまま家を空けるか、印を消してそこにそのまま住み続けるか。印には赤いペンキが用いられており、なかなか消しづらい。これを完全に消すためには、扉の場合は色を上塗りしなければならないだろうし、壁の場合は壁紙を全部はがしてしまうしかないだろう。ペンキを消して家に住み続けている人間は少なくない」

「もしかして――」

僕は誰にも聞こえない声で呟いていた。

次第に、頭の中の霧が晴れていく。

エノが推理した通り、赤い印そのものには何の意味もない。

ではどうして赤い印を残すのか。

印を描かれた後の、人間の行動に意味があるのだ。

「印を描かれた家屋には、たった一つだけ共通点があった。それは、ここに置いた衛星写真を見ればわかるように……」エノは床に散らかした雑多なものの中から衛星写真のパネルを探して、周囲をうろうろと歩き始めた。「見ればわかるように……」

「エノ様、こちらです」

マズが自分の足元辺りを指差す。そこに衛星写真のパネルがあった。

「……見ればわかるように、印をつけられた家が数箇所に群をなしている。ここには古くから家が建てられていて、新興のコンクリート・キューブ状の町並みとは違った印象が見受けられる。両者の差を考えれば、答えは難しくない。『探偵』が異常なまでに執着していたものが見えてくる」

「見えてきません」

カナメさんが力なく首を振って云った。

「この閉鎖的な町で生まれ育ったというのなら、仕方ないことかもしれない。それをそれとして認識することも、もしかしたらできないのかもしれない。しかし、君たちはそれを確実に見たはずだ。あるいは触れただろう。それなのに君たちにはそれが見えなかった。触れていても、まったくその指先に意識を向けたことはなかった」

不足。

書物がない世界の不足。

ああ……それは。

「教えてください。『探偵』の目的は何だったのです？」

カナメさんが焦れたように尋ねた。

「いいだろう。結論を急ごう」エノは僕たちにくるりと背を向け、歩いて元の場所に戻った。「私がずっと問題にしていたのは、室内の印についてだった。扉だけにしておけばいいのに、わざわざ侵入して室内に印を残しているのは何故か。これは目撃されるリスクが大きいだけに、犯人にとって重大な意味があったと考えられる。さて、話を戻そう。室内の印をどうにか消すために、壁紙を全部はがすとして、その後、はがした壁紙をどうするのが正しいのか」

「もう使えないから捨てるしか……」

カナメさんが云う。

「そうだ。町の人間たちもそうした」

壁紙を捨てる。

そして――

「『探偵』は捨てられた壁紙を、回収車が来る前に拾う」

「……え?」

「『探偵』は壁紙を盗み出していたのだ」

「どうして壁紙なんか……」

「壁紙は代理品だ。『探偵』が欲していたものの代わりとしては、身近で手に入るもっとも理想的なものだった。つまり『探偵』が欲していたのは――」

焚書によって時代が大きく変わり、この世から徐々に駆逐されていったもの……

この国に、この町に、『探偵』に不足していたもの……

「紙だ」

「紙は紀元前から世界中に存在したと云われる柔らかくて薄い繊維質の物体だ。この町で生まれ育った人間には、馴染みのない者もいるだろう。それは四千年前にはすでに存在していた。

古代エジプトではパピルスと呼ばれる紙が存在し、また小アジアでは紀元前一五〇〇年頃には羊皮紙と呼ばれる紙が存在した。中国で布の繊維から紙が作られたのは紀元前二世紀頃で、私たちの知る植物の繊維から作る紙の原形はすでに完成していた。それから第二次世界大戦が終わり焚書の時代が始まるまでの間、紙は様々なものに用いられた。人々の指先に、その白くつややかな紙が、当然のように触れられる時代があった。そして紙は主に芸術やメディアに利用され、あるいは建築の一部に利用され——何より書物に利用された」

紙が周囲に溢れていた時代を、僕は想像できない。

きっと当たり前のものとして紙が存在したはずだ。けれどメディアとして紙が利用される時代は、焚書によって終焉を迎えた。それでも紙の製造そのものが終わったわけではない。現在も何処かで製造されているというけれど、もちろん何処で、誰のために作られているのかはわからない。主に法執行者向けだろう。

「現在紙の生産力は衰えている。流通の途絶えがちな土地では、なかなか手に入らない」

エノが云う。

エノたちが散々燃やしたから紙が失われたのだ。

でも、僕はそんなことを口には出さなかった。エノに云っても何の意味もない。誰かがそのことについて、エノたちを非難するかもしれないと思ったが、みんな大人しくエノの話を聞いていた。

「『探偵』は紙を強く欲していた。しかし何処を探しても手に入らない。そこで『探偵』が目をつけたのは、古い家の壁に張られている壁紙だった。まだ壁紙を張るのが普通だった頃の家を、犯人が集中的に狙っていたのは、地図上に密集した赤い点からもわかる。点が密集しているところは、報告にもあったように、旧年代に建てられた家が集まっている。『探偵』は住人がいない隙を狙って、家屋に侵入し、手早く赤い印を残して、後は何もせずに脱出する。すべてを終わらせるのに、そう時間はかからないだろう。この時点で、『探偵』はまだ何も盗んでいない。やがて住人が、赤い印に気づく。住人たちは何も盗まれていないと主張する。当然だ。まだ何も盗まれていない。しかしその後で、住人たち本人が、犯人の盗みを手伝うはめになる。つまり、壁紙をはがして、それを捨てるために外に出す。赤い印は、云うなれば、『探偵』の欲する宝を住人本人に運ばせる魔法の印だった。こうして『探偵』は、盗まれたということを誰にも気づかせることすらなく、安全に、壁紙を盗み出していた」

「どうしてそんな回りくどいことをするんです？　壁紙が欲しいなら、最初から壁紙を盗めばいいのに」

「理由は二つある。第一に、壁紙を盗み出すのには時間がかかるからだ。壁の四隅に印をつけるのが三分で終わるなら、壁紙をはがして持ち出すのには倍以上の時間を必要とするだろう。家屋侵入を試みているのだから、時間はできるだけ短いほうがいい。

第二に、もし普通に他人の家に押し入り壁紙をはがして盗むという行為をしていたら、犯行の意図が容易にばれてしまうからだ。盗難事件として認識されてしまうと重大な不都合が生じる。住民たちは何らかの自衛手段に出るだろう。下手をすれば、壁紙を事前に破棄されてしまう可能性も出てくる。『探偵』は、誰にも気づかれることなく壁紙を入手していかなければならなかった。そのための悪知恵が、赤い印だ。赤い印をつけるという行為を間に挟むことによって、目的の品は住人によって外に運ばれ、なおかつ盗難事件として誰にも認識されない。ゴミに出された壁紙を、こっそり拾うだけでいい」

「なるほど……それで廃品回収の日時などを訊かれたのですね」

マズが感心したように云う。

「町の人間たちにとっても、紙は貴重だろう。しかしさすがに壁紙を紙として認識している人間はいなかった。この認識の違いが、『盗まれてはいない』という主張にも繋がった。彼らはそれを捨てただけで、盗まれたとも思っていない」

「壁紙は――『探偵』が必要とした紙の代用になるのでしょうか」

キリイ先生が初めてエノに尋ねた。

「身近にある他のどんなものよりも、我々の知る紙に近い。『探偵』は白い壁紙の家をなるべく狙って赤い印をつけて回っている。白い紙の方が汎用性《はんようせい》が高いからだろう。壁紙に赤い印をつける際、中央を避けて四隅に描いたのは、後で利用できる部分を最大限残すためだ」

僕たちは紙が失われた世界に生きている。

活字の消失とはつまり、それを印字する紙の消失でもある。

もちろん紙の使用法はそれ以外にもある。けれど、使われなくなってしまったものを大量に生産することなど、もうないのだ。だから紙はどんどん失われていく。閉鎖的な土地ならなおさらだろう。

思い返せば、身の回りには紙が少ない。宿帳代わりに黒板を使っていたり、地図さえもなかったりと、紙不足は顕著だ。勉強も紙を使用せず、黒板を用いるしかない。このホテルはロッジ風なので、壁紙の張ってある壁は何処にもない。新興の住宅地はコンクリートの打ちっぱなしで、基本的に壁紙を必要としない。

『探偵』が起こした事件のすべては紙のためだった。また、『探偵』は紙を最大限に利用することで、不可思議な現象を演出してきた。ただでさえ紙に馴染みのない人々に対し、紙のトリックで翻弄したのだ」

「それじゃあ、俺が見た幽霊も……」

女の幽霊を目撃したという男が声を上げた。

「幽霊は──紙だ」エノは真っ直ぐ立ったまま、男の方をちらりと向いた。「この町には『探偵』の他に、幽霊も存在していた。しかしそれさえ、『探偵』が用意した紙に過ぎない。町の人間や、殺人事件の被害者たちが目撃したという女の幽霊は、女の人形《ひとがた》に切り抜いた紙を用いたのだ。目撃情報にあるような、髪の長い、スカートをはいたような女性の形だ。紙の特性を存分に活かしたトリックと云える。紙は軽く、可塑性《かそせい》に富み、薄い。これを遠隔操作するために、糸を利用して、いかにも幽霊のように動かす。そうして森に近づく者を遠ざけるための脅しに利用したり、標的を森のあらぬ方へ誘い出すのに利用したりするんだ」

「そんなものに簡単に騙されるのでしょうか」

キリイ先生が腕組みしながら云う。

「この町の人間が紙に馴染みがないという点も、大いに利点として働いたはずだ。また木々の生い茂る森や、灰色の街角も、幽霊を垣間見せるための場所としては悪くない。それに、女の人形に切り抜いた紙には、リアリティを出すために、しっかりと女性の絵を描き込んでいた。もはやそれは等身大の人形に近い。立体であるか平面であるかの違いだ。等身大の人形が暗がりに潜んでいたら、恐怖を喚起することもあるように、『探偵』の作った女幽霊も、そのような効果を発揮したというわけだ」

「目の前で消失するというのは？」

「紙だから、強風に乗せて一瞬で何処かへ飛ばすこともできる――あるいは傍で『探偵』が糸を引いて操作していたとすれば、引き寄せて木陰で折り畳むなり、丸めて隠すなりすることも可能だ」

折り畳まれる少女……

僕はユーリから聞いた話を思い出していた。エノもそれを意識しているのだろう。

「紙の幽霊は、雨の日には、よれてすぐに使い物にならなくなる。そうなった時のために『探偵』は幽霊の予備を幾つか用意していたに違いない。その幽霊の一つが、この町の子供によって拾われている。風に飛ばされた幽霊の一つだろう。その子供は、まだ幼く、紙というものに触れるのも初めてだった。それは紙との初めての遭遇だった。だから紙に描かれた少女のことを充分に理解することができず、子供はそれを生きた少女として扱った。そのことから見ても、紙幽霊として描き込まれていた絵には相応のリアリティがあったと思われる。ただし、雨に濡れたことで、その子供が拾った紙には多少崩壊した箇所もあったはずだ。それを子供は、少女の病気か怪我と考えた。やがて少女の面影は崩れ始め、カビに蝕《むしば》まれていった。それを治してもらうために、子供は『探偵』を頼った」

「タクト君のことだ……」

ユーリが小さく呟いた。

「『探偵』は子供に新しい少女を与え、彼を追い返すことにした」

「『探偵』が黙って帰してくれたのですか？」カナメさんは驚いた様子で云う。「『探偵』は子供を殺さないという噂は本当なのですか？」

「そう。『探偵』は子供を殺さない」

「それならクシエダ君の件はどうなるんです。彼はまだ若かったんです」

「けれど子供ではない。すでに仕事にも就いていた」

「彼から聞いた話も、わからないことだらけでした。両目を傷つけられた女性の話をご存知ですか？　彼女は森の中で様々な出来事に遭遇しています。最後には『探偵』に両目を傷つけられ、瀕死の状態で森を出てきたそうです」

カナメさんは女性が遭遇した奇怪な出来事について、エノに簡単に説明した。その話はすでにシオマからエノに報告されているものだった。女性が森で見たという小屋の消失や、首なし屍体の話だ。

「消える小屋の話も、何も問題はない。小屋が紙でできていたとしたら同じことだ」

「紙でできた小屋……？」

「ダンボールという厚くて丈夫な紙がある。これは厚手の紙の内側に、波状の薄い紙を貼りつけたもので、軽いし、折り畳むのにも不自由しない。『探偵』は自らこれを作成したのだろう。ダンボールで小さな小屋を作るくらい簡単だ。しかも素早く小屋全体を折り畳めるように作る。緊急時にすぐに隠せるようにしておく。具体的には、屋根に紐を結びつけ、それを引っ張るだけで小屋全体が折り畳まれて小さくなるように設置しておく。紐は近くの木に結びつけておけばいい。紐を引っ張るとどうなるかというと、小屋はたちまち折り畳まれて樹上へ上がる」

「傘が閉じるような感じでしょうか」

　カナメさんが云う。

「そうだ。そこまで理解できれば、消失は問題ではない。重力下で生きている生物は――もちろん人間も――落下するものより上昇するものを目で追うのを苦手としている。だから瞬時に樹上へ移動した小屋を、目で追うことができない。それで、問題の女性は小屋から出て振り返るまでの一瞬に、小屋が消失したのだと思ったのだろう。近くに『探偵』がいたのは事実だし、そいつが小屋を引っ張り上げたのだ」

「でも小屋の中には素敵な首なし屍体があって、それだけが地面に残されていたということですが……」

　シオマが云った。

「小屋の底が抜けるようにしておけばいい。ちょうど蓋が開くように。あるいは屍体の重みで底が抜けただけかもしれないが」

「そうか、そうですね」

「『探偵』は一時的に屍体を置いておく場所として、その折り畳み小屋を作っておいたのだろう。引っ張り上げると折り畳まれて樹上に隠れるというシステムも、手元に屍体がない時や、小屋を必要としない時に、そうやって隠しておくことができるからわざわざ作った。両目を傷つけられたという女性は、たまたま首なし屍体が置かれているところに遭遇してしまったのだ」

「女性が見たという、森の果てにある壁は？」

「『探偵』が盗んだ壁紙だ。洗浄したものや、洗浄する前のものを、物干し台のようなところに引っ掛けておいたのだろう。これに女性は触れてしまった。感触が屋内の内壁と同じなのは云うまでもない。屋内で使われている壁紙だから」

赤い印の謎も、森に出現する幽霊も、消失する小屋も、森の果ての壁も、紙というものですべて繋がっている。

『探偵』を名乗る犯人はどれだけ紙に執着したのだろう。

でもまだ首なし屍体のことが何もわかっていない。『探偵』——犯人が何人も何人も殺しては首なし屍体にしてきた意味が何処にあるというのだろう。殺人は紙とはまったく関係がないはずだ。

「では次に湖上の殺人について検めよう」

エノはマイペースで続ける。

「隊長の事件ですね……」

カナメさんが呟いた。他にも無数の首なし屍体事件があるけれど、あえてここではクロエ隊長の殺害事件にのみ焦点を絞るようだ。

「『探偵』はこの事件によって、我々の目を真意から逸らそうとした。しかし偽者の『探偵』程度に、私の頭脳はごまかされない。逆に、犯人の名を、私に教えてくれる恰好の事件となった」

犯人——いよいよ犯人の告発が迫る。

一体この中の誰が犯人なのだろう。

そもそも、僕たちが目の当たりにした湖上の事件を解決し、犯人を導くことなど可能なのだろうか。犯人は湖上から消えたのだ。

「俺は見たぞ——」アサキさんが云った。「犯人は湖から消えた。俺たちは消える瞬間を間近に見たんだ」

エノは片手を上げてアサキさんを制した。

「順を追って話そう。事件の夜、犯人は黒ずくめの恰好で、『探偵』の出現を予測して待ち伏せしていた自警隊の前に現れた。しかしその前に、『探偵』はとある人物の前に姿を見せている。それは、そこにいる英国人、クリスティアナだ」

「えっ」

周囲の注目が僕に集まる。疑いの目だ。僕は必死に首を横に振る。けれど『探偵』があの夜、僕の部屋の窓越しに現れたのは事実だ。

「夜、彼の部屋の窓を叩く何者かがいた。彼が目を覚まし、窓の外を見ると、そこに『探偵』が立っていた。『探偵』はすぐに逃げ出した。間違っていないな？」

「はい」

僕は背筋を正して答える。どうもやりにくい。昨日までのエノとは、ちゃんと話ができていたのに。

「そういえばそうだね。どうしてクリスのところに……」

キリイ先生が云った。

「これには重要な意味があるが、ひとまず置いておく。次に、『探偵』は自警隊の前に姿を現す。この時、クリスティアナも現場にいた。そうだな？」

「はい」

「自警隊は『探偵』を追い、森へ向かった。『探偵』の姿は、すでにない。この時点で、クロエのトランシーバーと交信している。間違いないな？」

「……はい」

カナメさんが答える。

「森へ入る直前で、音楽家キリイが脱落する」

「ええ」

「代わりに、アサキが登場し、森の案内役となる」

「そうだ」

「その後、君たちは湖の惨劇を目撃する」

「そうです」

　衆人環視の湖上での惨劇。そして犯人の消失。

　一体どうやって犯人は湖上から消えたのだろう。

「湖上での殺人を目撃した者に訊きたい。湖上に『探偵』の姿を見つけたのは、どの時点だ？」

「湖に到着してすぐですね。同時に何人かが気づきました」

　カナメさんが答えた。

「どうして気づいた？」

「ええと……ぼんやりと灯りがついていたのでわかったんです。僕たちが湖に着いた時にはもう、『探偵』――犯人はボートに乗っていました」

「犯人はどのような行動をとっていた？」

「よく見てみると、犯人は斧のようなものを振り上げている最中でした。そして僕たちがなすすべもなく見守っている間にも、斧は何度も何度も振り下ろされ……」

「その時の犯人の様子は？」

「ほとんど影しか見えなかったので何とも云えませんが、執拗《しつよう》に何度も斧を振り下ろしていました」

「動作は？」

「動作……？　今も云いましたように、ただ斧の攻撃を繰り返すだけですよ」

「ではその後は？」

「灯りが突然消えたので、ボートが到着するであろう岸まで走りました。岸に着き、ボートが来るのを待っていると、やがて隊長を乗せたボートがゆっくりと……」

「そして？」

「そこにいるクリス君が、泳いでボートまで行きました。そしてボートに縄を結びつけて、岸にいる僕たちが引き寄せたんです。するとそこには隊長の無残な屍体が……」

「凶器はボート内から見つかったのか？」

「はい。アサキさんが見つけました」

「他に目立ったものは？」

「『探偵』がすでにいなかったことでしょうか」

その後の調査で、岸辺には人が上がった様子は何処にもなかったことがはっきりしている。『探偵』は湖から消えることは不可能だったはずだ。本当にこの事件から犯人を導き出すことが可能なのだろうか。

「以上の話において、一つだけ不可解な点がある。それは、何故『探偵』はわざわざボートの上で殺人行為に及んだのかということだ」

「どうして不可解なのですか？」

「考えてもみるがいい。ボートの上などというバランスの悪い場所で、船底に横たわる被害者に向けて斧を何度も振り下ろし、ついには首を切断する……そんなことがはたして可能だろうか」

「そういえばそうですね……」

「追い詰められて仕方なくボートの上で首切りを実行したと考えることもできる。だが、やはりボートの上は首切りにはもっとも不適切な場所だ。では湖上の首なし屍体は一体何なのか。それを理解するには、少し見方を変えるだけでいい」

「一体どう見方を変えるんです？」

横にいたシオマが興味深そうに尋ねた。

「クロエは事前に別の場所で殺害されていた」

「……そんなはずはありません。現に僕たちはこの目で殺害される瞬間を！」

「君たちが見たのは影だけだ」

「でも……」

「被害者はカナメたちが到着する前に、すでに殺害され、首を切られて、ボートに乗せられていたのだ。早めに見つかっては困るので、岩陰などにボートを引っ掛けて隠しておいたのだろう」

「じゃあトランシーバーでの交信は……」

「『探偵』がクロエのトランシーバーを盗んで、使っていただけだ」

「隊長のトランシーバーは、隊長の屍体と一緒に発見されているんですよ?」

「そこが『探偵』のなかなか巧みなところだ。それについては後で説明しよう」エノはステッキを軽くもてあそぶ。「『探偵』はあらかじめクロエを呼び出し殺害しておいた。その際にトランシーバーを抜き取り、まるでクロエがまだ生きているかのように装った」

「では僕たちが湖の上に見た殺人の光景は何だったんですか」

僕が尋ねると、一瞬エノがこちらを向いて、すぐに知らないふりを装うかのようにそっぽを向いた。

「君たちが見たのは実際の殺人光景ではない。すべて偽物だ」

「偽物……?」

「ボートも本物ではない」

「じゃあ一体何なんですか」

「今までの話を総合して考えればいい」

「それは……」

い、い、い、

「紙のボートだ」

エノの言葉に、ロビー中が静まり返った。

紙のボート――

「そんなものに、人間が乗れるわけありません!」

「人間は乗っていない」

「僕は斧を振るう『探偵』の姿を見ています！」

カナメさんが云う。

「さっきも云ったように、それは影だけだ」

「影……？」

「君たちが見た殺人の光景は影絵だ」

「影絵！」

「犯人は紙のボートの上に、自動的に影絵が動くような装置を作って載せた。それは走馬灯と呼ばれるものだ」エノは落ち着いた様子でステッキを回す。「走馬灯を知っている者はこの中にいるか？　死に際に見える記憶の波をそれにたとえることもある。走馬灯というのは、内側に用意した筒状の影絵の型紙が、中心に置かれた蠟燭の熱による上昇気流でくるくると回り、外側にある紙に、動く影絵として映し出されるものだ。君たちが見たものは、それを極端に大きくしたものと考えればいい。ぼんやりと灯って見えたのは、走馬灯の灯りだ。君たちが見た犯人の影は、型紙によって外紙に映し出された影絵に過ぎない。つまり――湖上には最初から誰もいなかった。紙のボートと、走馬灯だけがあったのだ。走馬灯と蠟燭を載せた程度では、紙のボートは沈まない。もちろん紙のボートの裏底には蠟を塗って、耐水性を高めていたはずだ」

僕たちが見たものは影絵だったのか！

思い返せば『探偵』の行動は単調だった。ただ繰り返し斧を振り上げ、振り下ろすという動作だけだった。これならわずか数コマ分のパターンを繰り返すだけで、実際に動いて見えるだろう。

僕たちが湖に着いた時点で、紙のボートとは別に、本物のボートに乗せられた首なし屍体だけが存在していて、湖上にはすでに『探偵』はいなかった。僕たちが紙のボートと本物のボートを取り違えることで、いかにもそこから『探偵』が消失したかのように見せかけられていただけだったのだ。霧がかかった湖も、僕たちに殺害の光景を誤認させるのに大いに役立てられたのだろう。

「しかし……後の調査では、紙のボートなんて発見されませんでしたよ」

「紙のボートだからいつまでも浮いていられるものではない。沈む時間まで計算済みだ」

「待ってください」キリイ先生が珍しく口を挟む。「時間といえば、蠟燭の問題がありますね。蠟燭が灯っていて、なおかつ影絵が見える時間帯というのは、かなり限られてくる。もし犯人がすでに湖上にはおらず、蠟燭をセッティングすることができなかったとすれば、蠟燭が灯っているタイミングに自警隊の動きを合わせるのはかなり難しくなってくるのではないでしょうか」

「その通りだ」エノは表情を変えずに云う。「湖上のトリックを成立させるには、それを目撃する人間たちの行動をコントロールする必要がある」

「どうやって?」

「簡単なことだ。犯人が湖まで目撃者たちを引き連れていけばいい」

まさか……

「その先導者は、本来ならば現場にいては不自然な人物だ。だが、彼はその不自然さを解消するために、ある手段を講じた。ある人物を利用したのだ」

「そんな……」

「クリスティアナ」エノは瞳だけをこちらに向けた。「君は殺害現場を目撃したね。何か思い当たることはあるか?」

「僕は……キリイ先生と一緒に、自警隊の人たちが集まる場所へ向かいました」

「しかし音楽家キリイは森での追跡を途中で降りている」

「ということは……」

「私にはクリスたちの行動をコントロールできない」

キリイ先生自ら云う。先生は犯人ではない。

「犯人はクリスティアナをどうにかして現場まで向かわせる必要があった。そのために使った手段が、君の部屋の窓を叩いて起こすという行為だ」

「あの時の『探偵』!」

「『探偵』は、クリスティアナが自分を追ってくるだろうと踏んでいたのだろう。どうやらクリスティアナの傾向を知り得ていたようだ。何処かで話を立ち聞きしたのかもしれない。とにかくクリスティアナを誘導して、自警隊が集まる場所へ向かわせる必要があった。しかしクリスティアナは『探偵』の追跡を途中で諦めた。そこまでは予測済みだ。もう一度窓辺でクリスティアナを叩き起こせばいい。ところが犯人にとって幸運がやってくる。音楽家キリイが現れ、彼がクリスティアナを見事に現場へ誘導してくれた」

「人聞きが悪いですね……私はクリスの部屋へバイオリンを取りに戻る際に、たまたま自警隊の不穏な動きを察知しただけです」

「それは事実だろう。だが、犯人にとってはそれが幸運となった。計画通りクリスティアナは現場に向かった」

「そうです」

「クリスティアナがそこにいれば、犯人には湖まで同行するだけの自然な理由ができる」

「自然な理由……？」

「夜に部屋を抜け出した子供を、連れ戻しに来たという、もっともな理由」

そう云ってあの時現れた人は……

エノはステッキの先端をある人物に向けた。

「『探偵』はお前だ――アサキ」

犯人の名が告げられても、誰も一言も発することができなかった。

まさかアサキさんが『探偵』だなんて……

まだ充分に理解が行き届かずに、時間が凍りついたように膠着《こうちゃく》している。けれど徐々に空気がぴりぴりと緊張感を帯びてくる。そうして時間は再び急速に流れ始める。時計の針を進めるのは、ステッキを真っ直ぐ構えたエノだ。

「自警隊はほとんどアサキによって先導されていた。彼が時間をコントロールしていたのだ」

湖上のトリックには時間のコントロールが必要不可欠であり、時間のコントロールをするためには現場に犯人自身がいる必要があり、現場にいるためにはそれだけの充分な理由が必要であり、充分な理由を作るためにこの僕が利用された。確かに考えてみれば、あの時アサキさんが現れたのは偶然が過ぎる気がする。夜中に抜け出した僕をわざわざ探しに来るのはいいとして、そう運良く僕たちを見つけられただろうか。アサキさんは、自警隊の動きまで知っていたからこそ、森の入り口で僕を捉まえることができたのだ。

「嘘……」

ユーリの口から弱々しい言葉が零れ出す。

「俺が……『探偵』だって？」

アサキさんはロビーの横にある小さな丸椅子にどっしりと座ったまま、太い腕を組み、まったく動かなかった。

「お前が『探偵』である理由は他にもある」エノはステッキの先端を向けたまま、一歩だけアサキさんに近づき、彼を見下すような目で見た。「岸に着いたボートに真っ先に向かったのはお前だ。凶器の斧を拾い上げるのが目的であったかのようにみせて、実際はその時にクロエのトランシーバーを元に戻すのが目的だった。お前はひそかにトランシーバーを使い、クロエの死亡時刻をごまかそうとしていたのだ。お前以外に、トランシーバーを元に戻すことができた人間はいない」

「そんなことはない……俺より先に、クリスの方がボートに近づいてるだろ？」

「えっ」

僕は突然名前を挙げられて驚いた。

けれどエノはまったく取り合う様子がない。

「くだらない反論だ。再反論するまでもあるまい」エノはアサキさんに背を向け、肩を竦めた。

「本当に『首切り』の『ガジェット』を読んだのか？　あの程度の首なし殺人で、私の目をごまかせると思ったのか？」

「俺は知らない！」

「父さん……本当に『探偵』は父さんなの？」

「ユーリ」

「父さんが隊長さんを殺したの？」

「俺は……俺は……」

「違うって云ってよ！」

ユーリはとうとう泣きながら叫んだ。

「アサキさん……あんた本当に……この町で赤い印を残したり、人殺しをやったりした『探偵』なのか……？　なあ、あんたなのか？」

ナギノさんは震える声でアサキさんに詰め寄った。

アサキさんには彼の声がまったく届いていないようだった。彼はゆるゆると立ち上がり、弱ったような顔でエノに一歩近づいた。

「なあ検閲官さんよ……俺が『探偵』だって証拠はあるのか？」

「証拠はある」

エノはそう云うと、アサキさんにさらに一歩近づいて、小さな声で何かを云った。

するとアサキさんの表情が一気に青ざめた。彼は力尽きたように後ずさり、椅子に座り込んだ。エノは背を向け、ゆっくりとアサキさんのもとから離れる。

すかさず、マズとシオマがアサキさんの両脇に立った。アサキさんには、もう逃げ場はなかった。

ユーリが泣きながら車椅子を回してロビーを出て行ってしまった。僕は彼を追うべきかどうか迷った。けれど僕の身体は動かなかった。僕はアサキさんの——『探偵』の結末を見なければならない。彼の言動をしっかりとこの目に刻むことが必要なのだ。

「何人殺した？」

シオマが軽い口調で尋ねる。

アサキさんはすぐには答えず、周囲を見回した。

「ユーリはいないな？　——三十四人だ。意外に少ないだろう？」

「私が今まで出会った『ガジェット』所有者の中では二番目に多い」

マズが云った。

「そいつは残念、一位を逃したな」

「本当に……本当にあなたが『探偵』なんですか？」

カナメさんが尋ねる。

「そう、俺が『探偵』だ。お前らが……町の人間たちが恐れる『探偵』だ」

「どうしてクロエ隊長を殺したのですか」

カナメさんの表情は厳しい。

「検閲官たちをはめるつもりだったが、失敗だったようだな。クロエは最近『探偵』の追跡に熱心だった。そろそろ俺の身がやばかったんでね。始末するついでに、犯人になってもらおうと思ったんだ。『首切り』の『ガジェット』の存在に気づく人間がいれば、当然屍体のすり替えがあるものだと考えるだろう？　そうすればクロエが犯人にされるはずだった。そうなりゃ、永遠に見つかることのないダミー犯人にできる。なんせ、本物のクロエはすでに屍体となってるんだからな。裏の裏をかいたつもりだったが……検閲官というのは俺が思っていたよりも、もう一枚上手だったようだ」

「最近になって『探偵』としての活動を活発に行なっていたのも、クロエの追跡や、我々の陰での捜査が近づいていることを危惧したからだろう」

エノが付け加える。

「俺には時間がないんだ。常に……時間との闘いだった」

「クロエ隊長を首なし屍体にした理由はわかりましたが……」キリイ先生が窓辺から身体を離して、少しだけ輪の中に歩み出た。「町の人間たちを首なし屍体にしてきたのは何故です？」

「お前らが知る必要はない」

「まさかとは思いますが……それも紙なのですか？」

キリイ先生が云うと、アサキさんは微かに身体を震わせて黙ってしまった。

首なし屍体さえも、紙に関係があるというのだろうか？

「衛星写真には、『探偵』の農場と工場が写っている。森の中の小さな建物の近くに、植樹された畑のような土地がある。ここにはコウゾやミツマタなど、紙の原料となる木が植えられているはずだ」

エノは衛星写真のパネルには背を向けたまま云った。その話し振りから察すると、どうやら僕とエノとで、一度その場所を訪れたということは、内緒になっているようだ。

「これらは和紙の原料になる植物だ。紙が植物繊維からできているのは、君たちも知らないだろう。一般的には、ブナやポプラなどの木の幹を細かく砕いてパルプにして作る洋紙と、コウゾなどを蒸したり煮たりして原料を作る和紙がある。工場と思わしき建物には、おそらく和紙を作るための道具が並べられているだろう。彼はそこで紙の密造をしていたんだ」

紙の密造――

『探偵』は紙を盗んだり利用したりするだけではなく、自分でも作ろうとしていた。それだけ紙を必要としていたのだ。

けれど僕はすぐに工場で見た凄惨な光景を思い出す。あれは一体何だというのだろう？　人間をバラバラにして、鍋に突っ込んだり――そんなことが紙と関係あるとは思えない。

「どうして首なし殺人を続けたのですか？」

僕はエノに尋ねていた。

「それは人間を紙にするためだ」

エノが静かに云った。

まるで詩の一節のようにも聞こえた彼の言葉には、どんな素敵な寓意も見られなかった。ただ不気味な真実だけがあった。

「人間を……紙に？」

「人間の胴体の皮をはいで乾燥させれば、紙の代わりにすることもできるだろう。きっと人皮紙を作るつもりだったのだ」エノは平然と云う。「動物の皮を紙に利用するのは、さっきも云ったように紀元前から行なわれている。羊皮紙が普及していた当時の最高級の紙は、生まれて間もない子羊の皮だったという。人間の皮で紙を作るなど、もちろん聞いたことはないし、巧くいくとは思えない。しかし彼は――それをやったのだろう」

「それだけのために、首なし屍体を……？」

僕たちが小さな工場で見た人間の皮は、紙にされようとしていたものだったのか。

僕は全身から血の気が失せていくのを感じていた。昨夜の記憶が蘇ってくる。どんな戦争も、どんな自然災害も、人をあのような形にすることはない。あれは、人間だけが考え得る特有の惨状だ。

それなら……人間の身体をバラバラにして鍋に突っ込むことには、どんな意味があるというのだろう。僕は工場で、バラバラ屍体の鍋を見ている。もう思い出したくない。

『探偵』は屍体の頭部には興味を示さない。不必要な頭部だけは、川に流して処分している。実際に下流で頭部だけが発見されるという例もあった。頭部は不必要なのだ。しかし、胴体部分は、皮をはいだ後でも、川に流して処分するということをしていない。胴体部分はまだ必要だったということになる」エノは淡々と続ける。「残された首なし屍体をどういうふうに利用したかというと——」

「そうか……サイズ液か」

キリイ先生が云った。

「その通りだ。紙にインクを安定させるには、サイズ液というにじみ止め液を塗布する必要がある。そのため中国の唐の時代に開発されたのが、動物性のニカワだった。これは動物の骨や皮や内臓などを煮込んだ液体で、主成分はゼラチン。十四世紀のヨーロッパでも、同様に動物性のサイズ液が開発され、解体された子羊などを鍋に入れて煮込み、そこから液体を取り出している様子が記録されている。『探偵』が求めていた紙は、サイズ液を最後に塗ることで完成する」

「うう……」

僕は自分でも気づかないうちに、うめくような声を出していた。

「『探偵』は、サイズ液を人間から取ろうとしたのだろう」

紙を作るためだけに、そんな残酷なこと……

「彼は人間を紙にしようとした。そんな奇想を思いついたのは、彼ぐらいなものだ」エノは横目でアサキさんを見ながら云う。「首なし屍体において、必要だったのは、胴体だけだった。むしろ頭部は使いどころのないゴミだ。胴体は皮も利用できるし、内臓や肉はサイズ液用に使える。彼には、人間が歩く紙に見えていたかもしれない。彼は紙にするために、町の人間たちを首なし屍体にしていったのだ」

すべてが紙のため。

紙のために盗み、紙のために殺した。

殺人事件――これが『ミステリ』だ。

これが僕の好きな『ミステリ』なんだ――

人間を無造作に殺して、無造作に利用する。ひどい。ひどすぎる。でもこの無力感はなんだろう。こんなひどい罪を犯したって、世界はなんにも変わりはしない。確かに『探偵』は知恵を振り絞って犯罪に手を染めたのかもしれない。その結果、何が得られた？　何も得られなかったうえに、意味もなく人間が殺された。その命さえ、あまりにちっぽけで、価値も重みも、傍観者である僕には感じられなかった。ああ、そして今日も何処かで、あっさりと洪水で何百人と死んでいる。この虚しさはなんだろう。犯人に同情はできない。全然できない。けれど彼がいずれ感じるであろう無力感を思うと、僕まで虚しくなる。

唯一『探偵』が勝っていたのは、残酷さという点で、災害による死をはるかに凌駕《りょうが》していたという一点のみだろう。

あまりにも残酷だ。

僕もユーリたちみたいに、『ミステリ』なんて知らない方がよかったのかな……

「どうして人間を紙にした？」

エノが尋ねると、アサキさんはしおれたように肩を落とし、首を振った。

「わかってるんだろう？」

「書物を作るためだな」

「ああ」

そういうことか……

「書物というのは、一体どんな形をしているのですか」

カナメさんが尋ねる。

「民衆どもが知る必要はない」

シオマが鋭く云い放ったが、アサキさんが喋り始めた。

「書物は紙を何枚も重ねて一つに綴じたものだ。通常は長方形で、紙の厚みから、書物それ自体は直方体に近い。もちろん、大きさも厚みも千差万別だ。書物を作るにはたくさんの紙が必要だ」

「何故書物を作ろうとした？」

エノがさらに尋ねる。

「ユーリのためだ」

「わからないな」

「ユーリが本を読みたがっていたからだ！　ユーリが望むなら何冊だって本を用意してやるつもりだった。ユーリはもう数年しか生きられないんだ。だから……大急ぎで紙を用意する必要があった。それなのに、ちっとも買えやしない。『ガジェット』を売って金を作ろうとも思ったが、まったく買い手がつかなかった。仕方なく俺は自分で紙を作ることにした」

「それが森の奥の工場だな」

「……俺は紙を作るためならどんなことでもした。だが人間を殺すのに、最初からためらいがなかったわけじゃない。人間の代わりに別の動物を使うことも考えた。それこそ羊とか……だがそんなもん、手に入るはずもない。しかし幸運にも、俺の手には『ガジェット』があったからな……売らなくてよかったぜ。俺はそれを読んで、首なし屍体を紙にする方法を思いついた」

「そんなデータは載っていない」

「創造性だよ。貴様ら検閲官にはわかるまい」

「それだけ紙に執着しておきながら、あっさりトリックのために使い捨てたのか」

「捨てちゃいない。すべて再利用可能だ。湖に沈んだ紙のボートだって、いずれ拾い上げて使うつもりだった」

「最後に一つ訊きたい」エノは云った。「何故『探偵』を名乗った？」

尋ねられるとアサキさんはにやりと笑った。

「――かっこいいだろ？　『探偵』は英雄だ。俺にとっちゃな。だから最初はいい意味で『探偵』という名前を広めることにした。町に広まる赤い印に対して、よいイメージを植え付けるつもりだった。そうすれば壁紙を盗むのも容易になると思った。だが——町の人間は誰も『探偵』のことなんか知らなかった。共通認識が足りなかった……と云えばいいんだろう。町のやつらはどんどん勝手に『探偵』という名前にマイナスイメージを付け加えていった。恐ろしい話だ。『知らない』ことで本来の『探偵』はどんどん英雄の側面を殺されていった……俺はもう、英雄にはなれなくなっていた……」

『探偵』という名の英雄。

もうそんなものは何処にもいない。

アサキさんが最後まで子供を殺さないという立場を貫いたのは、やはり自分にもユーリという子供がいるからだろう。どんな状況であれ、子供を殺すということは、英雄として行動しているはずの自分さえ裏切ることになってしまう。

もしかするとアサキさんもまた、失われたものを取り戻そうとする人間の一人だったのかもしれない。

けれど、この町の『探偵』は、僕の知っている探偵ではなかった。

「さあ、立て」

シオマがアサキさんを横から急かす。

「ナギノ」アサキさんがナギノさんに向かって云う。「ユーリを頼む」

「おい……ふざけるな！　あんたがいなきゃどうしようもないだろ！」

「頼む」

それだけ云うとアサキさんは二人の検閲官とともに歩き始めた。

「ああ、そうだ」アサキさんは突然振り返った。「クリス、昨日はすまなかったな。俺はお前さんのこと、よく知っている。お前さんが何をしたいのかもな。だから——せいぜい俺みたいにはなるな」

僕は彼の云っている言葉の意味がわからなかった。

アサキさんはあまりにも優しい目をしていた。

昨夜見た、真っ黒で不気味な仮面の奥の両目が、今のアサキさんの目と同じだとは思えない。もしかしたらエノの推理が間違っていて、本当は、犯人は別にいるのではないだろうか？　僕の知る『探偵』は常に黒い装束を身にまとい、黒い仮面を身につけていた。『探偵』がその黒い闇を脱ぎ去る瞬間を見た人間は誰もいないのだ。

森の奥にはまだ、『探偵』がひそんでいる気がする。もちろん、目の前のアサキさんこそが『探偵』のはずだ。けれど『探偵』は闇の存在として一人歩きし、そしてこの町に生き続けるのではないか……

エノは少し離れた壁際に、ステッキを持って立っていた。

彼は実に冷淡な目で、ロビー全体を眺めているようだった。

背後から泣き声が聞こえてきた。

ユーリだ。彼はいつの間にか戻ってきていた。

「父さん！　僕はどうしたらいいの？」

ユーリは泣きじゃくりながら云った。

ああ、これが事件の終わりの風景だ。

「戻ってきてよ！」

ユーリの悲痛な声が、まるで何処か遠いところから聞こえてくるかのようだった。

まるで遠い過去から……

まるで遠い海の向こうから……

ノイズが聞こえる。

それは僕の心の何処かで響き続けている深海のノイズ……

僕は何もできずに立ち尽くした。

アサキさんは何も答えない。

「少年」シオマがサングラスの位置を軽く直しながら、ユーリのところへ歩み寄った。「後は我々に任せなさい」

「いやだっ」

ユーリは車輪をこいで逃げ出そうとする。シオマが車椅子のハンドルを摑まえて押さえた。

「人殺しは、人殺しだ」

彼は囁きかけるように云って、にやりと笑った。

ユーリは瞳孔を見開くようにして、固まった。

「シオマ」マズが呼びかける。「お前は私と一緒に車に乗れ。忙しいんだ、遊んでる場合じゃない。犯人を警察に引き渡した後で、局の連中と連絡を取ったら、森へ向かう。わかったな?」

「ナパームでも森に落っことしゃいいんですよ」

シオマはサングラスを押し上げて、颯爽とホテルを出て行った。後からアサキさんとマズが続く。玄関をくぐる時にやや背をかがめたアサキさんの姿が、僕の見た彼の最後の姿となった。

ユーリが父を追いかけようとしたが、ナギノさんがそれをさせなかった。ユーリの泣き声が耳に痛い。ナギノさんはユーリの車椅子を押して、ロビーを出て行ってしまった。

「クリス」それまで黙っていたキリイ先生が僕を呼ぶ。「ユーリのところへ行こう」

「はい」

僕は肯いた。

ロビーにはまだエノがいる。けれどとりあえず先にユーリの部屋へ向かうことにした。

「先生……大変な事件でしたね」

「まあ、君が無事で何よりだよ」

「先生はこの町にまだ残るんですか?」

「気分次第さ。それよりもクリスのことが心配だな。君はこれから先も、一人で行けるかい?」

「どうして今さらそんなこと?」

「君は今回の件で、大きな運命の潮流に呑み込まれたような気がするよ。君の目の前には巨大な暗い影が横たわっている。その影が、君の表情に複雑な陰影を作ってみせているかのようだよ。数日前に会った時とは、顔つきも変わって見える。身長ばかりは、さほど変わっていないように見えるけれどね」

「……先生、何が云いたいのですか」

「私の予言は当たるってよく云われるんだ。適当にものを云っているだけなんだけどね。死に近い人間には真実が見えやすいのかな。気をつけるんだよ、クリス。君はまだ幼い」

「はい」

「危ないことをしてはいけません」

「はい」

「よし、いい子だ」キリイ先生は僕の肩をぽんぽんと叩く。「ユーリと話せるかい？」

「話してきます」

「じゃあ、私とはここでお別れだ。困った時はいつでも私を頼りなさい」

「先生、いろいろありがとうございました――さようなら、先生」

「また会えるさ」

僕はキリイ先生と別れ、ユーリの部屋に向かった。

廊下にナギノさんが立っていて、難しそうな顔で、腕を組んでいた。彼もまた、顔に似合わず泣き出しそうな表情だった。

「俺だけでもこの宿はやっていけるが、ユーリのことが心配だ」

「少し、ユーリと話してもいいですか？」

「ユーリはお前さんのことを気に入っている。慰めてやってくれ」

僕はノックして、ユーリの部屋に入った。

ユーリは壁を向いて、流れる涙を一生懸命拭いていた。僕はユーリの傍に屈んで、彼に声をかけた。

「ユーリ――君は、いつか書物を見たいと云っていたよね」

ユーリは驚いたようにこちらを向いた。顔が真っ赤になっているのは、涙を拭いすぎたからだろうか。

「父さんは、僕のために書物を作ろうとしたんだ」ユーリは震える声で云った。「僕が、病気で、あんまり先が長くないからって、急ぐあまりあんなことを――」

ユーリの目から、溢れるようにして涙が零れた。今まで我慢していた感情がすべて、この瞬間に、涙となって流れた。流れる涙を、彼はもう拭こうともしなかった。折れてしまいそうな身体を傾けて、少年は嗚咽《おえつ》した。

「母さんは五年前に洪水で死んでしまって……それから父さんは変わったんだ。きっと母さんの遺品の中にあった綺麗なナイフが、検閲官たちの云っていた『ガジェット』なんだと思う。もう何処に行ってしまったのかわからないけれど……父さんはどんどん僕に厳しくなっていった。でも、一度だけ、父さんは僕の願いを聞いてくれたんだ。書物がほしいと云ったら、わかったと云ってくれたの。書物にはすべてのことが書かれていて、それを見ればいつでも母さんに会えるし、病気でベッドの上にいても、つらくないって聞いたから……」

「ユーリ」僕は彼にそっと声をかけた。「僕がいつか、君に書物を見せてあげる」

「クリス――」

「大丈夫、安心して。僕は僕のやり方で、いつか君が本を手に取ることができるようにする」

「ダメだよっ、クリスまで父さんみたいに……！」

「心配いらないよ。僕はそのためにここまで来たんだ。ここは最後の場所なんだ。失われたものを取り戻す。僕が書物を世界に取り戻すよ」

「クリス――信じていいの？」

「うん、待ってて」

「わかった」ユーリは涙を拭いた。「クリスのこと、待ってる」

終奏　短いお別れのための

　ロビーに戻ると、さっきまでの喧騒が嘘のように静まっていた。自警隊のカナメさんを含め、隊員たちは皆すでに去っていた。町の住人たちももういない。

　エノはまだ窓辺に立っていた。

　射し込み始めた陽射しによって、エノの影が床にできている。凜としていて、美しい形をした影だった。

「エノ」僕は呼びかける。「まだ行かなくて大丈夫？」

　エノは振り返って、僕の顔を見ると、肯いた。

　二人きりだ。

「これが『ミステリ』の結末なんだね」

「そう、これが結末だ」エノは背中の方で腕を軽く組んで、小さな声で云った。「ちなみに、君と私の関係は彼らには何も云っていない」

「うん……」僕はふとさっきのことを思い出した。「そういえば、アサキさんが『探偵』であるという証拠は、ちゃんとあるの？」

「あるよ」エノはステッキを何気なく持ち上げた。「彼の身体には、私のステッキの痕跡が残っている。私は彼にそう告げた。昨夜の君との一件は、周りには内緒だから、大きな声では云えなかった。それ以外にも、例の小屋に捜査が入れば、足跡や指紋が採取されるだろう」

「そっか……」

「クリス」

考え込んでいる僕に、エノが声をかけた。

「君が今考えていることを、言葉にしてほしい」

「エノ……」僕は迷った。「混乱して巧く云えないんだけど……とても理不尽な気持ちだよ。ううん、犯人の罪が裁かれることに対する理不尽さではなく……君の犯人狩りの能力に対する理不尽さでもなく……もっとこう、何か大きな、抗《あらが》い難い……」運命と呼ぶには曖昧すぎて、生死と呼ぶにははっきりしすぎて――「僕たちは何一つ得ることができないかもしれないという不安」

エノは僕の目を真っ直ぐに見て、黙り込んでしまった。

やがて彼はまばたきをして、意識を取り戻したように首をわずかに動かした。

「よくわからないな」

彼はそう云うと、足元に散らかった自分の道具を片付け始めた。

僕も彼の隣にしゃがみ込んで手伝う。衛星写真のパネルや何に使うのかわからない機械などを、トランクに次々に詰め込んでいく。

僕とエノの距離が近くなった時、急にエノが僕をじっと見つめ始めた。

「どうしたの？」

「クリス、そのまま動くな」

エノはそう云うと、突然僕の目の前に近づいた。いきなり僕のチョーカーを摑んで、彼は自分の目元に引き寄せた。エノの頭がすぐ目の前にある。彼は僕の心を覗き込むように、チョーカーを覗き込んでいた。

「エノ？」

「やはり君は……」

「どうしたの？」

「君は気づいていないのか」エノはようやく僕から離れた。「君の首輪――『ガジェット』だよ」

「え……！」

僕は頭の中が空っぽになった。この町で起きた体験のすべてが吹き飛ぶくらいの衝撃だった。検閲官の前で、僕は『ガジェット』をさらけ出していたのだ。

「本当なの？」

「私はこれでも検閲官の一人だ」

「どうしよう……エノ、どうしたらいい？」

「私に云われたって……困る」エノは珍しく戸惑うような表情を見せた。「とりあえず、『ガジェット』の中身を確認しよう」

「……うん」

エノはさらに僕のチョーカーを覗き込む。

「これは、『記述者』だ」

僕の中に散らばっていた断片が、今一つになる。

僕が旅をする理由。

父が遺してくれたもの。

奇妙な事件の数々。

そして『ミステリ』。

僕がやるべきことは、『ミステリ』を残すこと——

僕の目の前には、本当の探偵がいる。

ああ、神様。

僕はついにこの沈みゆく世界で自分のやるべきことを見つけました。

失われていくものを、僕にも救うことができるかもしれません。

「エノ」僕は決意して云う。「やっとわかったよ！　僕は『ミステリ』作家になる。そのためにここまで来たんだ」

エノは独特な切れ長の目を真ん丸に見開いて、僕をじっと見返した。

「本気で云っているのか？」

「もちろん」

「そう……」エノはため息をつくように云う。「それが君の進む道か」

エノは俯きながらトランクを整理し、蓋を閉じると、それを持って立ち上がった。

僕も一緒に立ち上がる。

エノはステッキをくるりと回して脇に挟んだ。

「お別れだ、クリス」

「エノは、こういう時、どんな気持ちになるの？」

「何も」エノは小さく首を振った。「でも、そのうち私にもわかるだろうか？」

「きっと」

「人の心は複雑だ。君が私に話してくれたことは、私にはよくわからなかったけど、参考になった」エノはそう云って、礼儀正しい姿勢でお辞儀をした。「それじゃあ、さようなら」

「また会えるよね？」

「クリス――私たちはもう会うべきではないかもしれない。私たちの関係は、もう普通ではいられない。私は君が『ガジェット』の所有者であることに気づいてしまった。君も私が検閲官であることを知っている」

「僕のことを捕まえたいなら、捕まえていいよ。その必要が生じた時には、いつでもそうしてもいいから——でも、エノ——これからも僕の友だちでいてよ」

エノは黙ったままだ。

「従順なんだよね？　肯いてよ！」

「クリス、私はこれでも内務省に属する検閲官だぞ」

「知っているよ。エノ、君が会えないと云うなら、僕の方から、いつかこっそり会いに行くよ」

エノは僕に背を向けて、俯いた。

「……うん」

小さく肯く。

それからふと何かを思い出したように振り返って、口を開いた。

「そうだ、一つ訊きたいことがある」

「何？」

「海の中は、どんな——」

その時、外からエノを呼ぶ検閲官の声が聞こえてきた。どうやら出発の時間のようだ。

エノはホテルの玄関口まで急ぎ足で向かった。

急にそこで立ち止まる。

そして黒服の検閲官たちが玄関口に自分を迎えに来るのを待ってから、揃って外の自動車へ向かう。

そうか、彼は一人で外に出られないんだっけ——

「海の中はとても綺麗だよ！」

僕は外に向かって声をかけた。

僕の声はエノに届いただろうか。

解説

法月綸太郎

最初にひとつの仮説を提示してみたい。北山猛邦の小説の核には、「純粋トリック空間」とでも呼ぶしかないような、不思議な領域があるのではないか。

この空間は、狭い範囲では本格ミステリ固有の秩序に従っているけれど、もっと広い範囲ではそうした秩序に縛られない、自由な連想・類推作用がはたらくので、全体としては可塑性《かそせい》の高いアモルファスな状態になっている。アモルファス（非晶質《ひしょうしつ》）とは、ガラスのように結晶構造を持たない、固体と液体の中間的な性質のことで、秩序と無秩序が混ざり合いながら、暫定《ざんてい》的《てき》な安定状態を保っていることをいう。

わかりやすく言えば、夢の世界に近い。あるいは、江戸川乱歩の少年向け作品を蒸留して不純物を取り除き、極端に抽象化したような世界である。

北山の「純粋トリック空間」は、あまりにも抽象的でつかみどころがないため、そのままでは本格ミステリの舞台になりえない。かといって、そこに揺るぎない秩序を与えてしまうと、

「純粋トリック空間」のアモルファスな魅力そのものが失われてしまう――そうしたジレンマをいかにして乗り越えていくかという問いが、北山猛邦のユニークな作風の土台にあるのではないかと思う。

北山猛邦は二〇〇二年、第二十四回メフィスト賞受賞作『「クロック城」殺人事件』でデビューした。終末SF風の荒廃した世界設定とピクチャレスクな物理トリックを遠近の二焦点に据え、この世の果てのような古城の内部でホラーアクションゲームさながらの猟奇殺人が繰り広げられる野心作である。前年からこの年にかけて、舞城王太郎、佐藤友哉《ゆうや》、西尾維新らが相次いでメフィスト賞を受賞しており、北山の登場も本格シーンの「地殻変動」を象徴する出来事と受け止められていた。

こうした「地殻変動」が、当時の本格シーンの主流層から歓迎されていたとは言いがたい。かつての新本格バッシングを再現するような「逆風」の中、舞城、佐藤、西尾ら先輩受賞者が急速に本格シーンから離脱していくのを尻目に、北山はより挑発的で内圧の高い本格ミステリを書き継いでいく。終末的な世界観と物理トリックへのこだわりという特異な作風を維持したまま、「城」シリーズと呼ばれる作品群――『瑠璃城』『アリス・ミラー城』『ギロチン城』――を発表し、麻耶雄嵩《ゆたか》の影響を色濃く受け継いだ「新世代ミステリの旗手」として、着実に本格読者からの支持を得ていった。

『少年検閲官』は二〇〇七年一月、《ミステリ・フロンティア》から刊行された。北山の代表作と言っていいだろう。綾辻行人『十角館の殺人』から二十年の歳月が過ぎ、「第三の波」の終焉《しゅうえん》がささやかれていた時期である。

本書の成立経緯について、北山はこう記している。

本作の基本となるアイディアは依頼をいただく前からありました。当時、いわゆる「若手」の書くミステリに対して、名探偵や首なし屍体や殺人鬼や孤島や城などの本格ミステリ的な小道具を無自覚にただ並べているだけである、といった批評が少なからず見受けられました。その批評が正しいかどうかはともかく、そこから本作のアイディアが生まれました。あえて小道具の過剰性を物語のテーマに組み込んでみたわけです。

(「ここだけのあとがき」/東京創元社「Ｗｅｂミステリーズ！」二〇〇七年一月号)

ただし「小道具の過剰性」は、逆説的な形で表現されている。端的に言って、この世界では書物が禁じられ、『ミステリ』にまつわる記憶が失われているからだ。何人も書物の類《たぐい》を所有してはならない。もしもそれらを隠し持っていることが判明すれば、隠し場所もろともすべてが灰にされる——ミステリ的な小道具は過剰などころか、稀少な存在として描かれているのである。

物語の舞台は温暖化と異常気象が進み、洪水と津波によって水没しつつある世界。語り手のクリスは十四歳の英国人少年で、英国海軍の潜水艦乗りだった父は潜航中の事故で死亡、千メートルの海底で眠っている。父の好きだった『ミステリ』の記憶を探し求め、異国を旅するクリスは、小さな町で知り合った病弱な少年ユーリから、森の中にひそむ怪人『探偵』の噂を聞く。『探偵』は町じゅうの家々に奇妙な印を残し、森に迷いこんだ人間の首を切断しているというのだ。

　ところが、この町の住人たちには『犯罪』という概念がない。すでに述べたように、この世界では書物が禁じられ、『犯罪』にまつわる記憶が消去されているからだ。奇怪な事件が相次ぎ、町の住人たちが右往左往する中、クリスは禁じられた『ミステリ』を削除するために育てられた「少年検閲官」エノと運命的な出会いをする……。

　メディアが統制され、政府が管理するラジオ放送がほぼすべての情報を仕切っているという本書の設定は、レイ・ブラッドベリ『華氏４５１度』やジョージ・オーウェル『一九八四年』といったディストピア小説の系譜につらなるものだろう。こうした設定はパラレルワールド、ないし歴史改変ＳＦの範疇に含まれそうだが、北山の主たる関心は、異世界の成り立ちや「偽史」の構築には向けられていない。

　探偵小説形式を通じて昭和史の書き換えをもくろんだ山田正紀の「検閲図書館」黙忌一郎《もだしきいちろう》シリーズや、「探偵」の存在が禁じられた世界を舞台に、少女探偵・空閑純《そらしずじゅん》（ソラ）が奮闘する有栖川有栖のシリーズとは一線を画しているということだ。また西澤保彦のＳＦ本格（特殊設定ミステリ）のように、厳格にルール化された異世界の中で仮想論理が演じるアクロバットとも、読んだ感触は異なる。

むしろ本書で描かれる謎解きは、もっと野蛮で、ナイーヴなものだ。その感触について詳しく語るには、物語の後半の展開と事件の真相に触れざるをえない。なるべく白紙の状態で読んでほしいので、この場ではあえて口にしないことにする。

それでもひとつだけポイントを記しておこう。

書物の禁じられた世界について書かれた書物、『犯罪』が存在しないはずの世界で起こる『犯罪』、『探偵』と称する人物が『犯人』にほかならないという皮肉――本書の構想は、こうした種々のパラドックスの上に組み立てられている。しかし、逆説の大家であるG・K・チェスタトンのブラウン神父がこの事件の捜査に当たったとすれば、彼はこう告げたのではないだろうか。「これは犯罪の物語ではないのです。その男の宗教だった未開人の生きた論理に関する研究ともいうべきものが、この物語なのです」と。

ところで、二〇〇五年十月におこなわれた「座談会　現代本格の行方」（北山猛邦＋辻村深月＋米澤穂信＋笠井潔）で、北山は次のように発言している。

北山　僕がやりたいのは単純なことで、忘れさられようとしているものを拾い上げて見映えがいいような形で、ようするに古典的な探偵小説と言われる時代のやり方とか構造で、僕なりのやり方でしかないですけれども、新しいことをしようと思います。僕が心配するようなことではないと思うんですが、全体から見たら、やはり本格は危機的なところにあるんじゃないかなと。誰かが忘れてしまったものを留めなければいけない。

（笠井潔『探偵小説と記号的人物《キャラ／キャラクター》』東京創元社、二〇〇六年）

こう語る一方で、北山は「僕より上の世代の人が通ってきた古典が欠けているというのは確かなんですよね。僕個人のこれからの課題は、古典を研究して世代間の断絶みたいな部分を埋めていくことだと思います」と言い添える。

北山の自己認識は、失われた『ミステリ』の記憶を求めて、終わりつつある世界を放浪する語り手のクリス少年の立ち位置とほぼ同じだと言っていいだろう。それに対して、ミステリ教養主義の権化《ごんげ》のようなエノ少年には、「心がない」。しかも、彼は広場恐怖症で、ひとりでは開かれた世界へ歩み出すことができない（この設定はアイザック・アシモフのSFミステリ『鋼鉄都市』で、未来の人類に付与された属性を想起させる）。

したがって、北山の言う「誰かが忘れてしまったもの」という表現は両義的である。本格の危機とは、単に若い世代から古典的な本格ミステリの教養が失われていることだけではない。保守化した「上の世代」がスピリット――「新しいことをやろう」「開かれた世界へ出ていこう」という意気込み――を忘れつつあることをも指しているからだ。

本書以前の「城」シリーズに関して、物語の背景となる世界設定の異様さとメインの謎解きの乖離《かいり》がしばしば指摘されてきたが、『少年検閲官』では人工的な世界と物語がお互いに歩み寄っているように見える。これはある面では北山の作家的成熟を示しているし、「世代間の断絶みたいな部分を埋めていくこと」の目に見える成果でもあるだろう。

こうした成熟はどのようにもたらされたのだろうか？　この問いは、冒頭に記した北山の「純粋トリック空間」がいかに変容したか？　と言い換えることもできよう。

初期の「城」シリーズでは、この「純粋トリック空間」にアクセスするため、北山はファンタジーの文法を用いていたようだ。『瑠璃城』殺人事件』の帯推薦文で、有栖川有栖は次のように書いていた。「幻想小説が見た本格ミステリの夢のようで、その逆のようで、読む者の心を掻き乱す」この指摘は、「城」シリーズの構造がファンタジーの文法に則《のっと》っていることを示《し》唆《さ》している。ファンタジーは原則として、一方に現実の世界があり、もう一方に非現実の世界がある。なんらかの出来事によって、主人公が現実の世界と非現実の世界を行ったり来たりするのが、ファンタジーの基本パターンだ。

「城」シリーズでは、終末を間近に控えた異世界の住人たちが閉ざされた「城」を訪れる。ただし城外に広がる「異世界」はあくまでも「ずれた現実」であって、「非現実」ではない。ファンタジーの「非現実」に相当するのは、城内に出現するアモルファスな「純粋トリック空間」である。作中の人物にとっては、城外の異世界が「日常」であり、極度に抽象化された城内の探偵ゲームの世界こそが「非日常」にほかならないからだ。「幻想小説が見た本格ミステリの夢」とはこのことを指す。

ところがミステリ読者にとって、奇矯《ききょう》な物理トリックと探偵小説のお約束が無秩序に連鎖する「純粋トリック空間」は、相対的になじみ深い「現実＝日常」に属する（江戸川乱歩の少年向け作品がそうであるように）。したがって、物語の構造上は「非現実＝非日常」に属する領域を、その逆のように受け取ってしまう。世界と謎解きの乖離という印象は、おそらくこうした事情から生じている。

M・ナイト・シャマラン監督の映画『ヴィレッジ』を想起させる本書のプロローグ「箱庭幻想」は、舞台となる町の閉鎖性、息が詰まりそうな密室性を印象づける。だが、この町は初期の「城」シリーズの舞台とちがって、終末的な光景が広がる外界から切り離されたクローズド・サークルではない。町では都市の下請け工場として部品を製造しているし、クリスや音楽家のキリイ先生といった旅人を完全に拒《こば》んでいるわけでもない。かつて黄金時代の英国探偵小説作家たちが好んで描いた、田舎町の牧歌的風景を思わせる。

発表当時、『少年検閲官』は北山猛邦の成熟を示す作品として高く評価される一方、世界設定の「ゆるさ」を指摘する声が少なからず聞かれた。しかし、今から振り返ってみると、この「ゆるさ」は「純粋トリック空間」のアモルファスな性格を保持するための意図的な選択であったように思われる。より具体的に言うと、初期のファンタジーの文法を手放して、メルヘンの世界へ移行したということだ。

ファンタジーとメルヘンの境界は曖昧《あいまい》だが、大まかに線を引くと、前者は現実（第一の世界）

と非現実（第二の世界）を区別し、両者の鋭角的な対立を前提とする。そのため、非現実のリアリティを強化するには、現実に匹敵するようなディテールの充実が不可欠となる。やがて「大きな物語」（＝歴史）を代行する役割を求められた現代ファンタジーは、ますます架空の世界像の精緻化《せいちか》を強《し》いられるようになった。

一方、メルヘンの世界はもっとアモルファスで、現実的な出来事と空想的な出来事の区別に頓着《とんちゃく》しない。メルヘンの世界の住人にとっては、どちらも当たり前の出来事なのだ。こうした性格のちがいから、児童文学界ではメルヘンを一次元的な世界、ファンタジーを二次元的な世界として区別する向きもあるようだ。

ファンタジーからメルヘンへの移行というと、成熟とは正反対で、単なる幼児退行ではないかといぶかる読者がいるかもしれない。しかしここでメルヘンと呼ぶのは、本格ミステリの形式化をいっそう推し進めた先鋭なスタイルのことだ。

たとえば、密室トリックの構成理論を究《きわ》めた天城一は『密室犯罪学教程』理論編の「序説」で、「密室犯罪はメルヘンです」と宣言している。

「要約すると、密室殺人はそれ自身パラドックスです。だからメルヘン、ことばの語源的な意味で、小さな作り話です。／作り話を世間は馬鹿にします。しかし歴史だってたぶんに作り話です。探偵小説は手品に似ています。似ているからとインテリは馬鹿にします。しかし、ウーダンのエピソードをご存じならば、手品だからと笑えないでしょう」

ウーダンのエピソードとは、「近代マジックの父」と称されるロベール・ウーダンがフランス政府の要請でアルジェリアへ赴《おもむ》き、「弾丸受け止め術」などを披露して、反仏運動を沈静化させたというもの。このエピソード自体が作り話だという説もあるようだが、そうだとしても、天城の明察に曇りが生じるわけではないだろう。

密室殺人、あるいは不可能犯罪がパラドックスであるなら、『犯罪』のない世界で起こる『犯罪』こそ、究極の「不可能犯罪」にほかならない。こうしたパラドックスに命を吹き込むためには、出来事の起こる空間そのものにパラドックスを許容する「遊び」や「すき間」が必要になる。それが「小さな作り話」という言葉の意味するところだ。

北山の回想によれば、『少年検閲官』の執筆構想は「長編から連作短編へ、連作短編から長編へ、という数度のモデルチェンジがあった」(「ここだけのあとがき」)という。連作短編というプロセスを経たのは、パラドックスを内包した「小さな作り話」をゆるやかにつなぎ合わせるという形で、「純粋トリック空間」の更新を目指していたからではないか。それも単なる先祖返りではなく、本格の危機を逆手に取るような方法で、新境地を開拓することが北山のもくろみだったとすれば、そこで大きな役割を果たしたのが、本書のテーマに組み込まれた「小道具の過剰性」だったことは想像にかたくない。

――かつて「城」の内部にあった「純粋トリック空間」は、そのアモルファスな性質を失って、断片的に結晶化してしまう。『ミステリ』の記憶を封じこめた『ガジェット』とは〇次元の世界だから、その外部に広がる空間は、一次元＝メルヘンの世界へ変容する。消滅したかに見えた「純粋トリック空間」は、この一次元の世界で展開されることによって、ふたたび息を吹き返すのである。
「純粋トリック空間」の変容を通じて、異世界本格ミステリの舞台を「大きな物語のフェイク」としてのファンタジーから、「小さな作り話」としてのメルヘンに作り替えること。そうした視点から見ると、「間奏　鞄の中の少女」で描かれる『探偵』のふるまいは、森に住む「悪い魔法使い」そのものだ。「未開人の生きた論理に関する研究」をなぞってみせるような本書の謎解きは、探偵と魔法使いの役割が未分化なメルヘンの世界でなければ成立しないということである（余談だが、北山同様、麻耶雄嵩の強い影響を受けている森川智喜の三途川《さんずのかわ》　理《ことわり》シリーズでも、「名探偵」は「悪い魔法使い」のポジションを占めている。そうした意味でも、本格形式のメルヘン化には、時代的な必然性があるのかもしれない）。

　メルヘンの形式に移行した『少年検閲官』の世界は、現代ファンタジーの制約＝「大きな物語」の代用品という縛りを脱して、よりアモルファスな性格を持つに至る。クリスという語り手によって導入された、ガラスのように繊細な雰囲気は、謎解きの舞台の変容と無関係ではないだろう。言い換えれば世界設定の「ゆるさ」は、「純粋トリック空間」の遍在化《へんざいか》と密接につながっている。

　もちろん、こうした読みには異論もあるだろう。『少年検閲官』という作品が特殊なケースだとすれば、このシリーズが同じ方向に進んでいくと決めつけるわけにもいかない。しかし、北山は近作『人魚姫――探偵グリムの手稿《しゅこう》』で、人魚や魔女といったおとぎ話のキャラクターが現れるにもかかわらず、現実世界の人間たちがごく当たり前のようにその存在を受け容れて、世界の統一感をくずさない不思議な謎解きを披露している。また連作短編として書き継がれている音野順のシリーズや、『私たちが星座を盗んだ理由』『人外境ロマンス』といった作品群でも、残酷性と叙情性、ロジックとマジックが隣り合ったメルヘンならではの語り口が目立ってきているように思う。

こうした作風のめざましい展開を経たうえで、北山猛邦は今後どのような新しい本格ミステリ世界を切り開いていくのだろうか。『少年検閲官』シリーズの次作、『オルゴーリェンヌ』の刊行が待たれる。

本書は二〇〇七年、小社より刊行された作品の文庫版です。

著者紹介　1979年生まれ。2002年、『「クロック城」殺人事件』で第24回メフィスト賞を受賞してデビュー。繊細かつ静謐な独自の作品世界を構築する本格ミステリの気鋭。著書に『神の光』『月灯館殺人事件』『「アリス・ミラー城」殺人事件』『踊るジョーカー』『つめたい転校生』などがある。

少年検閲官

2013年 8月23日　初版
2025年11月 7日　再版

著　者　北《きた》　山《やま》　猛《たけ》　邦《くに》

発行所　(株)東京創元社
代表者　渋谷健太郎

162-0814　東京都新宿区新小川町1-5
電　話　03・3268・8231-営業部
　　　　03・3268・8201-代　表
URL　https://www.tsogen.co.jp
組　版　モリモト印刷
印刷・製本　大日本印刷

乱丁・落丁本は、ご面倒ですが小社までご送付ください。送料小社負担にてお取替えいたします。

ISBN978-4-488-41914-1　C0193

本を愛するすべての人々に贈る傑作ノンフィクション

When Books Went to War : The Stories That Helped Us Win World War II

戦地の図書館
海を越えた一億四千万冊

モリー・グプティル・マニング
松尾恭子 訳
創元ライブラリ

◆

第二次世界大戦終結までに、ナチス・ドイツは発禁・焚書によって、一億冊を超える書物をこの世から消し去った。

対するアメリカは、戦場の兵隊たちに本を送り続けた――その数、およそ一億四千万冊。

アメリカの図書館員たちは、全国から寄付された書籍を兵士に送る図書運動を展開し、軍と出版業界は、兵士用に作られた新しいペーパーバック“兵隊文庫”を発行して、あらゆるジャンルの本を世界中の戦地に送り届けた。


本のかたちを、そして社会を根底から変えた史上最大の図書作戦の全貌を描く、ニューヨーク・タイムズ・ベストセラーの傑作ノンフィクション！

鮎川哲也短編傑作選Ⅱ

BEST SHORT STORIES OF TETSUYA AYUKAWA vol.2

下り〝はつかり〟

鮎川哲也　**北村薫 編**

創元推理文庫

◆

疾風に勁草を知り、厳霜に貞木を識るという。
王道を求めず孤高の砦を築きゆく名匠には、
雪中松柏の趣が似つかわしい。奇を衒わず俗に流れず、
あるいは洒脱に軽みを湛え、あるいは神韻を帯びた
枯淡の境に、読み手の愉悦は広がる。
純真無垢なるものへの哀歌「地虫」を劈頭に、
余りにも有名な朗読犯人当てのテキスト「達也が嗤う」、
フーダニットの逸品「誰の屍体か」など、
多彩な着想と巧みな語りで魅する十一編を収録。

◆

収録作品＝地虫，赤い密室，碑文谷事件，達也が嗤う，絵のない絵本，誰の屍体か，他殺にしてくれ，金魚の寝言，暗い河，下り〝はつかり〟，死が二人を別つまで

入れない、出られない、不思議の城

CASTLE OF THE QUEENDOM

女王国の城 上下

有栖川有栖

創元推理文庫

◆

大学に姿を見せない部長を案じて、推理小説研究会の
後輩アリスは江神二郎の下宿を訪れる。
室内には木曾の神倉へ向かったと思しき痕跡。
様子を見に行こうと考えたアリスにマリアが、
そして就職活動中の望月、織田も同調し、
四人はレンタカーを駆って神倉を目指す。
そこは急成長の途上にある宗教団体、人類協会の聖地だ。
〈城〉と呼ばれる総本部で江神の安否は確認したが、
思いがけず殺人事件に直面。
外界との接触を阻まれ囚われの身となった一行は
決死の脱出と真相究明を試みるが、
その間にも事件は続発し……。
連続殺人の謎を解けば門は開かれる、のか？